© 2015, Rémy Laven
Éditeur : BoD - Books on Demand,
12/14 rond-point des Champs Élysées, 75008 Paris
Impression : BoD - Books on Demand, Allemagne

ISBN : 978-2-3220-1757-7

Dépôt légal : mai 2015

Rémy Laven

L'enfant qui léchait les bateaux

suivi de

Lester Hobson
La boucle du destin

*Ris, et le monde entier rit avec toi.
Pleure, et tu pleureras tout seul.*

Une mémoire de caméscope

Le Bon Dieu a oublié de me faire beau.

Pourtant Il aurait pu y penser. Ce n'était pas si difficile. À vingt-six ans, ma mère était une jolie brunette et mon père plutôt beau garçon bien qu'un peu petit.

Mais moi rien ! J'imagine qu'à la fin de l'année quarante-deux, en pleine guerre mondiale, le Bon Dieu avait des préoccupations plus urgentes que l'harmonie de mes traits. Il faut avouer que je débarquais au milieu d'un bazar gratiné, même si je ne garde pas le souvenir d'en avoir été perturbé sur le moment.

Donc je ne suis pas beau. Disons que j'étais un bébé acceptable. Ensuite ça s'est gâté assez vite puisque à moins d'un an je louchais déjà à m'en entrecroiser les yeux. Heureusement que ça n'a duré que quelques années mais ne plus loucher ne m'a pas fait ressembler à Rudolph Valentino pour autant.

Ceci dit je dois reconnaître que n'avoir ni un profil de médaille ni un regard à faire fondre les minettes n'a jamais vraiment influé sur le cours de mon existence. J'en ai un peu bavé pendant mes premières années d'école à cause de mes lunettes et de mes yeux qui se croisaient les bras mais ça n'a pas eu d'autres conséquences que les moqueries stupides de quelques rescapés de fausses couches.

En somme je n'ai pas eu beaucoup de mal à me faire une raison. Car si le Bon Dieu avait oublié de me faire beau, Il m'avait offert quelques jolis cadeaux en compensation, et d'abord un solide optimisme. Pas sous la forme d'une disposition naturelle mais plutôt d'une volonté farouche, calculée, presque obsessionnelle, de ne considérer que le bon côté des choses. Je sais aujourd'hui qu'il y a dans cette attitude une part de fuite en avant, un certain refus de la réalité. Je sais aussi que ça ne marche pas à tous les coups, mais ça m'a quand même drôlement aidé dans les moments difficiles. Et puis c'est bien commode pour réconforter les autres quand ils sont dans la déprime. Alors je ne regrette rien.

J'ai reçu d'autres cadeaux sympas dans mon berceau : une bonne santé, le goût du rire, la soif d'apprendre, la fidélité en amitié comme en amour, une imagination extravagante, et avant tout cette disposition pour la musique sans laquelle je n'aurais pas servi à grand chose sur cette terre.

Tout compte fait j'ai été plutôt gâté.

Bien sûr, la fée Carabosse a probablement laissé tomber dans mon couffin quelques solides défauts, mais là, à brûle-pourpoint, j'ai beau chercher... je ne vois pas lesquels.

En dehors de la beauté physique (et pour en finir avec ce sujet pénible), le Bon Dieu a aussi négligé de m'accorder le don de l'économie et le sens de la modestie.

Tant pis. Je m'en suis passé.

Une mémoire de caméscope

Parmi les cadeaux déposés dans mon berceau, il y avait une bombe à retardement : une mémoire de caméscope.

Il est évident qu'une bonne mémoire ne peut se révéler qu'à la longue. Je n'ai pris conscience de mes capacités dans ce domaine qu'à une période assez tardive. En vertu de quoi me serais-je cru le seul à me souvenir de tant de choses avec autant de précision ? J'étais sincèrement persuadé que tout le monde avait les mêmes possibilités. Parole !

C'est au fil des années, au hasard des conversations, en faisant des comparaisons, à force d'entendre mes amis s'étonner que je restitue tant de petits détails à chaque fois que je racontais une vieille histoire, que j'ai été forcé de me rendre à l'évidence : j'avais une mémoire plus aiguisée que celle de la plupart de mes contemporains.

Je ne parle pas du genre de mémoire qui permet à certains phénomènes de music-hall de retenir du premier coup une suite de trois cents mots et de la restituer à l'endroit ou à l'envers sans se tromper. Non. Sur ce plan là, je suis comme tout le monde : j'arrive à retenir quelques numéros de téléphone, le chemin pour rentrer à la maison même quand j'ai un peu fait la fête, et puis *La cigale et la fourmi* que je peux réciter à toute vitesse et presque sans respirer, comme à l'école.

Ah ! Il y a quand même un domaine de mémoire pure où je sors un peu du lot : je connais par cœur tout un tas de chansons. Surtout Brassens et Aznavour ! Je suis certain de connaître des chansons d'Aznavour que lui-même a oubliées : *Fraternité, Plus heureux que moi, Voilà que ça recommence...* je parie qu'il ne s'en souvient plus. Mais je n'essaierais jamais de le piéger avec *Trousse-chemise* ! C'est l'une de ses préférées. Je le sais parce que j'ai failli l'accompagner au piano un jour. J'ai failli seulement. Quand j'y repense… quel regret !

Alors elle marche comment cette fameuse mémoire ? Eh bien comme le cinéma ! Ou comme un magnétoscope si vous préférez. Par exemple, au cours d'une soirée entre copains, quelqu'un demande : « vous vous souvenez du jour où Lucien est tombé de l'échelle ? » et tout le monde répond : « ah oui… qu'est-ce qu'on s'est marrés ! ». Moi, je dis la même chose et rien de plus, parce que si je racontais le petit film que je suis en train de visionner personne n'y croirait.

En réalité, dès que la question a été posée, la cassette "Lucien qui tombe de l'échelle" s'est mise en place dans ma tête et le film a commencé : *Lucien avait une salopette blanche et une chemise marron, il a crié « Oh putain ! » quand il a senti l'échelle glisser sur la gouttière (je l'entends vraiment crier), au moment précis où Éliane sortait avec le linge à étendre. Nous on jouait à la pétanque dans la cour et Lounès essayait de faire croire aux autres qu'il avait pris le point. Il faisait très beau avec un peu de vent. Le chien, un épagneul blanc et feu qui s'appelait Pipo, a aboyé quand Lucien est tombé. Ça sentait le fusain…* etc.

C'est même mieux que le cinéma. Parce qu'au cinéma, les odeurs et le souffle du vent, ce n'est pas encore au point. Cette histoire, je viens de l'inventer bien sûr, mais c'était juste pour donner un exemple.

Bon d'accord j'ai un peu exagéré pour l'odeur du fusain.

Bref, pendant des années, à chaque fois que ma mémoire déroulait son petit cinéma, j'essayais de faire partager ce que je voyais, ce que j'entendais, ce que je ressentais, en m'efforçant d'étayer mes souvenirs d'une foule de minuscules détails de couleurs, de sons, de mots justes, d'impressions, de parfums…

Maintenant j'y renonce la plupart du temps parce que j'ai découvert petit à petit que personne ou presque ne me croyait.

De temps en temps je succombe encore à la tentation ; les gens me disent : « Quelle mémoire ! », mais je lis dans leurs yeux : « Tu parles d'un raconteur de salades ! ». Et ça je ne peux pas le supporter parce que comme quatre-vingt-dix pour cent des méditerranéens je suis réellement un peu menteur. Enfin juste ce qu'il faut. Or si l'on dit à quelqu'un qui dit toujours la vérité qu'il est menteur, c'est simplement injuste puisque ce n'est pas vrai. Mais traiter de menteur quelqu'un qui l'est vraiment au moment précis où justement il ne ment pas, c'est une insulte. Ni plus ni moins !

Même ma femme n'a jamais cru à cette histoire de mémoire-caméscope. Et pourtant en quarante ans je lui en ai fait avaler, des histoires à dormir debout. À notre première rencontre j'ai même réussi à lui faire croire que j'étais beau, et ça c'était vraiment très fort.

Enfin voilà. Le temps a passé et j'ai fini par me faire une raison. Tous ces souvenirs enregistrés dans ma petite vidéo personnelle ne serviraient jamais à rien ni à personne.

Et puis un jour j'ai envoyé une lettre à un copain avec une petite anecdote vécue que j'avais appelée *Le mensonge*.

Il m'appelle au téléphone dès le lendemain, me dit qu'il s'est régalé à lire ma lettre et ajoute : « Tu racontes bien. Tu devrais écrire un livre avec ce genre d'histoires ».

Sur le coup je n'ai pas accordé à sa réflexion plus d'intérêt qu'elle n'en méritait. C'est un truc que tout le monde dit à tout le monde pour un oui pour un non. Si je devais sauter au plafond à chaque fois que quelqu'un me fait une suggestion dans ce genre il y a longtemps que je serais champion olympique de saut au plafond. Depuis le temps qu'on me conseille de collectionner les moules à croissants, d'écrire un opéra pour sourds-muets ou de remonter le Nil en pédalo, je m'y suis habitué.

Mais quelque chose m'intriguait dans ce que m'avait dit mon pote. Je connais Jo depuis plus de quarante ans et je sais que le compliment gratuit, la flagornerie, ce n'est pas son truc. Tout bien pesé il serait plutôt du genre peau de vache, même avec les copains (surtout avec les copains). Le fait qu'il m'ait affirmé que je n'écrivais pas trop mal ne prouvait rien ; il pouvait se tromper. Mais une chose ne faisait aucun doute, il le pensait sincèrement. Comme il est lui-même écrivain[1] et doit savoir de quoi il parle, j'ai commencé à considérer sérieusement sa proposition.

J'ai quand même hésité un moment. Parce qu'écrire un livre représente du temps, de la fatigue, et un investissement moral qui m'effrayait un peu. Et puis j'y

---

[1] Spadafora - "Sous les jupes de la madone", éditions E/dite.

ai repensé et je me suis dit que la première histoire était déjà écrite et que c'était toujours ça de moins à faire. Bref l'idée a fait son chemin.

Un matin enfin, je me suis forcé à m'asseoir devant ma table de travail, un peu intimidé, ne sachant pas trop par quel bout commencer, les mains sur les genoux et l'air parfaitement idiot...

Et d'abord qu'est-ce que j'allais raconter ? Quelle sorte d'histoires ? Des mémo-cassettes de souvenirs, j'en avais plein la tête mais lesquelles choisir ?

Finalement mon optimisme forcené a eu le dernier mot. C'est ce refus systématique d'évoquer les choses désagréables qui l'a emporté. J'ai pensé qu'en racontant des histoires vécues, je serais forcé à un moment ou à un autre de formuler un jugement personnel sur tel ou tel sujet. Il est évident qu'en revenant sur des évènements douloureux je n'aurais pas manqué de me mettre en colère contre quelqu'un ou contre quelque chose et ça je ne le voulais pas. Alors j'ai décidé de ne pas raconter de mauvais souvenirs. Rien que des bons. À la rigueur un peu de nostalgie, comme l'histoire du dernier curé de mon village, mais pas de colère, pas de méchanceté, pas de règlements de comptes.

Pourtant j'ai hésité. Parce que des coups durs, j'en ai eu plus que ma part. Mais pour ce livre je voulais me reposer des regrets, des deuils, des remords, des trahisons, des larmes, de la haine. C'est très fatigant la haine. De nos jours, tout le monde passe les trois quarts de la journée à râler contre le chômage, la politique, la guerre, les cons, le manque d'argent, les américains, la baisse du pouvoir d'achat, la police, la météo, les chauffeurs de taxi, les prix, les jeunes, les vieux, les entre les deux, l'inflation, les immigrés, la maladie, le retard des trains, l'insécurité, la religion, les journalistes, les patrons, les ouvriers, les paysans, les fonctionnaires, les hommes, les femmes, les homos, les voisins, la circulation, la famille, les chanteuses québécoises, les ordinateurs, la pollution, l'armée, les avions qui volent trop bas, les impôts qui volent trop haut, les comiques qui ne font pas rire, la musique moderne qui ne vaut plus rien, le cinéma qui est nul, la télé qui est débile, les bonnes manières qui se perdent, le monde qui fout le camp, etc.

Franchement, je ne voyais pas l'intérêt d'en remettre une couche.

Mon pote Jo, toujours lui, m'écrit dans une lettre : *Tes joies on s'en fout. Quand on est heureux on en profite, on n'a rien à dire. Par contre ramone tes peines et exorcise-les !*

Écoute Jo, tu as sûrement raison mais je m'en fous complètement. En me poussant à l'écriture tu as ouvert la cage. Maintenant la bête est dehors et elle est libre. Alors j'écris ce qui me fait plaisir et basta. Peut-être qu'un jour j'aurai envie de faire ce livre d'exorcisme, de révolte, de cicatrisation. Il s'appellera par exemple "Ce qui me les gonfle" et les choses seront claires dès le départ. Mais je ne suis pas encore prêt pour ça. Aujourd'hui je suis fatigué des salauds, de la boue et du sang, et je vais les exorciser par le mépris, en les ignorant.

Non je ne joue pas les autruches ! Non je ne suis pas égoïste ! Non je ne me regarde pas le nombril ! Ces horreurs existent, je suis condamné à vivre avec, je m'en inquiète et m'en préoccupe chaque jour.

Mais dans ce bouquin je n'en parlerai pas. C'est aussi simple que ça.

Je me suis aussi demandé si je devais classer ces histoires par date, par sujet ou par situation géographique. En définitive j'y ai renoncé. Les cassettes vidéo de mes souvenirs sont en vrac dans mon vieux crâne n'importe comment, n'importe où, et je ne vais pas me mettre à faire du rangement à soixante balais. Je les sortirai comme elles se présenteront.

J'imagine que le lecteur s'interroge : « En somme, ce type que personne ne connaît prétend nous faire lire un bouquin où il raconte n'importe quoi et n'importe comment ? »

En gros c'est ça.

Le mensonge

(Lettre à Jo du 13 mars 2002)

Tu te souviens sans doute de mon grand-oncle Ernest qui était aveugle et tenait une école de musique à Ménerville, à côté de la poste. Par cette petite pièce sans fenêtre sont passés des centaines d'enfants dont quelques uns ont fait une belle carrière dans la musique. Pour ne nommer que lui : Julien Tesseraud, qui apprit là les rudiments de la flûte puis s'en alla ratisser les premiers prix un à un de conservatoires en académies de musique, Alger, Paris, Rome, pour se retrouver à l'orchestre national de France, à Vienne, aux USA... Il envoyait régulièrement à mon grand-oncle des coupures de presse relatant son parcours prestigieux ; le vieil homme les brandissait fièrement devant ses visiteurs en les fixant de son regard vide, et ponctuait son geste d'un tonitruant : « C'est mon élève ! ».

Mon grand-oncle avait une chambre chez ma grand-mère, tout près de la place du village. Il la tenait dans un ordre et une propreté méticuleuse et payait une petite pension à sa sœur pour le gîte et le couvert. L'appartement de ma grand-mère donnait sur une cour située juste derrière la banque d'Algérie et de Tunisie.

Deux autres logements partageaient la même cour. Le premier était habité par Monsieur et Madame

Amiel. Fernand jouait de l'accordéon ; Il composait des valses musette et son grand succès s'appelait *La puce*. Ses œuvres passaient parfois à radio Alger à la grande fierté de toute la cour qui s'en trouvait honorée.

Le dernier logement fut toujours occupé par des familles indigènes. Je revois encore monsieur Salmi, un homme d'une taille imposante, fier et soigné, d'une politesse exquise, toujours tiré à quatre épingles, avec son sarouel brillant et son vêtement immaculé au pan rejeté avec grâce sur l'épaule gauche. Je crois bien qu'il fut l'un des derniers arabes du village à porter le fez, belle coiffure tronconique d'une élégance raffinée, malheureusement peu à peu abandonnée au profit de la chéchia et du turban. Madame Salmi souriait toujours. Elle me gavait de halwa, de cornes de gazelles et de beignets huileux. Je n'avais pas plus de cinq ou six ans à l'époque. Elle faisait la cuisine sur un kanoun devant sa porte et grillait elle-même son café. Plus d'un demi-siècle après je ne passe jamais devant une brûlerie de café sans une pensée pour cette bonne fée souriante et ses beignets ruisselants.

Au début des années cinquante, un couple de jeunes mariés s'installa dans l'appartement. Ali et Zina étaient jeunes, beaux, gais, travailleurs, et allaient rapidement devenir nos amis. Ils le resteraient toujours malgré la guerre d'Algérie, l'indépendance et l'exil des pieds-noirs. Leurs trois enfants grandirent dans la cour ; trois mômes aussi adorables que leurs parents, aussi gais. Il faut dire qu'ils étaient à bonne école. Ali n'a sans doute jamais passé une heure de sa vie sans un éclat de rire. C'était un farceur et si j'en crois son fils il

Le mensonge

l'est encore cinquante ans plus tard. Il avait toujours en réserve une devinette, une histoire drôle, un calembour ou un objet innocent qu'il détournait de sa fonction pour en faire un prétexte de rigolade.

La guerre d'Algérie éclata le jour de la Toussaint de mil neuf cent cinquante-quatre. Très rapidement, le sujet devint tabou entre Français d'origine et indigènes. La quasi-totalité des pieds-noirs était pour le maintien de l'Algérie française et la majorité des arabes et kabyles avait tout naturellement choisi le parti de l'indépendance. Nous n'abordions donc jamais ce sujet avec Ali et Zina de crainte d'être obligés de nous mentir.

Et la vie continuait joyeusement dans la cour entre les rires, les chansons, les recettes de cuisine que les femmes se passaient sur le ton de la conspiration, le sel ou la farine qui manquaient toujours chez l'un et qu'on allait emprunter chez l'autre, et l'accordéon de Fernand.

Quelle époque de miel ! Sans doute les plus beaux jours de mon adolescence.

Mon grand-oncle Ernest nous donnait du souci. Il était bien entendu très Algérie française et affichait la plupart du temps ses opinions d'une voix forte sans se préoccuper d'être entendu des voisins, ce qui nous inquiétait beaucoup. Nos « chhhhut ! » pour lui faire baisser la sono ou les sévères « Ernest, doucement ! » de ma grand-mère n'avaient pour effet que de le faire hurler encore plus fort qu'il était chez lui et disait ce qui lui plaisait et emmerdait ceux qui n'étaient pas contents. Bien entendu il était impossible qu'Ali n'entendît pas mais jamais ni lui ni Zina ne protestèrent ni ne manifestèrent un quelconque ressentiment. Comme tous musulmans, ils éprouvaient un respect et une pitié spontanée pour les infirmes ; mon grand-oncle était aveugle... alors Ali comprenait. Lorsqu'ils se croisaient sur le pas de la porte cinq minutes après l'incident, ils recommençaient à parler et à rire ensemble. Car ne t'y trompe pas ! Le vieil homme adorait Ali, Zina et leurs enfants. Je sais, c'est difficile à expliquer, mais c'était comme ça.

Après le retour au pouvoir du général de Gaulle il devint très vite évident que l'Algérie se dirigeait inexorablement vers son indépendance. Espoir pour les uns, menace pour les autres, mais plus rien ne pouvait faire dévier le cours de l'histoire. Arriva mil neuf cent soixante-deux, l'année terrible. Mon destin et le tien allaient basculer en même temps que celui de millions de personnes. Courant mars, l'avenir de l'Algérie se négociait autour d'une longue table vernie à des centaines de kilomètres de la petite cour de Ménerville, sur la rive sud du lac Léman. Ces négociations allaient aboutir le dix-neuf mars aux fameux accords d'Évian, acte de naissance de l'Algérie indépendante et condamnation à l'exil d'un million de pieds-noirs.

Mais pardon, je vais trop vite. Reculons de quelques jours dans le temps !

Le treize mars en fin de matinée, Ernest fut pris d'un malaise dans son école de musique et s'écroula sur le clavier du piano. L'élève qui prenait la leçon courut avertir ma grand-mère, et le vieil homme fut immédiatement transporté à l'hôpital. Il ne fallut guère de temps aux médecins pour diagnostiquer ce qu'on appelait à l'époque "un transport au cerveau" et comprendre qu'il n'y avait plus grand chose à faire. Le bon professeur Choussat, qui soigna tout Ménerville pendant des dizaines d'années, nous expliqua en y mettant les formes qu'étant donné l'âge de mon grand-oncle, son solide coup de fourchette et son petit penchant pour l'anisette et le Sidi Brahim, une hémorragie cérébrale n'était pas vraiment une surprise. À cette époque bénie on ne laissait pas les gens mourir à l'hôpital comme on le fait maintenant. Ernest fut ramené dans sa petite chambre et installé sur son lit. Il était inconscient mais marmonnait à voix basse des phrases où l'on distinguait les mots "sol, la, si…". Le professeur Choussat se pencha vers ma grand-mère, lui prit le bras et murmura : « il donne sa dernière leçon ».

Tous les habitants de la cour étaient réunis chez ma grand-mère et chacun attendait en silence le moment inéluctable où le vieux musicien arriverait au bout de sa gamme. En fin d'après-midi, Ali, qui était peintre en bâtiment, entra dans la cour en sifflotant à son habitude. Entre deux sanglots Zina le mit au courant du drame. Lâchant sur place ses pots de peinture et ses pinceaux il se précipita chez ma grand-mère et nous rejoignit, la mine défaite, dans la petite chambre où son vieil ami jouait les dernières mesures de la chanson de sa vie. À ce moment le vieillard ne parlait plus et gisait inerte sur son lit, les yeux fermés, respirant à peine. Ali était effondré. Il restait là au pied du lit, les bras ballants, le regard fixe, incapable de prononcer un mot. Soudain Ernest ouvrit en grand ses yeux blancs comme pour regarder la mort en face, lui qui ne voyait rien depuis si longtemps.

Alors Allah, le puissant, le miséricordieux, se pencha vers Ali et lui murmura quelque chose à l'oreille. Ali s'approcha de la tête du lit, posa la main sur l'épaule de mon grand-oncle et prononça d'une voix claire et assurée ce qui restera dans la mémoire des témoins de la scène comme le plus merveilleux mensonge qu'ils aient jamais entendu :

– Monsieur Zumbihl, je viens d'écouter la radio... ils l'ont dit aux informations... ils se sont mis d'accord à Évian... l'Algérie reste française... vous entendez ?... L'Algérie va rester française !

Et le pauvre Ali quitta la chambre, la tête basse, honteux de ce qu'il venait de faire. Le vieux professeur de musique n'entendit sans doute rien et ma grand-mère lui ferma les yeux quelques instants plus tard.

Ali, ce jour là tu as été grand comme le monde.

Voilà. C'est une histoire qui ressemble à un conte mais c'est une histoire vraie. Comme l'écrivait le bon Giovanni Guareschi[1] : "Une de ces histoires simples qui arrivent parfois dans ces pays où le soleil tape dur sur la tête des pauvres gens et où les passions déchaînent les hommes".

---

[1] Père de Don Camillo.

Paméla est amoureuse de moi

Paméla à dix-sept ans et j'en ai soixante. Pourtant, malgré notre différence d'âge, Paméla est amoureuse de moi. Elle a de beaux yeux verts et ronronne quand je la caresse. Elle aime aussi quand je lui gratte le cou. Comme les autres chats.

Sa maman a eu juste le temps de la mettre au monde. Et puis une auto a écrasé sa maman. Ce sont des choses qui arrivent. Alors Annie est entrée dans la maison en serrant un paquet de chiffons sur sa poitrine. Elle a déballé ça doucement sur la table et au milieu des chiffons il y avait deux petites boules avec des pattes roses.

— Regarde ce que j'ai trouvé, a dit Annie.

Elle avait préparé une histoire bien triste avec tout un tas de bonnes raisons pour qu'on garde l'un des chatons parce qu'elle sait que je suis quelqu'un de très dur à convaincre d'adopter un petit chat. Mais elle n'a pas eu le temps de me servir son histoire. J'ai dit tout de suite :

— On garde le gris.

Je suis vraiment quelqu'un de très dur à convaincre d'adopter un petit chat.

L'autre petit on ne l'a pas noyé comme font les sauvages. C'est une copine d'Annie qui l'a gardé. Son petit garçon voulait justement un chat. Ça tombait bien.

L'enfant qui léchait les bateaux

Au téléphone, le vétérinaire nous a dit qu'un bébé chat de quelques jours ne pouvait pas survivre sans sa maman et qu'il allait mourir. Mais – sommes-nous distraits tout de même ! – on a complètement oublié d'expliquer ça à Paméla et la pauvrette était trop petite pour comprendre d'elle-même qu'il fallait qu'elle meure pour que le vétérinaire ait raison. Alors maintenant elle a dix-sept ans.

On est allé à la pharmacie acheter du lait maternisé pour chats. Mais pour le biberon rien à faire ! Même celui de la poupée d'Élise avait une tétine trop grande pour la bouche des petits. En désespoir de cause, Annie a proposé d'utiliser une seringue à insuline. J'ai trouvé que c'était une idée à la noix. J'avais tort. Ça a marché.

Tout compte fait nous n'avons pas eu trop de mal à nous remettre au rythme du biberon toutes les deux heures. Au contraire ça nous a rajeunis. À six heures du matin, pas besoin de réveil ! Les petits monstres (qui dormaient dans mes pantoufles) connaissaient l'heure du premier service à la minute près. Le barouf qu'ils faisaient !

Le plus drôle c'était le coup du pipi. Les chatons n'ont pas l'idée de faire ça d'eux-mêmes. C'est leur mère qui les pousse à faire pipi en leur léchant le ventre. Nous on n'allait quand même pas leur lécher le ventre, alors on les mettait sur une serviette, couchés sur le dos, et on leur passait une éponge humide sur la bedaine. Et là on avait intérêt à s'écarter en vitesse parce qu'il faut savoir qu'un bébé chat de cent grammes ça pisse à un bon demi-mètre !

Paméla est amoureuse de moi

Paméla a une robe d'une seule couleur, un gris assez foncé. Annie déclare à qui veut l'entendre que Paméla est un "faux chartreux[1]". C'est comme ça que j'ai découvert que ma femme était snob. Mais elle ne veut pas en démordre. Elle est convaincue qu'il y a eu un chartreux dans la famille de Paméla. Alors je dis que c'est possible… au moyen âge peut-être… et elle me dit que je suis un idiot. Ça aussi c'est possible.

En fait j'ai dans l'idée que Paméla est juste un chat de gouttière à rayures grises mais que le fond est de la même couleur que les rayures. Un coup de bol quoi !

Je me réveille tôt, à cinq heures, pour qu'Annie trouve son petit déjeuner servi quand elle se lève pour aller au travail. Pas de danger que je laisse passer l'heure ! Paméla m'appelle de derrière la porte à cinq heures pile. Elle a une très bonne montre. Dommage qu'elle n'ait pas de calendrier pour savoir quand on est samedi ou dimanche ! Le week-end, c'est cinq heures aussi.

Dès que je sors dans le couloir elle se met à ronronner comme un tracteur et à marcher en faisant des huit autour de mes chevilles pendant que j'avance dans le noir pour atteindre l'interrupteur. Comme ça j'ai toutes les chances de me foutre la gueule par terre le matin de bonne heure histoire d'attaquer la journée par un peu de gymnastique.

Ensuite c'est le rituel des bisous. Pendant que j'allume la machine à café, opération qu'elle juge sans aucun intérêt, Paméla va s'asseoir aux pieds d'une chaise et me presse d'appels incessants en me fixant d'un regard sévère pour que j'accélère le mouvement.

---

[1] Le chartreux est gris moyen cendré avec une nuance bleutée.

Je n'ai pas d'autre choix que de m'installer sur la chaise. De toute façon, elle ne me fichera pas la paix avant la fin de la cérémonie. Le rituel est immuable. Elle saute sur mes genoux, je la prends dans le creux de mon bras et je la soulève pour qu'elle ait le museau à la bonne hauteur.

Et c'est parti. Sans cesser de ronronner, elle me lèche l'oreille (je sens le souffle chaud de sa respiration), la tempe, le cou, la joue… en s'appliquant à ne rien oublier. Comme pour faire sa toilette.

C'est bien connu, les chats ont une langue à râper le parmesan. Dire que les bisous de Paméla sont agréables serait exagéré mais j'ai fini par en prendre l'habitude. Alors je patiente quelques secondes avant de la reposer par terre. Après tout ce n'est pas grand chose quelques secondes. Et ça lui fait tellement plaisir !

Et puis quand même, qu'est-ce que c'est chouette pour commencer une journée, quelqu'un qui vous dit « je t'aime ».

Perdus dans la nuit

Trois heures du matin. Il pleut à verse. La 403 surchargée se traîne dans l'obscurité entre les trombes d'eau sur une petite route du sud-ouest, quelque part entre Toulouse et Agen.

C'est un break (au milieu des années soixante, on appelle encore ça *un utilitaire* et parfois même *une fourgonnette*). La bagnole est pleine comme un œuf : trois zoulous sur la banquette avant, trois autres derrière, plus tout le matos de l'orchestre. Pourtant ça avance. Tant bien que mal mais ça avance. La vieille Peugeot a les reins solides. Il n'y a plus un centimètre cube de libre. On a même des instruments sur les genoux.

Crevés ! Personne n'en peut plus. On vient de se farcir une matinée-soirée sous un dancing démontable, dans un bled paumé entre Toulouse et Pétaouchnok : départ d'Agen vers midi, arrivée à Gonfle-Les-Figues à une heure et demie, installation sur l'estrade branlante, musique de trois à sept, casse-croûte, et reprise de neuf heures à deux heures du matin.

Tout ça pour gagner trois-francs-six-sous, avec en prime une sono merdique, une ou deux bagarres d'ivrognes, les petits trous du cul qui apostrophent l'orchestre parce que la musique ne leur plaît pas, et pour couronner le tout le chargement de la bagnole dans le noir et sous la pluie. La galère !

Et maintenant on est serrés dans cette saloperie de voiture, trempés, frissonnant de froid et de fatigue, ne pensant plus qu'à une seule chose : rentrer à la maison, se glisser dans un lit bien chaud et dormir, dormir, dormir…

Les autres dorment déjà d'ailleurs, la tête appuyée contre une vitre ou le menton sur la poitrine. Je ne sais pas comment ils font. Moi je ne pourrais pas dormir dans une position aussi inconfortable et pourtant je tombe de sommeil. Le chef d'orchestre ne dort pas non plus. Tant mieux parce que c'est lui qui conduit !

Assis derrière lui, je me penche en avant et je parle pour l'aider à tenir le coup. J'essaie de trouver des sujets de conversation attrayants : la musique, les femmes… mais toutes les trois minutes on en revient à la pluie. Je le sens un peu inquiet et à vrai dire je le suis aussi. La 403 n'est plus toute jeune et on lui en demande beaucoup. Si l'on tombe en rade en pleine cambrousse à trois heures du mat avec ce temps pourri, on est bons pour attendre jusqu'au matin à se les geler. Mais bon. Pour l'instant, le moteur a l'air de tourner rond et on roule. Lentement mais on roule.

Le problème c'est qu'on ne sait pas vraiment vers où. Tout ce qu'on peut affirmer c'est qu'on est sur une route. Mais quelle route ? En repartant de Machin-Chose, la pluie était encore modérée et la visibilité acceptable. Aussi, pour gagner du temps, le chef n'a pas pris la direction qui menait droit à la nationale, mais un itinéraire indiqué par un indigène très sûr de lui qui nous a affirmé que ce raccourci nous ferait gagner un bon quart d'heure.

Résultat : on est paumés.

Ce qu'on espérait n'être qu'une averse passagère est devenu un déluge infernal, au point que le roulement de la pluie sur les tôles de la voiture couvre presque le bruit du moteur. C'est effrayant. Le chef est crispé sur le volant, penché en avant pour tenter de distinguer quelque chose à travers l'eau qui dégouline sur le pare-brise et contre laquelle les essuie-glaces poussifs ne peuvent plus rien. Au delà du capot, le monde visible s'arrête sur un rideau compact de pluie que la lumière jaunâtre des phares s'épuise à vouloir percer.

La sagesse exigerait qu'on s'arrête pour attendre qu'il pleuve moins et qu'un minimum de visibilité nous permette au moins de ne pas rouler en aveugles. Ça nous aiderait bien pour retrouver la bonne route. J'en fais la suggestion au chef mais il la rejette, prétextant que s'il stoppait le moteur, nous ne pourrions peut-être plus redémarrer. Il a sans doute raison. Il ajoute avec humeur qu'il sait parfaitement où il va et ça par contre je n'y crois pas un poil.

Je commence à avoir vraiment peur et je ne suis pas le seul. Deux ou trois autres passagers de ce vaisseau fantôme se sont réveillés. Ils ne parlent pas mais le reflet des phares éclaire assez leur visage pour qu'on puisse y lire de l'inquiétude. Bien qu'on avance au pas, la bagnole peut à tout instant basculer dans un fossé ou être emportée par un cours d'eau en crue. Mais le chef s'obstine contre toute raison et je n'ose plus rien lui dire. Ce n'est pas le moment de le contrarier.

Pour ajouter à mon appréhension, j'éprouve ce sentiment angoissant que nous sommes les seuls êtres vivants de ce désert noyé. Depuis notre départ nous n'avons pas croisé un seul véhicule, nous n'avons vu aucune habitation, pas même une lumière dans la nuit. Je commence à prier, comme tous les lâches qui ne pensent à Dieu que lorsqu'ils ont besoin de Lui.

— Ah enfin !

L'exclamation de soulagement du chef nous sort de notre torpeur et nous redonne de l'espoir. Je me penche :

— Qu'est-ce qu'il y a ?
— Un patelin.

Nous plissons les yeux. Il a raison. À travers le mur de pluie brillent faiblement quelques lueurs. Sans doute une petite agglomération.

Tout le monde est réveillé à présent. Nous nous accrochons à ces lumières comme des naufragés à une épave. Ce n'est probablement qu'un village minuscule, peut-être même seulement un lieu-dit. Qu'importe ! Nous ne sommes plus seuls. Il y a certainement à l'entrée de ce bled paumé un panneau indicateur qui va nous permettre de nous repérer sur la carte. Nous n'en demandons pas plus.

Mais à hauteur de la première baraque, pas la moindre indication. Quelques dizaines de mètres plus loin l'espoir nous a de nouveau abandonné. Ce groupe de constructions éparses n'est même pas un lieu-dit. Le chef jette l'éponge :

— Bon. J'en ai marre et plus que marre. On s'arrête là et on attend qu'il pleuve moins.

Il y a quelques soupirs de déception mais il a raison. Nous ne pouvons pas replonger dans cet enfer liquide sans le moindre repère. Sur notre droite apparaît une petite esplanade plantée de quelques arbres ; le chef manœuvre légèrement pour s'y garer.

Soudain une exclamation nous échappe. Dans la lumière des phares apparaît une surface brillante, de l'autre côté de la petite place, juste derrière les arbres. Pas de doute, c'est un rectangle réflectorisé avec une extrémité en pointe. Un panneau indicateur ! Nous sommes sauvés.

Malheureusement, malgré la faible distance qui nous en sépare, la pluie qui continue de tomber en trombes nous empêche de déchiffrer depuis la voiture ce qu'indique le panneau. Quant à rapprocher la bagnole c'est impossible à cause des arbres. Deux choses sont certaines : l'indication comprend plusieurs mots et l'un des derniers groupes semble formé de chiffres. Certainement un kilométrage !

— J'y vais, décide le chef, la main déjà posée sur la poignée de sa portière.

— Sans pépin ? Tu as vu ce qui dégringole ? Tu vas te tremper. Attends au moins que ça se calme un peu !

— Non je m'en fous. J'en ai vu d'autres. Et puis j'en ai ras-le bol. Il faut qu'on rentre. J'y vais.

Le temps qu'il s'éjecte et repousse la portière, une gifle de pluie glacée balaye l'intérieur de la 403. Cette averse est d'une brutalité effrayante. Il va revenir dans un état ! Dans l'éclat des phares, on le voit courir plié en deux sous la violence de l'eau en pataugeant dans les flaques. Il n'a qu'une dizaine de mètres à faire mais il n'est pas près de les oublier. Aucun d'entre nous ne voudrait se trouver à sa place.

Arrivé au panneau, il redresse à peine la tête pour lire puis fait aussitôt demi-tour et revient au galop, toujours cassé en deux sous le déluge. On lui ouvre d'avance la portière pour qu'il se mette plus vite à l'abri. Il se jette dans la voiture avec une expression hagarde, les cheveux dégoulinants, trempé de la tête aux pieds, inondant l'intérieur. C'est pire que ce qu'on imaginait. Il s'assoit sans pouvoir prononcer un seul mot, en claquant des dents. Il doit crever de froid.

— Alors ? hasardé-je.

Il ne répond rien. Le visage fermé, il embraye en marche arrière, manœuvre pour reprendre la route et nous voilà repartis dans la nuit sans autre explication. J'interroge les autres du regard : qu'est-ce qu'on est en train de faire ? Pourquoi ne parle-t-il pas ?

J'insiste :

— Chef, qu'est-ce qu'il y avait sur le panneau ?

— Écoute, commence-t-il en s'efforçant visiblement de garder son calme, si tu veux me faire plaisir ne me parle pas de ce panneau ! (son ton monte peu à peu) Je ne veux plus qu'on me parle de ce putain de panneau ! (il finit par hurler) Que personne ne me fasse plus chier avec cette saloperie de panneau de merde ! Compris ?

Ah ça, pour comprendre on a compris. On ne peut pas être plus clair. Nous nous regardons, ébahis. Qu'est-ce qui lui prend ? On ne l'a jamais vu aussi furieux.

Bon. Je passe sur la fin du voyage retour. La pluie s'est calmée un peu, on a retrouvé la bonne route et on a fini par arriver, épuisés, transis, furieux contre cette météo pourrie, contre le plouc qui nous a indiqué ce raccourci de malheur, contre nous-mêmes pour avoir fait la connerie de l'écouter, mais on est arrivés. C'est le principal.

Le lendemain après-midi… Ah ! J'ai oublié de dire que le chef d'orchestre est garagiste et qu'en semaine il m'emploie comme secrétaire. Donc, le lendemain après-midi, en me rendant au garage, je m'attends à le trouver alité avec une crève carabinée. Mais pas du tout ! Une bagnole est déjà perchée sur le pont élévateur pour une vidange-graissage. En plus, il a plutôt l'air de bon poil.

– Salut chef !

Cette façon de m'adresser à lui tient plus du sobriquet que d'une quelconque marque de déférence. Après les banalités d'usage, je me dirige vers le petit bureau, mais il a quelque chose à ajouter :

– Euh dis donc, pour cette histoire de panneau cette nuit, ça t'intéresserait de savoir pourquoi j'étais en rogne quand je suis revenu trempé ?

Je suis étonné qu'il remette ça sur le tapis après sa gueulante dans la bagnole. Mais ce qui m'étonne le plus, c'est qu'il semble au bord du fou-rire.

– Tu parles si ça m'intéresse !

– Eh bien… sur ce putain de panneau… il y avait écrit… (il rigole franchement maintenant) il y avait marqué… *Superbe point de vue à 100 mètres !*

La dame de Paris et le capitaine

— C'est incroyable !

La dame de Paris était exaspérée.

— C'est incroyable, répéta-t-elle en fixant du regard une bouée de sauvetage comme pour la prendre à témoin, nous ne sommes jamais à l'heure. C'est insensé !

Elle appuya bien sur "jamais".

Le *Memphis* luttait avec peine contre le courant du Nil. C'était un très vieux bateau. Dans les meilleures conditions il parvenait à doubler les felouques[1] et à son âge c'était déjà un exploit. Personne ne lui en demandait plus.

Personne sauf la dame de Paris qui aurait apprécié que le Memphis avance au moins aussi vite que l'âne qu'on apercevait trottinant sur la rive, guidé par un garçon juché au sommet d'un invraisemblable chargement de cannes à sucre. De fait, l'âne gagnait du terrain. Mais à cet endroit le Nil se rétrécissait pour creuser son lit entre deux rives rocheuses et le courant se renforçait sur quelques centaines de mètres. Le vieux bateau faisait ce qu'il pouvait.

— À quelle heure avez-vous dit que nous arriverions à Kom Ombo ? demanda-t-elle une fois de plus au capitaine.

---

[1] Barques égyptiennes à voile triangulaire.

— Vers onze heures et quart madame, répéta le capitaine du Memphis sans se départir de son affabilité ni de son sourire.

— Et quart ?... vous n'avez pas dit onze heures dix tout à l'heure ? il me semble que vous m'avez parlé d'onze heures dix il y a un instant.

L'Égyptien s'inclina galamment vers la dame avec la distinction raffinée des levantins, une lueur de malice au coin de l'œil.

— Madame, si vous y tenez je peux dire onze heure dix pour vous faire plaisir. C'est très facile de dire onze heure dix vous savez ! Mais je vous assure que nous n'arriverions quand même pas avant onze heures et quart.

Le capitaine du Memphis était un homme imposant d'environ trente cinq ans, grand et fort, dont l'impeccable costume croisé dissimulait mal un début d'embonpoint. Toujours d'une exquise courtoisie avec les passagers, on le devinait autoritaire pour ses subordonnés. Avec son front large, son regard qui ne se détournait jamais et ses lèvres épaisses, il ressemblait étrangement au *chef du village*[2], la superbe statue de bois qui fait l'admiration des visiteurs du musée du Caire.

La dame de Paris regarda au loin sans changer d'expression, ignorant ostensiblement l'humour du capitaine. C'était une dame qui avait de la suite dans les idées. C'est sans doute pour ça qu'elle était riche.

Car elle était très riche, même si ça ne se voyait pas. Elle ne portait aucun bijou ni vêtement de prix.

---

[2] Le "cheikh-el-beled"

Une robe très simple adaptée au climat de Haute Égypte, des chaussures plates pour la marche et une capeline sans âge posée n'importe comment sur ses cheveux courts constituaient toute sa toilette ce matin là.

Mais personne sur le Memphis ne pouvait ignorer qu'elle avait beaucoup d'argent puisque tous les passagers étaient ses invités. Elle dirigeait une énorme affaire de publicité à Paris et offrait de temps à autre à ses meilleurs clients un grand voyage aux frais de sa société. Pour ce mois de décembre mil neuf cent quatre-vingt c'est en Égypte qu'elle avait choisi de les emmener.

Après un instant de réflexion elle revint à la charge.

– Ça m'ennuie parce que j'ai fait dire à tout le monde d'être prêt à débarquer à onze heures.

– Quelle importance madame ? Ils débarqueront un quart d'heure plus tard et voilà tout.

Elle sursauta d'indignation :

– Mais… je ne peux pas faire attendre mes invités ! ça ne se fait pas !

Le sourire de l'homme s'épanouit :

– Par ici ça se fait souvent vous savez !

Malgré la retenue que lui imposait sa fonction, le capitaine du Memphis avait une franche envie de rire. Il trouvait comique cette manie des Européens de faire un tas d'histoires pour des détails qui n'en valaient pas la peine comme deux ou trois heures de retard par exemple. Le soir, lorsque les capitaines se retrouvaient entre eux aux escales, ils se racontaient les dernières lubies de leurs clients et s'en amusaient beaucoup entre deux bouffées de chicha[3].

Pour sa part la dame de Paris jugeait ces Égyptiens apathiques, insouciants et pour tout dire paresseux. Ils étaient aimables, prévenants et promettaient la main sur le cœur que tout se passerait à la seconde près comme le programme le prévoyait et ensuite ils faisaient exactement ce qu'ils voulaient, à leur propre rythme, et il ne restait plus qu'à s'en accommoder. Elle ne parvenait pas à l'accepter.

Elle avait été éduquée dans le culte de l'efficacité et de la précision, elle avait entendu mille fois "soyez bref", "le temps c'est de l'argent", etc. Elle appliquait à la lettre les règles fondamentales de la civilisation du profit et des multinationales.

On lui avait appris à courir, elle courait.

Les Égyptiens, contrairement à ce qu'elle pensait, n'étaient ni insouciants ni paresseux. Mais ils savaient depuis des millénaires que le soleil revenait chaque matin et la crue du Nil chaque été quoi qu'il arrive. C'était avec ça qu'ils mesuraient le rythme de l'univers. La course stupide des aiguilles d'une montre leur était indifférente. Issu d'une famille modeste, le capitaine avait été élevé dans la tradition, le respect des anciens et l'amour de Dieu. Comme tous ses compatriotes, il appréciait les longues conversations à la veillée devant un thé à la menthe. Pour lui, savoir profiter du temps qui passe était une vertu.

On lui avait appris la patience, il patientait.

La dame de Paris se pencha au bastingage.

---

[3] Sorte de narguilé

— Dites ! ce n'est pas le temple de Kom Ombo qu'on aperçoit là-bas après la courbe ?

— Oui madame. Nous y sommes presque.

— Mais alors c'est formidable, tout va bien ! Voyons, il est euh... onze heures moins le quart. Dans combien de temps y serons nous d'après vous ?

— Dans une demi-heure madame. Il sera juste onze heures et quart.

Ce capitaine égyptien n'avait aucune pitié pour les dames de Paris.

Elle joua sa dernière carte :

— Écoutez, je ne vous demande pas grand chose. Allez... dix minutes ! juste dix minutes... pour me faire plaisir.

Allons bon. Le coup du charme maintenant ! Voilà qu'elle minaudait. Elle aurait vraiment tout essayé. Le capitaine l'observait les bras croisés. Il en aurait à raconter à ses collègues, ce soir.

— Je ne demanderais pas mieux que de vous faire plaisir madame, mais les machines tournent au maximum. Vous savez bien que je ne suis pour rien dans ce retard puisque nous sommes partis d'Edfou exactement à l'heure prévue (ça, c'était un gros mensonge). Mais le courant était fort ce matin et...

Pendant qu'il parlait la dame de Paris s'était légèrement rapprochée, les mains jointes et la mine implorante. Il s'interrompit, désarmé.

— Dix petites minutes... murmura-t-elle.

Elle le regardait, les yeux tristes et avec un léger sourire, comme une petite fille qui demande un chou à la crème de plus. Tout un numéro !

Qu'Allah le puissant, le miséricordieux, lui pardonne. Le capitaine n'y résista pas. Il posa ses larges mains sur les épaules de la dame de Paris, la fixa droit dans les yeux et lui parla comme un père parle à son enfant pour lui transmettre sa sagesse, lentement, avec gravité, en détachant chaque mot pour donner plus de poids à ses paroles :

— Madame, ce pays est l'un des plus vieux pays du monde. Voilà cinq mille ans qu'il existe. Et dans cinq mille ans les pyramides seront toujours là. Alors madame, que nous perdions ou que nous gagnions dix minutes, dites-moi !... quelle importance ?

Ayant dit, le capitaine du Memphis salua d'une courbette respectueuse et regagna la passerelle sans ajouter un mot.

Accoudé au bastingage, j'avais assisté à toute la scène. Interdite, la dame de Paris me regarda sans me voir, les yeux ronds, et murmura en hochant la tête :

— En plus il a raison ce con.

Maurice se met à l'aise

(Lettre à Liliane du 3 juillet 2002)

Ceux qui ont eu la chance de rencontrer le grand Maurice André peuvent te confirmer que le premier contact avec un homme d'une personnalité aussi attachante est un instant inoubliable. On a entendu ses disques, on l'a vu à la télé, on admire sa maîtrise de l'instrument, sa virtuosité, la souplesse de son phrasé, cette sonorité de cristal, l'émotion qui imprègne son jeu... bref on est un inconditionnel, un fan, une groupie.

Alors on est tout ému. On va enfin rencontrer le maître. On s'attend à découvrir une légende inaccessible, une icône glacée. On se voit presque un genou à terre et le front posé sur la main qu'il va daigner nous présenter dans son auguste mansuétude.

Tu penses que j'en fais une tonne ? Tu as tort, j'exagère à peine. J'ai croisé sur les plateaux de télévision quelques illuminés qui se prenaient vraiment pour le pape. Pauvres types ! Je préfère ne pas en parler.

En novembre soixante-seize je venais à peine d'entrer dans l'orchestre de Marc Laferrière qui animait chaque dimanche à midi *Bon Appétit*, un magazine télévisé d'Yves Mourousi réalisé en direct absolu. Il faut que tu saches que pour une émission en direct les séquences doivent d'abord être répétées une à une.

Ensuite on fait une répétition en continu de toute l'émission pour vérifier les enchaînements, le minutage, etc. Si tu ajoutes le temps nécessaire au réglage des micros, à la mise en place des caméras, à l'équilibre des lumières et au maquillage, tu comprends pourquoi la production convoquait tout son monde dès neuf heures du matin.

Un de ces dimanches, en arrivant, j'entends quelqu'un jouer de la trompette. D'abord des gammes et ensuite ce genre de petites phrases musicales tarabiscotées qu'il faut répéter et répéter en faisant varier la tonalité demi-ton par demi-ton. Un copain a baptisé ça "les chaussettes de l'archiduchesse" parce que pour les musiciens c'est un peu l'équivalent des exercices de diction que font les comédiens.

Je ne sais pas d'où vient ce son de trompette mais pour autant que je puisse en juger, le loustic qui souffle dans ce biniou est une méchante pointure.

D'habitude, l'émission se déroule à la maison de la radio mais ce jour là elle a été déplacée chez Pathé où je n'ai jamais fichu les pieds. Un gardien me conduit au studio, encore assez calme à une heure aussi matinale. J'adresse un vague salut à quelques éclairagistes qui bossent déjà, et je pose mon instrument dans un coin.

— Monsieur, vous cherchez quelque chose ?

Je me retourne. La petite brune à lunettes qui vient de m'interpeller me rappelle vaguement quelqu'un. Elle serre dans le creux de son coude une planchette portant quelques feuilles de papier fixées par une pince métallique et fait machinalement tourner un stylo entre ses doigts. Un chrono est suspendu à son cou. J'y suis ! C'est une assistante de production ou quelque chose comme ça. Miracle ! Elle me reconnaît. On se serre la main.

— Pouvez-vous me dire où sont les loges s'il vous plait ?

— Les loges non ! Mais LA loge oui, répond-elle avec un sourire faussement navré. Ici on est un peu à l'étroit. Il n'y a qu'une seule grande loge. Mais vous verrez, il y a de la place pour tout le monde. Je vous y conduis. Suivez-moi.

Je ne demande pas mieux. Balancée comme elle est, avec sa petite jupe serrée, je peux la suivre des heures. Surtout dans les escaliers. Tout en marchant, elle tourne la tête à demi, me regarde par dessus ses lunettes et ajoute :

— Vous n'êtes pas le premier. Maurice André est là depuis un bon moment.

Ainsi c'est Maurice André ! Je ne m'étonne plus d'avoir eu la certitude que le gars qui faisait ses gammes connaissait son affaire. La petite s'arrête devant une porte et frappe quelques coups discrets avec son stylo. De l'autre côté la trompette continue. La môme à l'habitude de gérer ce genre de situation. Maurice André ou pas, elle coince le stylo entre ses dents et assène sur la porte une rafale de coups de poings à assommer un mammouth. Gagné ! la trompette s'arrête et une voix lance : « Entrez ! ». Ça tombe bien, c'est justement ce qu'on voulait faire.

La fille pousse la porte, s'efface pour me laisser passer et referme derrière moi. La vache… elle aurait pu me présenter. J'ai l'air de quoi moi ?

Il est là, en pull à col roulé. C'est idiot mais je ne l'avais jamais imaginé autrement qu'en smoking.

Il pose sa trompette, se lève et vient à ma rencontre. Je remarque qu'il est en pantoufles. Sa crinière argentée en désordre, il s'approche avec un sourire ravi et la main déjà tendue.

Je me présente.

– Maurice André, qu'il répond.

Celle-là c'est la meilleure... il se présente aussi ! J'imagine un courtisan quelconque reçu en audience à Versailles et à qui le roi serrerait la paluche en disant : « Salut mon pote, moi c'est Louis quatorze ».

Mais je ne suis pas au bout de mes surprises.

Alors que, pétrifié de trac, je bredouille une platitude lamentable dans le genre « comment allez-vous ? », il tend son index vers moi et le pose doucement au milieu de ma lèvre supérieure, à l'endroit où les musiciens qui jouent d'un instrument à embouchure ont un petit méplat.

– Trombone ! annonce-t-il triomphalement.

– Euh... oui. (je dois avoir l'air parfaitement idiot).

– Je ne me trompe jamais. J'en vois tellement ! Chez les trompettistes la forme est plus pointue. Et pour les cors c'est vraiment très particulier. Tu joues avec qui ?

Et voilà ! Il me tutoie. Il y a deux mois j'étais un petit musicaillon obscur qui ramait dans un restaurant de Bordeaux et ce matin le plus grand trompettiste du monde me tutoie. Si je n'attrape pas la grosse tête avec ça...

Le plus fort c'est qu'une minute plus tard je me sens totalement à l'aise et que je m'adresse à lui comme si nous étions amis depuis des lustres. Cet homme est d'un abord si naturel qu'on a l'impression de l'avoir toujours connu.

Mon copain Patrice, qui est trompettiste à la Garde Républicaine, m'a raconté sa première rencontre avec Maurice André. Très intimidé et en admiration, il voulait lui poser quelques questions sur lui, sur ses enregistrements en cours, sur les concerts qu'il donnait, s'il partait en tournée, etc. Maurice a d'abord répondu mais au bout d'un moment il a pris Patrice par le bras et lui a dit : « On s'en fiche de tout ça. Tu peux le lire dans un magazine de musique classique. Mais moi je ne sais rien de toi. Raconte ! Qu'est-ce que tu as comme trompette ? Qu'est-ce que tu préfères jouer ? », etc.

Et il a interviewé Patrice pendant un quart d'heure.

Je pourrais t'écrire des pages sur les trois heures que nous avons eu le privilège de vivre près de cet artiste extraordinaire ce fameux dimanche. Je n'en ai pas oublié une seule seconde. Mais pour que tu te fasses une idée de toute la bonhomie touchante de cet extraterrestre, il suffit d'une seule petite histoire.

Un peu plus tard dans la matinée, tout le monde était en place dans le studio et c'était au tour de Maurice de répéter son passage. Il avait choisi de jouer un concerto de Telemann à la trompette baroque, tu sais, cette trompette miniature qui ressemble à un jouet.

Il se met en place devant son micro et la voix gouailleuse de Marcel Fagès, le réalisateur de l'émission, résonne dans les hauts parleurs du studio :

— Bon Maurice, c'est à toi quand tu veux.

— Dis Marcel, intervient l'artiste, tu me prends comment ?

— Hein ?

— Je parle de l'image. Comment on va me voir ?

— Ben euh… je vais te faire quelques gros plans et puis des plans plus larges pour alterner.

Dans le studio, on devine au ton du réalisateur qu'il est interloqué. D'habitude, ce sont plutôt les chanteuses qui ont des exigences : le bon profil, etc. S'il s'attendait…

— On me verra en entier ? insiste Maurice.

Fagès ricane.

— Bien sûr que non ! les écrans télés ne sont pas assez larges.

Marcel raffole de ce genre de vanne dont tout le monde a fait les frais un jour ou l'autre. Maurice André rigole comme les autres mais il ne lâche pas prise pour autant :

— Sans blague, dis-moi comment tu vas me cadrer.

— Dis donc, interroge Fagès, tu es toujours aussi emmerdant ou tu t'es entraîné exprès pour moi ? Je te ferai des plans américains, voilà ! ça te va ?

— C'est quoi ce bazar ?

— (soupir)… tu seras cadré de la tête jusqu'à mi-cuisses.

— Ah ! s'exclame Maurice, donc on ne verra pas mes pieds ?

— Puisque je te le dis !

— Bon. *Alors je garde les pantoufles.*

Eclat de rire général ! Maurice explique à Mourousi en se fendant la poire :

— Je me suis trompé de pompes ce matin en préparant ma tenue. J'ai pris une paire de chaussures neuves et elles ne sont pas encore faites. Elles me font un mal de chien.

Et voilà comment un dimanche de novembre soixante-seize, les téléspectateurs se sont régalés d'un superbe concerto de Telemann magistralement interprété par un Maurice André impeccable dans sa tenue de soirée, sans se douter le moins du monde que le maître avait les orteils bien à l'aise dans de confortables charentaises fourrées.

Le dernier curé

(À la mémoire de l'abbé Michel D, dernier curé de Ménerville)

L'église de mon village n'existe plus.

Quand une église est détruite à la suite d'un incendie, d'un tremblement de terre ou d'un bombardement aérien, c'est un événement pénible mais qu'on peut comprendre. Parce que ce sont des choses qui arrivent. On se cotise, on retrousse ses manches, et on la reconstruit encore plus belle qu'avant.

Mais une église qu'on démolit parce qu'elle ne sert plus à rien c'est un crève-cœur. Surtout quand nos parents s'y sont mariés, qu'on y a été baptisé et que nos anciens y ont fait étape pour leur dernier voyage.

Ce sort lamentable fut pourtant celui de presque toutes les petites églises de mon pays natal après son indépendance. Elles ont subsisté quelques années, respectées des populations mais de plus en plus désertes. Finalement l'archevêché a autorisé leur démolition, la mort dans l'âme je suppose, parce qu'il n'y avait plus moyen de faire autrement.

Et le dernier jour est arrivé.

Dans la faible clarté du soir une longue silhouette noire est apparue sur le parvis et a gravi les quelques marches du perron avec recueillement, une à une, presque en les savourant, comme pour en conserver à jamais le souvenir.

L'homme portait un manteau de voyage par dessus sa soutane et une modeste valise aux renforts usés qui ne contenait que quelques vêtements, deux ou trois livres, une photo jaunie de ses parents sertie dans un cadre nacré... toute sa fortune. Il a poussé le battant et un pauvre sourire s'est dessiné sur ses lèvres en retrouvant le grincement plaintif et familier des gonds dont aucune huile n'avait jamais pu venir à bout. Puis il a glissé son béret dans une poche de son manteau et, accompagné du seul bruit de ses pas résonnant sur les vieilles dalles de pierre, le dernier curé de mon village s'est enfoncé dans la pénombre pour dire adieu à son église.

Après avoir cherché à tâtons l'interrupteur, il a allumé la veilleuse du chœur et saisi avec précaution le ciboire doré qu'il a emballé dans une feuille de papier journal avant de le coucher pieusement dans sa petite valise.

Et puis il est resté là longtemps, les bras ballants, tout seul, comme il l'était chaque dimanche depuis des mois qu'il célébrait la grand-messe dans une nef vide et silencieuse. Son regard s'est attardé sur chaque détail ; Le grand crucifix, la vierge Marie telle qu'elle était apparue à Bernadette de Lourdes, sainte Thérèse serrant sa croix et son bouquet de roses, la statue de Jeanne d'Arc brandissant son étendard, celle du pape saint Léon dont l'église portait le nom, barbu et solennel sous sa tiare dorée, le chemin de croix devant lequel se recueillaient les fidèles chaque soir de la semaine sainte, l'aile droite du transept où en décembre les enfants dressaient dans les rires la grande crèche de Noël avec son ange souriant qui hochait la tête à chaque pièce glissée dans le tronc, les ex-voto qui couvraient les murs, le confessionnal vermoulu où les petites gens venaient se faire absoudre de quelques peccadilles qu'ils prenaient pour de grands péchés, et là-haut, quelque part dans l'ombre, derrière la balustrade de la galerie, le vieil harmonium poussif, muet depuis l'année soixante-trois lorsque ce jeune homme qui fut le dernier à le faire chanter est parti comme tous les autres pour ne jamais revenir.

Quelle tristesse ! Pourtant, toute la journée, en mettant le presbytère en ordre pour le restituer à la commune, il avait tenté de se forger une détermination, un courage. Il s'était promis que ça ne se passerait pas comme ça et répété mille fois qu'une église n'était somme toute qu'un assemblage de pierres et de tuiles, qu'il y avait d'autres églises, que Dieu était partout... Peine perdue !

Alors il est tombé à genoux pour prier une dernière fois devant l'autel centenaire où ne brillerait plus jamais la flamme d'aucun cierge. Ce vieil autel qui avait vu tant de jolies mariées, tant de marraines souriantes et attendries par le bébé qu'elles portaient dans leurs bras, tant de larmes autour des cercueils couverts de fleurs, tant de premiers communiants fiers de leur costume si bien repassé.

Il est resté là longtemps, priant à voix basse, écrasé par les souvenirs, entouré de fantômes, sans pouvoir se résoudre à partir. Encore un pater... encore une minute... rien qu'une !

Enfin résigné, le pauvre homme s'est relevé a regret, une boule dans la gorge. Il a pris sa vieille valise et s'est coiffé de son béret d'une main tremblante. Puis il a poussé un profond soupir, le cœur gros à éclater, et s'est mis en marche lentement le long de l'allée centrale, comme un condamné, en regardant droit devant lui.

Et il a quitté son église comme ça, sans éteindre la veilleuse, sans tirer le battant, sans reprendre la clef sur la porte… à quoi bon ?

En descendant les marches du perron, misérable, étouffant de chagrin, il a bien pris garde de ne pas se retourner.

Surtout ne pas se retourner !

Le lendemain les pioches sont arrivées.

Une histoire suisse... une vraie !

C'est bien connu : pour un étranger, tous les Français ont tous des moustaches, un béret basque, une baguette de pain sous le bras, un camembert dans la poche, ils ne boivent que du vin rouge, sont friands d'escargots et ne peuvent pas aligner quatre mots sans dire "Oh lala".

Mais c'est pareil en France. Pour une bonne partie des Français, les Italiens sont bruns, ont les mains baladeuses, passent leur temps à jouer de la mandoline sous les balcons, se nourrissent exclusivement de pâtes et ne savent dire que "Mamma mia" en agitant les mains dans tous les sens.

Bien sûr ça ne tient pas debout. Mais à la réflexion, sur le nombre de Français et d'Italiens en circulation, on ne peut pas complètement écarter la possibilité qu'il existe deux zigomars qui correspondent en tout point aux caricatures ci-dessus.

La preuve : je connais le Suisse des histoires suisses. Le vrai ! J'affirme qu'il existe. Je l'ai rencontré. Mieux que ça ! J'ai joué plus de vingt ans avec lui dans le même orchestre. Alors pensez...

Il s'appelle Wani et vient de Zurich. Il faut s'imaginer un citoyen de plus de six pieds de haut, bien enveloppé de lard, luisant de santé, doré sur tranche, avec un visage large et un nez un peu tombant, le teint fleuri, le poil dru, moustache et barbe bien taillées, cheveux en brosse, et l'on a une première approche de l'animal.

Le trait dominant de son caractère c'est qu'il est toujours prêt à se fendre la poire pour un oui pour un non. La gaité et la bonne humeur de Wani sont proverbiales et son rire généreux explose à la moindre occasion. Quand on a un petit coup de calcaire, pas besoin d'antidépresseurs ni de psy ! il suffit d'aller vider une chope de bière avec Wani. Succès garanti.

Signe particulier, il a appris à parler notre langue à Montpellier, son premier point de chute en France. Le résultat c'est qu'il est certainement le Suisse-Allemand le plus calé en jurons occitans. À part ça, il parle un français très correct mais avec un accent de Zurich taillé dans la masse.

Wani est un bon vivant aux goûts rustiques. Il apprécie principalement le fromage, la bière, et les demoiselles dotées de protubérances anatomiques significatives. En clair, disons qu'il préfère les nénettes qui ont de gros nibards et le reste à l'avenant. Quand il en parle, il a des yeux de faune.

Et surtout, il est lent. Mais lent à un point difficile à imaginer. Et c'est par ce trait qu'il personnifie le mieux le héros traditionnel des histoires suisses.

Attention, il ne faut pas me faire dire ce que je n'ai pas dit. Il est lent mais ça ne signifie pas qu'il soit stupide. Dans un tas de domaines, Wani est même plus dégourdi que beaucoup d'autres et que moi en particulier. Nous avons exercé ensemble le même métier pendant plus de vingt ans avec à peu près les mêmes revenus et aujourd'hui il a du bien au soleil et de l'argent de côté alors que je suis fauché comme un champ de luzerne. La preuve qu'il est plus malin que moi !

La vérité c'est que l'intérieur de sa tête n'est pas fichu comme celui de tout le monde. Lorsqu'on explique quelque chose à Wani, on a l'impression que les idées, une fois passées à travers les poils de ses grandes oreilles, cherchent leur chemin dans un embrouillamini de tuyaux et de soupapes, qu'elles tournent en rond, hésitent, reviennent sur leurs pas, se renseignent, consultent un plan, essaient une autre solution, etc. Il est clair qu'elles ont un mal fou à parvenir au centre de son cerveau. Le plus grand nombre y arrive bien trop tard pour servir à quoi que ce soit. D'autres n'ont plus donné de nouvelles depuis si longtemps que les recherches ont été abandonnées.

La même lenteur affecte également ses faits et gestes (exception faite de sa virtuosité insolente à la clarinette). Par exemple, en vingt ans d'orchestre la même scène s'est reproduite des dizaines de fois : le chef nous indiquait la date, l'heure et le lieu de rendez-vous de notre prochaine prestation et chacun de nous s'empressait de prendre note. Pendant ce temps, Wani fourrageait dans sa sacoche, explorait ses poches l'une après l'autre en ronchonnant, finissait par mettre la main sur son agenda, récupérait par terre le stylo tombé de sa veste et qui avait roulé sous sa chaise, s'installait au coin d'une table, chaussait ses lunettes, et se déclarait enfin prêt à noter. Il ne restait plus qu'à tout lui répéter.

Comme beaucoup d'étrangers ayant appris le français sur le tas, Wani ne sait pas toujours différencier les expressions correctes de celles qu'il vaut mieux éviter d'employer dans la bonne société. Je ne suis pas près d'oublier, un soir où nous dînions dans un restaurant assez classe, le regard de réprobation méprisante d'un maître d'hôtel très stylé lorsque Wani, après avoir longuement promené son grand nez sur chaque fromage du plateau, précisa qu'il préférait "ceux qui chlinguent un max" ! Je ne savais plus où me mettre.

Vers la fin des années soixante-dix, Christian, un copain restaurateur de l'île de Ré, invita les musiciens de l'orchestre et leurs compagnes à passer quelques jours de vacances chez lui hors-saison, au mois de mai.

Nous étions vraiment en vacances et n'avions apporté nos instruments de musique que pour le plaisir. Par contre, il était prévu que l'orchestre revienne deux ou trois jours au mois de juillet pour assurer l'animation musicale du restaurant, que Christian espérait voir chaque soir envahi d'estivants. Cet optimisme ne l'avait pas empêché de prévoir le cas où il n'aurait pas en juillet les moyens de nous rétribuer d'un cachet à la hauteur de nos prétentions. Aussi avait-il imaginé ce moyen sympathique de nous inviter en mai, pour nous avancer une partie de notre cachet en nature en quelque sorte.

Son restaurant était situé aux environs de Saint Clément des Baleines, en bordure du petit bois de Trousse-Chemise si joliment chanté par Charles Aznavour.

Wani avait épousé Éliane quelques mois auparavant et ils formaient, en dépit de leur mariage tardif, un couple heureux et parfaitement assorti. Éliane était comme Wani germanophone d'origine, mais son accent était un peu moins rugueux que celui de son mari. Tous deux parlaient allemand en privé mais avaient la courtoisie de ne s'exprimer qu'en français en notre compagnie.

Ils s'efforçaient par jeu d'afficher une naïveté de jeunes mariés. Cependant cette candeur affectée qui aurait pu faire sourire en raison de leur âge ne parvenait qu'à les rendre adorables. Ils étaient touchants de tendresse, se donnaient les diminutifs affectueux de *Shnabi* et *Shnipi* (!) et mettaient une bonne volonté ingénue à montrer qu'ils partageaient les mêmes goûts en tout.

Ils s'étaient ainsi découverts une passion commune pour la nature, l'observation des oiseaux et la vie au grand air. Dédaignant l'automobile qu'ils jugeaient inadaptée à la découverte de nouveaux paysages, ils s'étaient équipés de cyclomoteurs et disparaissaient chaque matin aussitôt après le petit déjeuner, bardés de provisions, de boissons fraîches et de matériel photographique.

Ils rentraient parfois pour midi mais le plus souvent on ne les voyait revenir que dans la soirée, fourbus, ruisselants de sueur, couverts de poussière, mais fiers et heureux à en crever.

Un soir, au cours du dîner, comme chacun racontait ses activités de la journée, Wani nous en apprend une bien bonne :

— Nous, cet abrès-miti, on a fait du nadurisme.

(J'ouvre une parenthèse. Je réalise que si je m'entête à essayer de reproduire l'accent allemand sur le papier, les quelques dialogues de cette histoire vont devenir incompréhensibles. Alors j'y renonce la mort dans l'âme et me résigne à traduire désormais les répliques de Wani et d'Éliane en version française. En contrepartie, le lecteur est prié de les lire avec l'accent adéquat et en traînant bien sur les syllabes. Je sais que c'est difficile, mais chacun doit y mettre du sien).

Donc Wani nous apprend qu'Éliane et lui ont passé l'après-midi à poil dans la nature.

On laisse d'abord récupérer ceux qui viennent de s'étrangler en avalant leur potage de travers, puis chacun interroge les tourtereaux sur leur nouvelle lubie. Comme Éliane juge convenable de baisser les yeux en rougissant comme une jouvencelle, Christian demande à Wani :

— Et où avez-vous fait du naturisme ?

— Sur la plage de Saint Clément, répond le lumineux.

— Oui évidemment, approuve Marc. En ce moment il n'y a pas de vacanciers sur la plage. Vous pouvez courir trois kilomètres le derrière à l'air sans rencontrer personne.

— Ah ben non alors ! l'interrompt Wani en accompagnant cette interjection qui lui est familière d'un vigoureux mouvement de dénégation de la tête. Il y avait un pêcheur, et nous on aime bien se mettre tout nus pour profiter du soleil mais on ne veut pas que quelqu'un puisse nous voir.

— Mais… fais-je remarquer, tu viens de dire que vous y étiez sur la plage de Saint Clément !

Une histoire suisse... une vraie !

— Au début on voulait, intervient Éliane, mais quand on a vu le pêcheur on a cherché un meilleur endroit.

— Et on en a trouvé un super, enchaîne le Suisse de course. Juste derrière un blockhaus !

Pour qui n'a pas connu la plage de Saint Clément des Baleines à cette époque, il faut préciser qu'elle n'avait guère changé d'aspect depuis la fin de la deuxième guerre mondiale ; une immense étendue de sable doré large comme un champ de blé et bordée sur toute sa longueur d'un remblai naturel que les Allemands avaient farci de constructions en béton : les fameux blockhaus du mur de l'Atlantique.

— Oui, renchérit Éliane, on s'est mis derrière le deuxième blockhaus, celui où quelqu'un a peint des fausses fenêtres.

— Hein ? sursaute Christian, mais c'est dégueulasse derrière ce blockhaus ! Les gens y jettent un tas de cochonneries. Vous êtes sûrs que c'est celui-là ?

— Bien sûr que c'est celui-là, confirme Wani, mais on n'est pas fous quand même ! *Avant de nous installer, on a tout nettoyé.*

Énorme succès autour de la table ! Tout le monde se représente la scène : les deux rigolos le cul en l'air et les breloques pendantes, en train de ramasser soigneusement les bouteilles en plastique, les canettes de Coca et autres saloperies, juste pour dégager un coin de sable où ils puissent étendre leurs serviettes. Et tout ça en baragouinant en allemand par dessus le marché. On est pliés de rire. J'en ai les larmes aux yeux.

Et pourtant, à cet instant, qui pourrait imaginer que le plus beau reste à venir !

Le temps de retrouver sa respiration et Christian pose à Wani la question que tout le monde se pose :

— Mais enfin pourquoi avoir choisi cet endroit ? Si vous vouliez absolument vous installer derrière un blockhaus, vous aviez le choix ! Derrière les autres c'est propre !

Wani et Éliane échangent un regard de commisération, comme si notre manque de jugeote leur faisait pitié. Finalement, c'est elle qui daigne éclairer notre lanterne, sur le ton patient qu'on prend pour s'adresser à des demeurés :

— Mais justement ! on voulait essayer cet endroit parce que tout le monde sait que ce n'est pas propre. Alors personne n'y vient jamais.

— Et comme ça, poursuit Wani sur le même ton, lorsqu'on reviendra en juillet, Éliane et moi on aura notre petit coin à nous pour faire du naturisme tranquillement. Vous comprenez ?

— Mais ça ne tient pas debout ! s'exclame Christian. En juillet il y a vingt mille personnes tous les jours sur la plage. Votre fameux petit coin tranquille sera toujours occupé !

— Sûrement pas ! laisse tomber calmement Éliane.

— Comment ça "sûrement pas" ? Pourquoi ?

Et dans le silence, alors que nous nous sommes arrêtés de manger, la fourchette en l'air et les yeux fixés sur les deux schtroumpfs comme ceux des apôtres sur le messie, Wani nous révèle le moyen extravagant qu'Éliane et lui ont imaginé pour réserver leur emplacement :

— Parce que, *avant de partir on a remis toutes les ordures !*

Éliane nous a quittés voici quelques années. Mais Wani n'a pas tellement changé depuis ces beaux jours à l'île de Ré, si ce n'est qu'il a pas mal d'années de plus et un bon paquet de kilos supplémentaires. En fait, il est devenu pour ainsi dire sphérique. Il y a peu de temps, comme je lui demandais combien il pesait maintenant, il a répondu dans un grand rire :

— Ch'en sais rien ! Che peux plus foir la palance à cause de mon fentre !

Quel phénomène ! et quel caractère merveilleux ! en vingt ans de travail en commun je ne crois pas qu'on se soit disputés une seule fois. Avec Wani, tous les problèmes finissent par un éclat de rire ou par une chope de bière… et souvent les deux !

Alors bien sûr je lui ai passé un coup de fil pour lui demander l'autorisation de raconter cette histoire ; d'abord par correction et surtout parce que je tiens à son estime et que je m'en voudrais de le froisser. Comme je m'y attendais, il a non seulement été d'accord mais en plus il était ravi.

Ça ne m'a pas vraiment étonné. Il faut dire que cette histoire est un grand classique de mon répertoire et que je la raconte très souvent entre amis ou à la fin d'un repas de copains. Eh bien à chaque fois que Wani est présent, c'est lui qui me demande de la ressortir !

Et ce qui fait mon bonheur, c'est qu'au moment de la chute, il rit plus fort que tout le monde !

Encore perdus dans la nuit

Cette nouvelle histoire de musiciens égarés en pleine nuit sur une route inconnue n'a pas grand chose de commun avec la première. Il y pleut moins, nous sommes loin de Toulouse et vingt ans ont passé. Mais c'est sa chute qui la rend singulière. La fin de cette errance nocturne laisse dans la bouche comme un arrière-goût de désespoir.

C'était au milieu des années quatre-vingt et nous rentrions de Vienne. Pas la nôtre dans la vallée du Rhône mais l'autre, celle des Strauss, François-Joseph, Freud et autres vielles barbes. Nous venions d'y passer deux jours pour animer l'anniversaire de Franz, un authentique prince autrichien, fan de l'orchestre depuis des années.

J'ai oublié dans quelle voiture nous voyagions, ce qui ne m'étonne pas vraiment car Marc Laferrière[1] change de bagnole beaucoup plus souvent que le commun des saxophonistes. Il les achète, les revend, les use, les échange ou se les fait voler à un rythme que tout le monde a renoncé à suivre depuis longtemps.

Brigitte, l'épouse de Marc, était de la partie. D'ordinaire les musiciens ne peuvent pas emmener leurs compagnes aux soirées privées mais Franz

---

[1] Célèbre musicien de jazz français, mon chef d'orchestre et ami depuis 1976.

connaissait personnellement Brigitte et l'avait invitée. Un autre musicien faisait le quatrième.

Comme la fête s'était prolongée tard dans la nuit, nous nous étions accordés une grasse matinée et avions quitté Vienne à une heure avancée de l'après-midi après un déjeuner roboratif. Rien ne nous pressait et le temps qu'il nous faudrait pour rejoindre nos pénates était le dernier de nos soucis. D'ailleurs, je n'ai jamais vu Marc se préoccuper de faire "une bonne moyenne" sur la route. Notre programme de retour prévoyait au contraire toutes les haltes que nous estimerions nécessaires au repos et au ravitaillement de la voiture et de ses passagers. Il était même question de prendre un hôtel n'importe où si nous nous sentions trop crevés pour faire le trajet d'une seule traite. Difficile d'être plus raisonnables !

L'itinéraire de Vienne à Paris est sans mystère : autoroute d'un bout à l'autre via Munich et Strasbourg. La traversée de l'Autriche dura ce qu'il restait de l'après-midi et la frontière allemande fut atteinte dans la soirée.

Et c'est précisément en entrant en Allemagne que Brigitte manifesta soudain une envie irrésistible de manger une choucroute.

Qu'elle ait faim n'était pas étonnant car le repas de midi était déjà loin et il était presque vingt heures. Mais pourquoi une choucroute ? La question posée, elle répondit que tout le monde savait parfaitement que ce plat était une spécialité allemande et qu'il lui paraissait tout naturel de profiter du fait que nous passions par l'Allemagne pour déguster une bonne choucroute.

Marc et moi étions persuadés que la choucroute était plutôt une spécialité alsacienne et nous eûmes l'impudence de faire part de notre avis à Brigitte. Ce à quoi elle répondit de sa jolie voix douce mais sur un ton sans réplique qu'elle était certaine de ce qu'elle avançait et que nous n'y connaissions rien.

Et voilà pour nous. Il ne nous restait plus qu'à mettre ça dans notre poche avec notre mouchoir par dessus.

Au moment d'écrire ces lignes, pour en avoir le cœur net et enrichir du même coup mes connaissances en gastronomie, j'ai cherché à me renseigner sur cette affaire de suprématie entre l'Allemagne et l'Alsace en matière de choucroute. D'après l'évangile selon saint Internet, il semblerait que les Allemands l'aient adoptée avant les Alsaciens mais que la façon de l'accommoder à l'alsacienne soit de loin la plus appréciée. Brigitte avait donc raison mais nous n'avions pas tort.

Quoi qu'il en soit, il nous sembla qu'à notre époque où n'importe qui pouvait se faire servir une pizza au Japon ou un canard laqué à Plougastel, nous pourrions dénicher sans trop de peine une choucroute en Bavière. Surtout dans une grande ville comme Munich d'où nous n'étions plus très loin.

Entre temps, alors que la journée avait été splendide, l'humidité était tombée avec la nuit. Pas encore de la pluie mais un léger brouillard qui commençait à envelopper les phares des voitures et les lumières des villes d'un halo cotonneux. Cependant la visibilité restait suffisante pour circuler en toute sécurité, surtout à l'allure modérée que Marc observait.

Notre idée était d'entrer dans Munich où nous pensions trouver un grand choix d'établissements sympathiques et accueillants. Car naturellement, nous préférions éviter les restaurants d'autoroute pour des raisons sur lesquelles il est superflu de s'attarder.

Par malchance, sur l'autobahn qui contourne Munich par le nord, la circulation devint si dense que notre idée commença à battre de l'aile. Toutes les bretelles de sorties vers le centre étaient sursaturées. Persister à vouloir pénétrer en ville n'était pas raisonnable.

Marc proposa alors de sortir plutôt côté banlieue, et d'essayer de dénicher l'auberge de nos rêves à la périphérie immédiate de la ville. De ce côté-ci la circulation semblait plus fluide et l'on prendrait bien soin de ne pas trop s'éloigner de l'autoroute afin d'y revenir facilement.

Dès lors notre destin était en marche. Nous allions droit à un rendez-vous dont nous nous serions bien passés.

En y repensant aujourd'hui, je trouve qu'on était quand même un peu gonflés. Car si l'on peut raisonnablement espérer dénicher en plein cœur d'une cité aussi cosmopolite que Munich un restaurant où quelqu'un parle français, cet espoir s'amenuise nettement en s'éloignant du centre. Or à nous quatre réunis nous ne pouvions pas aligner plus d'une demi-douzaine de mots d'allemand. En fait, toute notre maîtrise de la langue de Goethe se limitait à ce que nous avions retenu de films comme *Le jour le plus long* ou *Les canons de Navaronne*, et qu'on le veuille ou non, il faut bien avouer que *schnell, alarm, kaput* et *mein Gött,* c'est quand même un peu juste pour commander une choucroute.

Cependant, au moment des faits, ces considérations secondaires ne nous effleurèrent même pas. Nos pensées se tournaient vers une seule et unique préoccupation : manger !

Marc quitta donc l'autobahn à la première sortie et quinze secondes plus tard nous étions définitivement perdus, ce qui constitue probablement le record du monde de la spécialité.

Deux raisons expliquent cette performance historique.

D'abord nous nous attendions à ce que la bretelle de sortie nous largue gentiment aux abords d'un patelin identifiable sur un plan. Je t'en fiche ! La voiture se retrouva tout de suite embringuée dans une invraisemblable série d'échangeurs dont chaque bifurcation donnait le choix entre deux ou trois directions aux noms plus compliqués les uns que les autres. Plus question de *München* ou d'*Augsburg* qui nous auraient permis de nous orienter sur une carte ! Ce n'étaient que des *Fahrenzhausen, Hallbergmoos,* et autres noms à rallonge si encombrés de consonnes que nous parvenions à peine à les déchiffrer. Inutile de préciser que les voitures qui nous talonnaient ne nous laissaient pas le temps de choisir. À chaque bifurcation, Marc se voyait forcé d'opter sans délai pour une direction ou pour une autre au pifomètre absolu.

L'autre raison est cette obstination stupide des Allemands à rédiger leur signalisation routière dans leur propre langue. Il paraît que c'est normal mais nous ça ne nous aidait pas.

Pour couronner le tout, une fois délivrée du labyrinthe des échangeurs, la voiture déboucha sans transition en pleine campagne, comme à mille lieues de toute zone habitée. Pourtant, Munich n'était forcément qu'à un jet de pierre, mais dans quelle direction ? Aucun panneau indicateur ne mentionnait plus le nom de la capitale bavaroise.

Alors que l'ambiance était encore à la plaisanterie quelques minutes auparavant, un silence consterné s'installa dans la voiture. Comment pouvait-on s'égarer aussi vite, et surtout aussi près d'une grande ville ? Cette petite route aurait aussi bien pu se trouver au cœur de la Mongolie. La seule tache de lumière était celle de nos phares. Aucun village n'émergeait de l'obscurité et comme toujours dans ces cas là nous avions cette impression angoissante d'être seuls au monde. Depuis notre sortie des échangeurs nous n'avions pas croisé le moindre véhicule. Cette route ne venait de nulle part et ne menait nulle part. Nous étions perdus, perdus, perdus !

Le brouillard s'était épaissi et se déposait sur les vitrages en une fine couche de bruine collante. Les essuie-glaces suffisaient à maintenir une visibilité acceptable vers l'avant mais les autres vitres ressemblaient à du verre dépoli. Notre moral dégringolait en chute libre.

Que faire ? Nous résigner à faire demi-tour pour regagner l'autoroute que nous avions quittée ? C'était revenir à la case départ, replonger dans les embarras de circulation et surtout renoncer à nous restaurer.

Marc proposa sagement de persister dans le même sens quelques kilomètres de plus. Après tout il n'était que vingt heures trente et il serait toujours temps de revenir vers Munich un peu plus tard si nous ne trouvions rien dans cette direction. Sa proposition fut agréée sans enthousiasme. Personne n'y croyait plus vraiment.

Le brouillard était maintenant devenu un crachin poisseux qui collait aux balais des essuie-glaces. La chaussée luisait sous les phares et Marc roulait lentement pour se donner le temps de réagir à tout obstacle imprévu. Aucun d'entre nous ne disait mot. Le moral était au plus bas. Pour ma part, alors que j'avais vécu à plusieurs reprises des situations semblables et parfois bien plus critiques, je me sentais submergé par une peur incoercible. J'essayais de me ressaisir, mais en vain. Pour une raison inexplicable, j'étouffais d'angoisse. Cette errance dans la nuit sale, sur cette route triste et inconnue, personnifiait pour moi le désespoir à l'état brut. Prémonition ?... Je ne sais pas.

Sur combien de kilomètres se prolongea cette équipée sinistre ? Des dizaines nous semblait-t-il. En réalité beaucoup moins, peut-être pas plus de quatre ou cinq.

Au grand soulagement de tous, Marc renonça enfin à poursuivre plus avant. Il déclara qu'à son avis il n'y avait rien d'autre au bout de cette route qu'un trou noir, une sorte de triangle des Bermudes dans lequel les gens et les choses disparaissaient sans laisser de trace et que nous ferions mieux de revenir sur nos pas pendant qu'il en était encore temps.

Et c'est à cet instant, au détour d'un virage, que des lueurs surgirent de la nuit. L'espace d'un instant, nos phares éclairèrent un panneau indiquant le nom d'une agglomération.

Six lettres… six lettres seulement !… mais qui forment un nom d'épouvante, un nom de désespoir. Un nom sinistre qui glace d'effroi les âmes les plus endurcies :

> DACHAU

Il y eut peu de commentaires. Marc exécuta un demi-tour impeccable, nous rejoignîmes l'autoroute avec l'impression de renaître à la vie et décidâmes d'un commun accord de ne plus nous arrêter avant d'avoir franchi la frontière française.

De toute façon nous n'avions plus faim.

L'histoire de Popeye

(dédiée à Sylvette)

Les chats abandonnés, ou fuyant une demeure où ils ne se plaisent pas, élisent volontiers domicile dans un nouveau foyer sans se soucier d'y avoir été invités.

Naturellement les occupants dudit foyer n'apprécient pas toujours cette désinvolture et l'intrus est fichu à la porte dans la minute.

Mais jamais chez nous ! À la maison ça marche à tous les coups.

Ainsi a débarqué un jour dans notre bout de jardin un minuscule chaton tigré roux à peine sevré et maigre au dernier degré de la maigreur. Le temps que j'ouvre la porte, pfutt, il était déjà passé entre mes jambes et explorait la cuisine en braillant sa faim. Faute de viande, je réchauffe un reste d'épinards de la veille qui trainait dans le frigo et je mets ça sous le nez du squatter en me disant que je vais faire un bide.

J't'en fous ! il se met à bâfrer les épinards avec un tel appétit qu'à un moment il entre complètement dans le ravier pour lécher ce qui est resté collé sur les bords, tout ça en me surveillant du coin de l'œil et en grondant un peu comme si j'allais lui voler ses épinards. J'étais plié de rire.

Nous avions déjà Paméla et il n'était pas question d'un deuxième chat. Comme celui de nos voisins venait de mourir de vieillesse (il était tellement vieux que mes filles l'appelaient Chagaga), j'ai pris le fauve dans le creux de la main et je suis allé frapper à la porte d'à côté. C'est bien connu, tous les gens qui viennent de perdre un animal familier qu'ils avaient depuis longtemps jurent qu'ils n'en auront plus jamais d'autre. Mais évidemment, dès que Raymonde a vu le monstre de deux cents grammes elle a craqué. Alors je lui ai raconté le coup des épinards et voilà comment Popeye a trouvé un port d'attache et un nom qui lui allait comme un gant.

Il grandissait chez nos voisins mais ne dédaignait pas de nous rendre visite sous le regard méprisant de Paméla. Je dois avouer qu'à ma connaissance il n'a jamais plus mangé d'épinards. Le souvenir de cette fringale devait être trop cruel.

Et voilà qu'un soir, alors qu'il était devenu un beau chat d'environ six ou sept mois, Popeye se comporta avec moi d'une manière que je n'aurais jamais imaginée de la part d'un chat.

Ma fille nous confiait parfois Saxo, son Yorkshire, et bien sûr il fallait le sortir de temps à autre. Un soir, à la nuit tombée, je prends Saxo en laisse et nous voilà partis pour une petite balade dans le quartier. En passant devant chez nos voisins, je sens une présence feutrée se couler à mes pieds et je me retrouve avec Saxo à ma droite au bout de sa laisse et Popeye à ma gauche, trottant tout fier à côté de moi, la queue dressée comme une perche de trolleybus !

Nous habitions à l'époque l'une des fameuses villas des Buttes Chaumont, un étroit passage pavé en forte pente séparant deux rangées de pavillons en vis à vis. Pour la promenade, je faisais simplement avec Saxo le tour du pâté de maisons, sortant de la villa par la rue du bas et y revenant par celle du haut.

En découvrant Popeye marchant à mes pieds, j'ai pensé qu'il allait nous accompagner quelques mètres puis retourner bien vite se cacher dans son jardin.

Mais au bas de la villa, il a tourné avec nous et continué à trotter tranquillement à côté de moi en remontant la rue. Je n'en revenais pas.

Pourtant, arrivé au boulevard, un peu effrayé quand même par la circulation, les lumières et le bruit, il s'est mis à l'abri sous une voiture en stationnement. Nullement préoccupé de son sort et persuadé qu'il n'avait besoin de personne pour retrouver sa maison, je me suis désintéressé de lui et j'ai remonté quelques trente mètres de boulevard avec Saxo qui pissait ses trois gouttes toutes les dix secondes.

Au moment de tourner dans la rue qui nous ramènerait en haut de la villa, j'ai quand même jeté un œil derrière moi. Popeye était toujours planqué sous sa bagnole et ne me lâchait pas du regard, les yeux écarquillés, attendant visiblement quelque chose de moi que je ne comprenais pas.

Pris d'une intuition, je l'ai appelé en me frappant du plat de la main sur la cuisse. Surgissant de son abri comme un boulet de canon, il nous a rejoints en quelques secondes, frôlant le mur en galopant ventre à terre comme font les chats qui se méfient d'un danger. Et puis, une fois rassuré par le calme de la petite rue, il a repris tranquillement sa place à ma gauche et ne nous a plus quittés jusqu'à la maison.

L'enfant qui léchait les bateaux

Je n'aurais jamais imaginé qu'un chat accorde sa confiance à quelqu'un au point de se risquer à le suivre en territoire inconnu, donc en milieu hostile par définition.

J'étais à la fois scié d'étonnement et émerveillé.

J'ai renouvelé l'expérience à plusieurs reprises, même sans le chien. Popeye n'attendait que ça et me refaisait à chaque fois le même coup au niveau du boulevard, attendant que je monte seul puis que je lui fasse signe que la voie était libre et qu'il n'avait rien à craindre.

On commençait à être connus dans le quartier tous les deux, le grand couillon et son chat qui ne le lâchait pas d'une semelle.

Plus tard il a été castré et son tempérament a changé (on le comprend). Il ne m'a plus jamais suivi et je dois avouer que sans lui, faire le tour du pâté de maisons avec Saxo n'avait plus le même goût.

Et puis les années ont passé. Nous avons déménagé mais nous revenons parfois à la villa Manin car en vingt-deux ans, pensez si nous avons eu le temps de nous y faire des amis ! Paméla nous a quitté peu après avec au fond de son doux regard vert la nostalgie du petit coin des Buttes Chaumont où elle avait été heureuse pendant quatorze ans. Le petit Saxo est mort l'an dernier.

En rendant visite à notre ancienne voisine, Annie a revu Popeye il y a quelques semaines. C'est maintenant un vieillard perclus de rhumatismes qui ne sort plus. Il attend la mort en silence en ne bougeant de sa couche que pour faire pipi ou grignoter une bricole sans appétit et ne daigne accorder au monde d'aujourd'hui qu'un regard méprisant et fatigué.

Je pense qu'un jour ou l'autre j'en serai au même point.

Comment suspendre son manteau ?

Prenez une parenthèse.
Droite ou gauche, peu importe !
Par exemple l'une des parenthèses de la ligne suivante
(vous pouvez jeter l'autre à la poubelle).
Tenez-la bien horizontalement,
Sa courbe vers le haut.

Que faire maintenant ?

Prenez le point d'interrogation qui termine la ligne ci-dessus
Et n'en conservez que le crochet.
Le point qu'il y a sous le crochet ne sert à rien.
Jetez-le à la poubelle
Avec la parenthèse qui n'a pas servi.

Vissez le crochet sur la parenthèse,
Juste au milieu de la courbe.

Vous obtenez un cintre parfait, incassable
Et économique.

Placez-y soigneusement votre manteau.

Pour suspendre le tout,
Il ne vous manque qu'un point de suspension.

Le voici…

Petit clin d'œil à Jacques Prévert
sorti tout fait d'un vieux crâne au réveil d'une courte sieste
un dimanche d'avril 2002.
Conséquence probable d'une digestion difficile !

Le record du monde de trombone à coulisse

« Non le jazz n'est pas mort !... mais il a une drôle d'odeur ! »

Cette boutade aigre-douce d'un copain trompettiste résume malheureusement trop bien le sort du jazz en ce début de siècle. Que reste-t-il aujourd'hui de cette musique qu'on a crue éternelle ? Je veux dire : qu'en reste-t-il de vivant ? Quel est son avenir ?

Même si des amoureux du jazz persistent contre vents et marées à organiser festival sur festival, même si des jazz clubs et des associations se créent toujours ici où là, même si de jeunes musiciens de talent s'y consacrent avec ferveur, il faut bien reconnaître que le jazz n'est plus la musique populaire qu'il fut jusqu'aux années soixante-dix et il est peu probable qu'il le redevienne jamais.

Car ce jazz, considéré de nos jours par une partie du public comme uniquement accessible aux initiés, ou par la majorité des jeunes comme une musique ringarde réservée aux vieux chnoques complètement largués, ce jazz fut autrefois populaire et à un point difficilement imaginable aujourd'hui.

Prenons l'exemple de Sidney Bechet, puisque c'est en France que sa carrière connut son apogée. Il est maintenant courant d'entendre déclarer que Sidney Bechet était une grande vedette *de jazz* des années cinquante.

Faux, faux et archi-faux ! Sidney Bechet fut un immense musicien de jazz, mais l'expression "vedette de jazz" est par trop restrictive car elle sous-entend que sa musique n intéressait que les amateurs de jazz. En réalité, Bechet était une grande vedette tout court, au même titre qu'Edith Piaf ou que Charles Trenet. Ses concerts attiraient autant de monde que ceux des plus grands noms de la chanson et souvent bien d'avantage ! Bien avant les pop stars, il fut en permanence traqué par les paparazzi. Tout ce qui concernait sa vie publique ou privée, comme son légendaire mariage sur la Riviera, constituait un évènement dont les magazines se disputaient l'exclusivité. Ses disques s'arrachaient dès leur sortie et toutes les générations fredonnaient *Petite fleur*, *Dans les rues d'Antibes*, *Premier bal* ou *Les oignons*.

Et puisqu'il est de bon ton aujourd'hui de mesurer le succès d'un concert à l'état de dégradation dans lequel le public laisse les lieux, rappelons que c'est le dix-neuf octobre mil neuf cent cinquante-cinq, au cours d'une mémorable soirée à l'Olympia organisée pour fêter le millionième disque de Sidney Bechet, que furent cassés les premiers fauteuils de l'histoire du show-biz[1]. Même si l'on n'approuve pas ce genre de débordement stupide, l'incident montre à quel point cette musique déchaînait l'enthousiasme des foules.

Entre les deux guerres mondiales, les étudiants furent parmi les premiers à prendre conscience du potentiel de convivialité et de bonne humeur de cette forme de musique. Bientôt, chaque université, chaque

---

[1] Et non pour un concert de Gilbert Bécaud comme on l'entend souvent dire aujourd'hui.

Le record du monde de trombone à coulisse

grande école put s'enorgueillir de posséder sa propre formation de jazz. Cette tradition perdura plusieurs dizaines d'années et de grands instrumentistes découvrirent ainsi leur véritable voie, abandonnant sans regret la médecine pour le piano ou l'architecture pour le saxophone. Mais la majorité de ces étudiants fous de jazz restèrent de brillants amateurs et ce n'est pas un hasard si en France les meilleures formations non professionnelles furent pour la plupart longtemps constituées d'ingénieurs, architectes, pharmaciens, toubibs ou notaires.

Comme les autres villes de France, Alger avait ses orchestres universitaires dont le plus connu était celui du clarinettiste Jean-Christian Michel[2]. Aussi débarquai-je à l'École Normale d'Instituteurs en octobre cinquante-huit avec la ferme intention de battre le rappel de tous les musiciens qui pourraient s'y trouver pour constituer un orchestre placé naturellement sous ma direction. Mais j'appris en arrivant qu'une petite formation de jazz composée d'élèves de deuxième année existait déjà et qu'elle ouvrirait chaque vendredi soir la séance hebdomadaire de cinéma.

Imbu de ma "longue expérience" (pensez !... je jouais dans les bals depuis deux ans !), je dégoulinais de vanité et me résignais avec bienveillance à devoir supporter les efforts laborieux de trois ou quatre néophytes alignant quelques notes bancales sur un rythme incertain. Dans ma grande magnanimité, j'avais d'avance pitié d'eux et me promettais de les aider,

---

[2] Le même Jean-Christian Michel qui se tournera plus tard vers la musique sacrée.

si toutefois c'était possible, à sortir de leur indigence musicale.

Sombre crétin !

Dès les premières secondes où je les entendis jouer, je fus soufflé, littéralement stupéfié par l'énergie farouche que dégageaient ces garçons. Jo attaqua sur son tom basse un battement évoquant les tambours apaches avec une puissance et une décision qui me coupèrent la respiration. Dans la salle, l'ambiance grimpa au quart de tour. Encore quelques mesures de ce prélude diabolique et la clarinette de Jean-Jacques cisela dans le marbre les premières notes de *Big Chief*.

Inouï ! j'étais en apnée, les yeux écarquillés, la bouche ouverte. Je n'avais jamais rien entendu de pareil en direct. Il y avait dans cette musique une force, une précision… quelque chose qui arrachait les tripes. Je connaissais un peu le jazz pour en avoir écouté à la radio mais là c'était différent. Ce que j'entendais était autre chose qu'une suite de sons inertes ; cette musique possédait un pouvoir extraordinaire : elle respirait… elle vivait ! Je venais de prendre un coup de poing d'une tonne dans l'estomac.

Inutile de préciser que cette découverte m'avait ramené instantanément à la modestie absolue ; ces types n'avaient pas besoin de moi pour faire de la bonne musique. Et même, question jazz, je ne leur arrivais pas à la cheville. J'en eus d'ailleurs la douloureuse confirmation quelques jours plus tard lorsqu'un copain fit savoir à Jean-Jacques que j'étais musicien. Il me convoqua en classe de maths-élem à la pause de midi pour m'auditionner et accepta même de

Le record du monde de trombone à coulisse

me prêter sa clarinette, avec la recommandation habituelle :

— Ne mets pas tes dents sur le bec !

Je ne vois pas comment j'en aurais eu le temps. Trente secondes plus tard, il me reprit son instrument des mains et le couperet s'abattit :

— Non c'est pas bon. Tu connais rien au jazz.

Ce qui était l'absolue vérité.

J'étais mortifié. Moi qui me prenais pour un cador, ma première tentative de faire partie d'un orchestre de jazz se soldait par un échec. Ah ma carrière démarrait bien ! J'avais été viré avant de commencer.

Bien décidé à corriger le tir, je passai dorénavant une bonne partie de mes loisirs à écouter du jazz, à lire des revues, à apprendre d'autres morceaux que les sempiternels douze tubes de Sydney Bechet qu'on entendait partout, et surtout à jouer et rejouer du jazz, m'entraînant à improviser à la clarinette et au saxo, les seuls instruments à vent que je pratiquais à l'époque. Tant et si bien que vers le milieu de l'année scolaire, je fus enfin admis à intégrer l'orchestre de l'école en tant que saxophoniste. Autrement dit, je me retrouvais presque leader de la formation. La vengeance de Billy le Kid !

Comme je n'avais qu'un saxo alto, je jouais dans les aigus en forçant sur le vibrato pour imiter le soprano de Bechet. C'était probablement horrible mais Dieu merci, personne ne possède d'enregistrement de cette période. Enfin j'espère.

À partir de la rentrée suivante, l'orchestre s'enrichit peu à peu de musiciens supplémentaires : Jacky, un vrai pianiste (l'ancien faisait un peu semblant de jouer), et Jean-Claude, un grand garçon flegmatique qui jouait de la guitare et du banjo. Notre musique commençait vraiment à tenir la route, et naturellement l'envie de nous faire connaître du public algérois ne tarda pas à nous chatouiller.

Les choses allèrent bon train. Deux éléments extérieurs à l'école furent rapidement recrutés : un trompettiste au jeu élégant, et Michel, un nouveau pianiste à la technique affirmée. Cette fois nous étions parés pour affronter le verdict populaire. La nouvelle formation fit deux ou trois essais en public et nous jugeâmes l'accueil que nous réserva l'auditoire suffisamment positif pour nous convaincre que nous étions d'ores et déjà fin prêts pour la radio et la télévision.

Aujourd'hui bien sûr, l'opinion complaisante que nous avions de nous-mêmes peut faire sourire. Il est probable que notre jazz était tout juste acceptable mais à dix-sept ans on a les dents longues et l'envie de mordre. Cette jeunesse que la guerre d'Algérie nous volait en partie, la musique nous aidait à l'accomplir. Aucun d'entre nous n'en était conscient mais je crois que notre passion de jouer était en partie une revanche ; une revanche contre le couvre-feu, contre les fouilles dans les magasins, contre les autocars mitraillés, contre les grenades aveugles qui roulaient jusque sous les flippers...

Qui se débrouilla pour nous faire passer à la radio ? Je ne m'en souviens plus mais je ne serais pas étonné que ce soit Jo, notre batteur. Il avait un culot phénoménal, ses entrées partout, il connaissait tout le

Le record du monde de trombone à coulisse

monde et n'avait peur de personne[3]. Les négociations furent rondement menées et aboutirent à un engagement à radio Alger pour une prochaine émission du *Club des Jeunes*.

Rendez-vous était pris pour le jeudi suivant et il ne nous restait que peu de temps pour parer au plus urgent, à savoir prévenir le ban et l'arrière ban de nos familles, amis et connaissances que nous allions jouer à la radio. En dehors de cette formalité incontournable, je n'ai pas le souvenir que nous ayons éprouvé une angoisse quelconque avant l'émission. D'ailleurs, nous n'avions aucune raison d'avoir le trac puisque nous étions les meilleurs. Ben voyons !

Ce que nous n'avions pas prévu c'est que l'orchestre sortirait de cette première émission de radio avec un vrai nom de baptême grâce à une trouvaille amusante du présentateur Henry Séry.

Au moment de nous annoncer, alors que nous étions prêts à jouer, il demanda qui était le chef d'orchestre pour l'inviter à présenter la formation lui-même.

Panique générale ! Nous n'avions jamais songé à ce détail. Notre orchestre était un modèle de démocratie où toutes les décisions étaient prises en commun et aucun de nous n'aurait eu la prétention d'en revendiquer la direction. Le temps que me vienne l'idée perfide de désigner Jean-Jacques il était trop tard ; l'animal avait été plus rapide et tendait déjà l'index vers moi avec un sourire angélique.

Je l'aurais bouffé.

---

[3] En 2002, il est écrivain et signe *Spadafora*, mais la description que j'en donne est toujours valable.

— Ah ! le chef est donc le saxophoniste, dit Séry. Bonjour jeune homme. Voulez-vous nous dire votre nom ?

J'étais terrifié, paralysé à la pensée de tous ces gens qui écoutaient la radio en direct : mes parents, ma sœur, ma grand-mère, les voisins... et surtout les copains ! Ceux-là, je pouvais être certain qu'ils ne me feraient pas de cadeau. Un mot de travers, un bégaiement, un seul lapsus, et j'étais bon pour qu'ils se foutent de moi pendant huit siècles. Quelle idée d'avoir prévenu tout le monde ! Si j'avais su...

Evidemment je fus lamentable, parvenant à peine à prononcer mon nom et celui des autres d'une voix enrouée et inaudible, le goulot complètement obstrué par le trac.

Impitoyable, Henry Séry continuait à me torturer :

— Et comment s'appelle votre formation ?

— C'est l'orchestre de jazz de l'École Normale, articulai-je péniblement.

— Oui, ça nous le savons déjà, mais quel est son nom ?

— Ben...

Pas la peine d'attendre du secours des autres zigotos ! Ils me fixaient d'un regard agricole avec un sourire d'idiot du village, espérant un miracle, une illumination soudaine, une improvisation géniale... Comme si j'en étais capable !

— Vous n'avez pas de nom ?

— Euh...

— Mais, l'orchestre de jazz de l'École Normale, ce n'est pas un nom ça !

Ah bon ? Pourtant à moi il me semblait bien que c'en était un, et très classe en plus. Il ne me serait pas venu à l'idée d'en chercher un autre.

Le présentateur s'adressa aux quelques autres participants à l'émission[4] qui nous entouraient dans le petit studio :

— Et si on leur trouvait un vrai nom maintenant ? Là, en direct ! Ce serait sympa non ?

— … (murmures d'approbation)

— Bon. Tout le monde a remarqué que la plupart des orchestres de jazz américains ont un nom qui commence par "Original" et qui finit par "Band", comme l'Original Dixieland Jazz Band par exemple. On peut partir de là non ?

— Euh… oui, approuvai-je sans enthousiasme.

— Alors on a déjà "Original" au début et "Band" à la fin. Il ne reste plus qu'à trouver un bidule pour mettre entre les deux. Quelqu'un a une idée ?

En supposant que quelqu'un dans le studio ait eu la moindre idée, il n'aurait jamais eu le temps de la formuler car Henri Séry en avait déjà trouvé une, et gratinée !

— Mais attendez ! Pourquoi chercher un bidule à mettre au milieu ? On l'a déjà, ce *bidule* ! Messieurs, votre orchestre a un nom. Il s'appelle l'*Original Bidule Band* !

J'étais effondré. C'était grotesque. Tout le monde allait se foutre de nous. Mais pressé d'en finir, ce diable d'Henry Séry enchaînait déjà :

---

[4] Dont l'Algérois Roger Hanin qui venait présenter son dernier film, *La valse du Gorille*.

— Chers auditeurs, pour la première fois, en direct du Club des Jeunes, vous allez entendre l'Original Bidule Band. Jeunes gens, nous vous écoutons.

Le soir, à l'école, les commentaires allèrent bon train. À notre grande surprise, les copains ne jugeaient pas ce nom ridicule mais au contraire bien trouvé et facile à retenir. Nous étions encore hésitants, mais dans les jours qui suivirent l'avis de nos proches confirma celui des normaliens. Dès lors l'affaire était entendue. Un peu malgré nous, l'orchestre de jazz de l'École Normale devint officiellement l'Original Bidule Band.

Finalement on s'y est habitué. On a même fini par l'aimer, ce nom. J'ai retrouvé dans mes archives un dessin que j'avais fait à l'époque, un peu pompé sur l'ancien logo de la SNCF, où les trois lettres OBB étaient tellement emberlificotées les unes dans les autres qu'on n'y comprenait plus rien. Heureusement, je ne l'ai montré à personne.

Très souvent, encore aujourd'hui, je rencontre des Algérois qui se souviennent de l'Original Bidule Band. La preuve qu'Henry Séry avait eu un coup de génie !

Et cette histoire de record du monde de trombone à coulisse ?

Minute ! j'y arrive.

L'émission *Le Club des Jeunes* était programmée chaque jeudi après-midi en alternance entre la radio et la télévision : un jeudi à la radio, le jeudi suivant à la télé et ainsi de suite. Comme nous l'avions déjà faite à Radio Alger, nous n'avions plus qu'un rêve, passer à la télévision ! La radio c'était bien, mais la télé c'était quand même autre chose. Non seulement on nous entendait, mais en plus on nous voyait. Ça changeait tout.

Surtout qu'à l'époque, en Algérie comme en métropole, posséder un téléviseur (on disait "un poste de télévision") était un luxe réservé à une poignée de privilégiés. Même les cafés n'en avaient pas tous. Je me souviens que quand ma grand-mère acheta son poste, on affichait complet tous les soirs dans sa cuisine ; tout le quartier était là. Il n'y avait qu'une seule chaîne, évidemment en noir et blanc et d'une qualité d'image discutable, mais personne ne voulait en manquer une seule seconde quel que soit le programme. Je crois me souvenir qu'il n'y avait que deux heures d'émission aux alentours de midi, le soir grosso modo de dix-sept heures à presque minuit et le reste du temps nada. Alors pensez ! De plus il ne faut pas perdre de vue que l'Algérie était en guerre et que le couvre-feu interdisait toute sortie nocturne : pas de promenades ni de cinéma ! Le soir, il ne restait que la belote, la radio ou la télévision : c'est dire l'importance de la télé. Vers vingt heures trente on recevait le "relais de Paris", autrement dit le programme national de métropole. On savait ainsi le temps qu'il ferait le lendemain à Saint-Étienne ou à Paimpol, ce qui nous faisait une jambe magnifique. Mais jusqu'à vingt heures n'étaient diffusés que des programmes locaux ; une partie en arabe (principalement des films égyptiens) et le reste constitué de variétés et de magazines tournés à Alger. *Le Club des Jeunes* en faisait partie. Enfin, tout ça pour dire qu'en soixante, jouer à la télé n'était pas aussi anodin que maintenant. Un seul passage de l'orchestre et c'était la notoriété assurée. Pas moins.

Malheureusement, la production ne nous jugeait pas encore mûrs pour la télévision. Elle accepta cependant de nous donner une autre chance à la radio et ce second passage parut à tout le monde plus convaincant que le premier.

Dès la fin de l'émission, le présentateur Raymond Tortora se retrouva assiégé dans la régie par une bande de zoulous bien décidés à ne pas lui lâcher les babouches tant qu'il n'aurait pas promis d'user de toute son influence pour que l'orchestre soit inscrit au générique d'une prochaine version télévisée du magazine. Submergé par le nombre, il se débarrassa de nous en appelant le réalisateur à la rescousse, lequel réalisateur jugea nos revendications justifiées.

– D'accord ! Vous faites la télé jeudi prochain.

C'était gagné. Mais notre triomphe ne dura pas dix secondes. Une voix calme, derrière nous, posa une question anodine qui allait nous assassiner :

– Vous n'avez pas de trombone ?

C'était Christian Guérin, un tromboniste professionnel qui jouait dans l'orchestre de Claude Luter et avait enregistré avec Sidney Bechet, autant dire un demi-dieu ! Il faisait son service militaire à la musique de garnison d'Alger et passait souvent à la radio et à la télévision. Nous venions pour la première fois de l'entendre jouer en direct au cours de l'émission et son talent nous avait foudroyés. Comparés à cet extraterrestre nous n'étions rien, moins que rien.

– Ben non, dis-je, on n'a pas de trombone.

En effet, au point de vue instruments à vent nous en étions toujours à la même composition : trompette, clarinette et saxo alto. Christian Guérin le savait parfaitement puisque nous venions de jouer devant lui.

— Si vous n'avez pas de trombone vous n'êtes pas un véritable orchestre de jazz Nouvelle Orléans. Surtout qu'il n'y a pas non plus de contrebasse ! À la télé ça va faire moche.

— Tu crois ? s'inquiéta le réalisateur.

— Pardi ! insista Guérin, impitoyable. Ils n'ont aucun instrument qui joue dans le grave à part la main gauche du piano. Qu'il n'y ait pas de contrebasse, à la rigueur ça peut passer, mais du jazz Nouvelle Orléans sans trombone ça ne ressemble à rien.

Le réalisateur se tourna vers nous.

— Désolé les enfants. Moi, quand un professionnel me dit que ça n'ira pas, je le crois. Vous ne pouvez pas faire la télé jeudi prochain.

Il fallait trouver quelque chose tout de suite… vite ! Par bonheur, le dieu des menteurs veillait sur moi.

— Et pourquoi on la ferait pas la télé ? on a un trombone ! assurai-je contre toute vraisemblance.

— Ah bon ? et depuis quand ? où il est ton type ? c'est l'homme invisible ?

Les autres, stupéfaits d'apprendre que l'orchestre avait un trombone, essayaient de deviner quel bateau j'étais en train de monter pour m'épauler au besoin. Ça moulinait dur dans les boyaux de la tête. Heureusement, ce fichu Christian Guérin s'était éloigné et le réalisateur semblait plus facile à manœuvrer.

— Mais c'est parce que j'avais pas compris la question ! je croyais qu'on parlait d'aujourd'hui. On n'en avait pas aujourd'hui, mais d'habitude on en a un.

— Et pourquoi il était pas là aujourd'hui ?
— Parce qu'il est malade, me devança un autre loustic.
— Oui, il a la grippe, jugea utile de préciser un troisième escroc, mais jeudi prochain il ira sûrement mieux.

Les autres opinèrent avec candeur. Ça y était ! le bateau était monté. Il ne restait plus qu'à procéder au lancement.

— Vous êtes sûrs ? interrogea une dernière fois le réalisateur en nous fixant l'un après l'autre d'un œil soupçonneux par dessus ses lunettes.

Impressionné par l'absolue conviction avec laquelle toute la bande approuvait de la tête, il déposa les armes.

— Bon d'accord. Vous faites la télé jeudi prochain, mais déconnez pas hein ? Je veux un orchestre complet.

À la réflexion, je ne crois pas que Jacky Ordines ait mordu à notre histoire à la noix. Mais il a dû se dire que des illuminés qui pouvaient proférer sans sourciller des mensonges aussi foireux pour retourner la situation à leur avantage étaient capables de tous les prodiges. Aussi ne doutait-il pas de nous voir arriver aux studios de télévision le jeudi suivant avec un tromboniste en état de fonctionnement.

Lui en était peut-être certain mais nous beaucoup moins.

Où dénicher un tromboniste de jazz ? dire qu'il n'y en avait pas beaucoup à Alger est un euphémisme. Nous n'en connaissions qu'un seul : celui de Jean-Christian Michel. On pouvait toujours lui demander de nous dépanner mais nous n'avions pas beaucoup d'espoir de le convaincre. Jean-Christian n'était pas du genre à prêter ses musiciens aux orchestres concurrents.

Que faire ? demander à Christian Guérin ? nous n'oserions jamais. Nous ne pouvions pas imaginer un seul instant qu'un professionnel de cette classe puisse accepter de jouer avec des débutants[5]. Pourtant c'était bien à cause de lui qu'on était dans ce pastis !

Ce qui ne faisait aucun doute, c'est que si l'on arrivait sans trombone le jeudi suivant Jacky Ordines nous bouffait tout crus. L'orchestre serait rayé des programmes de télé pour les deux siècles à venir. Il fallait trouver une solution.

Tout ceci fut ruminé en long et en large dans la soirée même du jeudi et déboucha sur un plan d'action qui ne pouvait malheureusement pas être mis en œuvre avant le week-end. En effet nous étions en internat, donc coincés à l'école sans possibilités réelles de contact avec l'extérieur jusqu'au samedi midi. Ce qui d'emblée nous faisait perdre deux jours sur la petite semaine dont nous disposions pour résoudre notre problème.

Avec les moyens de communication modernes, joindre qui que ce soit à n'importe quelle heure par portable ou par courrier électronique est devenu un jeu d'enfant. Mais au début des années soixante c'était une autre paire de manches ! Un simple coup de téléphone interurbain tenait du parcours du

---

[5] Bien des années plus tard, lorsque j'ai raconté cette histoire à Marc Laferrière, il m'a assuré que nous n'avions rien compris. D'après lui, Christian Guérin était intervenu parce qu'il espérait justement que nous lui demanderions de s'intégrer à l'orchestre.

combattant. Les élèves de l'école pouvaient en théorie téléphoner depuis le poste du surveillant général, mais bien entendu, il fallait fournir une raison hautement valable pour en obtenir l'autorisation : maladie, décès ou autre cas de force majeure. La seule solution consistait à appeler depuis le café d'en face. Comme nous ne disposions pour nous y rendre que d'un minuscule créneau entre le dîner et l'étude du soir, beaucoup d'élèves s'y pressaient pour téléphoner au même moment. Se retrouver en quatrième ou cinquième position dans la file d'attente revenait à devoir renoncer faute de temps. Mais le fait d'être le premier à atteindre le précieux poste téléphonique ne constituait pas pour autant un gage de succès. L'automatique n'était pas disponible dans cette petite localité, aussi le cadran de numérotation de l'appareil était-il remplacé par une simple manette qu'il fallait basculer sur le côté et qui permettait (en principe) de faire réagir une standardiste à l'autre bout du fil. Avec un peu de chance, la demoiselle répondait au troisième ou quatrième appel. Il n'était surtout pas question de se plaindre d'avoir attendu si longtemps car à cette heure avancée de la journée, les standardistes étaient fatiguées et plutôt de mauvais poil. Donc, c'est profil bas et bouche en cœur qu'on demandait le numéro désiré en épelant les chiffres le plus clairement possible pour éviter d'être mis en communication avec l'archevêché alors qu'on souhaitait parler au garagiste. Une fois le bon numéro obtenu, encore fallait-il que quelqu'un décroche à l'autre bout ! Dans le cas contraire, il ne restait plus qu'à tout recommencer avec un autre numéro ou à regagner l'école la tête basse.

Mais parfois – ô miracle ! – on parvenait à avoir le correspondant désiré en ligne. Il fallait alors s'efforcer d'être le plus bref possible. D'abord parce que le téléphone coûtait cher, ensuite parce que les zouaves qui attendaient derrière s'impatientaient, et surtout à cause des coupures chroniques de communication qui intervenaient ordinairement au bout d'une minute ou deux.

Voilà pourquoi notre plan d'action excluait toute tentative d'appel téléphonique et que nous avions préféré sacrifier deux précieux jours à attendre la sortie hebdomadaire du week-end afin de privilégier les possibilités de contact direct avec les intéressés. Les rôles étaient distribués : Jo chercherait à rencontrer le tromboniste de Jean-Christian Michel pour tenter de le décider à jouer avec nous le jeudi suivant ; il était le seul à le connaître déjà, ce qui devait en théorie faciliter la négociation. Quant aux autres, ils occuperaient leur congé hebdomadaire à essayer de dénicher n'importe où un hypothétique musicien susceptible de faire l'affaire.

À dire vrai, tous nos espoirs reposaient sur la force de conviction de Jo, car il nous semblait improbable qu'il puisse exister un seul autre tromboniste de jazz dans le département sans que nous en ayons entendu parler[6].

Arriva le lundi matin et notre moral dégringola au dessous de zéro.

Jo avait bien contacté le tromboniste de Jean-Christian Michel mais n'avait même pas eu besoin

---

[6] Erreur ! Il en existait un que nous ne connaissions pas et qui aurait accepté avec plaisir, malheureusement il ne me l'a dit que quarante-deux ans plus tard.

d'essayer de le convaincre ; il était déjà pris pour le jeudi suivant. Notre seul espoir partait en fumée.

Une cellule de crise se réunit dans la salle de gym après le repas de midi. Il ne restait plus que trois jours et nous n'avions toujours pas trouvé de tromboniste. Devions-nous en aviser la production et renoncer à la télé ? L'idée commençait à faire son chemin mais nous la rejetions encore avec énergie. Notre chance ne pouvait pas nous abandonner, c'était impossible, nous n'allions pas renoncer si près du but !

Il fallait trouver une solution... n'importe quelle solution... un miracle allait forcément se produire !

Et le miracle se produisit.

Jean-Claude, notre grand banjoïste placide, nous montra ce que nous avions pris jusque là pour son sac de sport. C'était un simple sac de toile bleue fermé par un lacet.

— Bon écoutez, j'ai apporté ça. Est-ce que ça ne pourrait pas nous dépanner ?

— Qu'est-ce que c'est ? demandai-je, incrédule.

Nous regardions ce sac sans comprendre en quoi son contenu pourrait nous aider à dénicher un tromboniste avant trois jours. Sans répondre, Jean-Claude dénoua le lacet et sortit du sac un assemblage de tuyauteries grisâtres assez peu engageantes. L'identification de cette étrange plomberie nous arracha un cri d'étonnement unanime :

— Putain ! un trombone !

Aucun doute, c'était bien un trombone à coulisse. Mais où cet olibrius avait-il déterré une pareille antiquité ? Aucun d'entre-nous n'avait jamais vu un instrument aussi bizarre.

— C'est mon cousin qui me l'a prêté, précisa-t-il. C'est chez lui depuis une éternité et personne ne sait plus d'où ça vient. Il m'a dit qu'il ne connaissait aucun tromboniste de jazz, mais qu'il pouvait nous prêter un trombone pour nous rendre service. Alors voilà.

Bien que démonté en deux parties, l'objet avait certes l'aspect général d'un trombone à coulisse, mais avec des tubes plus fins, un pavillon moins large et une embouchure tout à fait différente. À certains endroits, le métal était finement gravé de délicats motifs entrelacés comme on peut en voir sur les armes anciennes. Il était clair que ce bazar datait de Toutankhamon.

Le premier instant de surprise passé, quelqu'un demanda :

— Bon d'accord c'est un trombone. Mais à quoi ça nous avance s'il n'y a personne pour en jouer ?

— Ben… dit Jean-Claude en me désignant du menton, j'ai pensé que Rémy…

— Hein ? m'exclamai-je, et depuis quand je sais jouer du trombone moi ?

— Tu nous as dit que tu avais déjà joué du clairon basse.

— Mais ça n'a rien à voir ! Et même en supposant que je puisse sortir un son de ce machin, je ne connais rien du tout aux positions de la coulisse !

— Tu as quand même trois jours pour t'entraîner, susurra cette ordure de Jo avec un sourire d'ange.

À présent ils me regardaient tous comme des chiens affamés regardent une entrecôte. Je n'en revenais pas. Ils n'avaient pas l'air de plaisanter. Ils me croyaient vraiment capable de faire ce truc.

— Mais je rêve ! Vous êtes dingues ! Personne ne peut apprendre à jouer du trombone en trois jours ! surtout pour jouer en direct à la télé ! Vous ne vous rendez pas compte…

— Écoute, intervint calmement Jean-Jacques du ton le plus convaincant possible, personne ne te demande d'apprendre à jouer du trombone en trois jours ! il faudrait juste que tu puisses en faire assez pour jouer un morceau. Un seul morceau !

— Hum… murmurai-je.

Il y eut un moment de silence que personne n'osa troubler, et je laissai enfin tomber d'un ton résigné :

— Bon. Après tout on n'a plus le choix. Je vais essayer.

Et voilà. J'étais persuadé que ce défi était une folie, mais quand on a dix-huit ans c'est une bonne raison pour le relever

---

Je passe sur les prouesses accomplies pour rendre la vieille antiquité utilisable. La coulisse coinçait de partout et comme nous n'avions rien de mieux sous la main, un peu d'huile de machine à coudre fit l'affaire. Une bonne surprise quand même : le nettoyage de l'instrument révéla un magnifique vernis argenté du plus bel effet.

En trois soirées, à mon propre étonnement, je parvins tant bien que mal à mémoriser note par note un contrechant potable pour accompagner les autres sur *Muskrat Ramble*. Le choix de ce morceau était d'ailleurs assez gonflé car il comporte quelques interventions importantes au trombone. J'eus malgré tout assez de sagesse pour renoncer à apprendre par cœur un solo. Il ne fallait quand même pas trop pousser.

Lorsque je me remémore cette histoire invraisemblable, ce qui m'étonne le plus est l'absolue confiance de mes copains de l'orchestre. Pas un instant ils ne semblèrent douter que je puisse m'en sortir. Quelle bande de dingues !

Qu'ajouter de plus ? Le jeudi arriva et l'émission se déroula sans incident notable. J'ai encore quelques photos de plateau où l'on nous voit jouer d'un air parfaitement décontracté, moi y compris.

Inconscience ?... c'est probable. Mais je penche surtout pour un culot phénoménal. Nous avions l'âge de toutes les audaces.

Toujours est-il qu'à la suite de cette aventure je me décidai à apprendre vraiment à en jouer. Et petit à petit, le trombone devint finalement mon instrument de prédilection.

Bon. Blague à part, il reste que je dois être l'un des rares trombonistes au monde – et peut être le seul – à avoir osé jouer en direct au cours d'une émission de télévision après seulement *trois jours* de pratique de l'instrument.

Et je ne suis même pas dans le livre des records !

Le soir où l'on a failli tuer Dave
Petite chronique d'une tournée d'été

(Lettre à Gérard du 2 mai 2002)

Voilà une histoire que je te demande de ne pas ébruiter parce qu'elle aurait pu faire du vilain. Il s'en est vraiment fallu d'un cheveu. Il est vrai que c'est arrivé il y a plus de vingt ans… je suppose qu'il y a prescription.

Oh et puis zut ! Ce n'était pas un attentat tout de même ! Un simple accident, stupide, déplorable… la fatalité quoi. Et d'ailleurs le pire a été évité. Je ne vois pas le mal qu'il y aurait à révéler tout cela aussi longtemps après. De toute façon ce n'est pas moi qui ai tiré sur Dave, c'est Olivier. Si Dave porte plainte c'est Olivier qui ira en prison.

Je plaisante bien sûr. Personne n'ira en prison. D'ailleurs, si par un improbable concours de circonstances cette lettre tombait un jour sous les yeux de Dave, je suppose que cette histoire ne lui rappellerait rien de bien précis. C'est si vieux tout ça ! En fait j'ai la quasi-certitude qu'il a oublié cette affaire le soir même où elle est arrivée, quelques secondes seulement après avoir failli y laisser sa peau. Et tout compte fait c'est aussi bien comme ça. Dans le cas contraire j'en connais qui auraient eu à rendre des comptes.

L'enfant qui léchait les bateaux

J'ai oublié de te dire que le Dave dont je parle est bien le chanteur hollandais : *Vanina, Du côté de chez Swan, Dansez Maintenant...* À l'époque de l'histoire, c'était une sacrée grande vedette. Et puis bon, le temps a passé. Aujourd'hui il n'est plus vraiment à la mode mais le public ne l'a pas oublié. On le voit de temps en temps à la télé où il participe à des émissions un peu nostalgiques sur les chansons des années soixante-dix. Je le trouve plutôt sympa ce gars. Aussi sympa maintenant que le soir où on lui a tiré dessus. Franchement, si on l'avait tué ça nous aurait fait de la peine.

Il faut d'abord que je plante un peu le décor pour le cas où tu ferais lire cette lettre à quelqu'un et en particulier à un jeune. Tout a tellement changé depuis cette époque que pour un môme de maintenant cette histoire serait du pur chinois si je ne la replaçais pas dans son contexte.

En mil neuf cent quatre-vingt, il y avait trois chaînes de télévision en France : la *une*, la *deux*, la *trois* et point final. Moi-même en l'écrivant j'ai du mal à y croire. C'est pourtant la vérité. L'état détenait le monopole de la télé et aucune chaîne privée n'était tolérée.

Pour la radio c'était pareil à une nuance près ; quelques stations privées étaient admises sur le territoire national à condition que leurs émetteurs se situent hors des frontières. Ainsi les antennes de Radio Monte Carlo se trouvaient naturellement dans la principauté, celles de Sud Radio sur le territoire andorran, Radio Luxembourg émettait depuis le Grand Duché et Europe 1 depuis l'Allemagne. C'est cette situation de leurs émetteurs à la périphérie de l'hexagone qui avait fait donner à ces stations le nom de *radios périphériques*. Bref, avec les chaînes d'état (et en faisant l'impasse sur leurs annexes régionales), on comptait à l'époque moins de dix stations de radio en France ! Incroyable mais vrai.

Vu leur petit nombre, les radios périphériques ne se gênaient pas trop entre elles, d'autant que la répartition géographique de leurs émetteurs faisait que chacune d'elles dominait les autres sur une portion définie du territoire. Autrement dit, il leur suffisait de se partager tranquillement le gâteau de la publicité. Car naturellement elles ne vivaient que des revenus de la publicité, le pactole de la redevance obligatoire étant réservé aux radios et télés d'état ; ce qui n'empêchait pas ces dernières d'arrondir quand même leurs fins de mois avec la pub, mais ça c'est une autre histoire.

Alors, pour ratisser de nouveaux auditeurs et en même temps tenir au chaud leurs annonceurs publicitaires, les radios périphériques organisaient chaque été de gigantesques tournées de spectacles de variétés gratuits.

C'est ainsi qu'en soixante-dix-sept, j'ai participé à la grande tournée d'été d'Europe 1.

Colossal ! je n'aurais jamais imaginé auparavant qu'il puisse exister un spectacle itinérant avec une organisation et des moyens aussi gigantesques.

Après une série de jeux pour mettre le public en appétit et un déluge d'annonces publicitaires projetées sur trois écrans géants avec une sono d'apocalypse, le spectacle débutait par un ballet éblouissant dans le style des Folies Bergère. Suivaient l'orchestre de Marc Laferrière – dont je faisais partie –, puis un groupe vocal africain. Venaient enfin les grandes vedettes pour lesquelles le public s'était déplacé en masse : Carlos, Adamo et Dave. Je me suis laissé dire que certains soirs, il pouvait y avoir jusqu'à vingt mille spectateurs ! Te décrire l'impression que produisait cette foule vue depuis le podium est impossible. Les premiers jours j'étais terrifié en arrivant sur scène. J'arrivais à peine à jouer.

Tout était géant, énorme, hollywoodien... Tout s'écrivait en majuscules et se conjuguait au superlatif. Essaie un instant de t'imaginer un podium d'une quinzaine de mètres de haut, autant en profondeur et d'au moins trente mètres de large, des empilements de haut-parleurs sur plusieurs étages, des écrans plus hauts que le podium, une sonorisation à faire trembler les pyramides, des machines à afficher des messages lumineux qu'on pouvait lire d'un kilomètre, des enseignes fluorescentes à ridiculiser Las Vegas, des projecteurs capables d'éclairer le mont Saint-Michel depuis Arcachon...

Eh pardi que j'exagère ! Où est le mal ?

Tu me diras que de nos jours on monte des spectacles avec des moyens cent fois plus impressionnants. D'accord, mais ce n'est pas comparable. Je sais bien que le matériel mis en œuvre aujourd'hui pour un concert des Rolling Stones à Bercy ou de Johnny Halliday au stade de France est encore plus grand, plus lourd, plus puissant. Mais n'oublie pas que ces installations restent fixes, alors que le podium changeait de ville chaque jour ! Ça n'a rien à voir.

Il y avait chaque matin des centaines de curieux pour assister au montage du matériel, un peu comme on vient voir un grand cirque installer son chapiteau. Et puisque j'en suis à la comparaison avec un cirque, il faut avoir vu la caravane du podium sur la route : des dizaines de semi-remorques et de voitures... un interminable cortège de véhicules rutilants peints aux couleurs de la station et fièrement marqués de son sigle !

Fiers ?... Oui, je crois que nous étions fiers de faire partie de cette énorme organisation. Du plus obscur des machinistes à la grande vedette du spectacle, je pense que chacun de nous, inconsciemment, en tirait un certain orgueil et roulait un peu des mécaniques lorsqu'il laissait tomber d'un ton faussement négligent : « Je fais partie du podium d'Europe 1 ». Moi en tout cas je crevais de fierté. Et tant pis si ce n'était pas bien.

Cependant, le fameux soir où l'on a failli tuer Dave ne se situe pas pendant la tournée de soixante-dix-sept que je viens d'évoquer mais trois ans plus tard, au cours de celle de Radio Monte Carlo. Le matériel lancé sur les routes de France par RMC était plus modeste que celui d'Europe 1 ; de simples caravanes tenaient lieu de loges pour les artistes, le podium était moins grand et le matériel à transporter nécessitait moins de véhicules. Mais le spectacle était tout aussi prestigieux et le public aussi enthousiaste. C'était une très belle tournée d'été.

Attends que je me souvienne du programme… nous passions en lever de rideau avec notre orchestre de jazz, et juste après nous il y avait un numéro de claquettes : une fille qui se faisait appeler Betty[1]. La pauvre ! Quand je pense à elle je mesure toute la cruauté que ce métier cache parfois derrière les bravos, les lumières et les paillettes. Voilà une fille qui a dansé devant plus d'un million de personnes en trois mois, qui a vécu cette expérience enivrante d'être applaudie par des publics de dix à quinze mille spectateurs, qui a signé des centaines d'autographes, et à qui son agent avait sûrement promis la lune (alors qu'en fait de lune c'était surtout la pleine lune de la petite qui intéressait ce vieux margouillat) ; lui savait parfaitement à quoi s'en tenir sur l'avenir de la môme. La tournée achevée, elle a disparu dans le trou de l'oubli et s'est retrouvée toute seule, loin des bravos et des lumières, avec son rêve brisé et ses illusions perdues. Fini ! Plus de Betty. Pauvre fille ! Si tu savais combien il y a de Betty dans ce métier !

Après Betty, Roland Magdane faisait son numéro, puis Mort Shuman passait en vedette numéro deux, et Dave terminait le spectacle.

Dans quelle ville se trouvait la tournée ce fameux soir ? J'avoue que je ne m'en souviens pas.

Je t'entends d'ici : « Quoi ? Il n'en sait rien ? C'est ça sa fameuse mémoire-vidéo ? »

Attends ! Écoute-moi avant de ricaner. Si je ne me souviens plus de la ville où l'on faisait étape, c'est précisément parce que tout était organisé au niveau de la tournée pour que je l'oublie.

---

[1] Son nom a été volontairement changé.

Pourquoi ça ? Je t'explique.

Un spectacle en direct exige une précision sans faille au niveau de l'organisation, des conditions techniques et du minutage. Imagine un comédien qui joue deux rôles dans la même pièce : un patron de bar et Che Guevara. Après son intervention en bistrotier, il n'a que cinq minutes pour revenir costumé en camarade révolutionnaire. Il fonce au pas de gymnastique vers sa loge, et bien sûr il vaut mieux que son itinéraire soit dégagé de tout obstacle imprévu. Sa loge doit être ouverte et la lumière déjà allumée. Il finit de se débarrasser du costume de patron de bar (qu'il a commencé à enlever tout en courant dans les couloirs) et il jette ses vêtements n'importe où ; un assistant se chargera de les ranger. Le treillis, les rangers et le béret avec l'étoile doivent être posés à l'endroit exact où il s'attend à les trouver. Une fois habillé en guérillero, il se dirige vers le lavabo car il sait que la perruque, la moustache et la fausse barbe sont posées là, sur l'étagère, devant le miroir. L'assistant du régisseur aboie déjà devant la loge : « Marcel, dans trente secondes c'est à toi ». Nouvelle course de couloirs en escaliers ! Dans le dernier passage avant les coulisses, là, à droite, la kalachnikov est posée sur une petite table. Il n'a que le temps de passer la courroie de l'arme derrière son épaule et entend déjà son copain Fernand (qui joue Castro) déclamer en désignant la coulisse : « Tiens, voici venir Guevara ! J'espère qu'il nous apporte de bonnes nouvelles ».

Ce genre de situation se reproduit chaque soir dans les théâtres du monde entier. Et pour que ça marche, il faut que *tout* marche. Aucun à-peu-près n'est permis.

Que la fausse barbe soit posée sur la chaise au lieu de l'étagère, qu'une boîte à outils encombre un couloir, que l'arme soit posée ailleurs que sur la petite table et tout est fichu. Castro restera là, le bras tendu vers la coulisse, en répétant comme un imbécile : « Tiens, voici venir Guevara ! J'espère qu'il nous apporte de bonnes nouvelles ». Mais le Che n'arrivera pas, ou alors en retard, ou sans béret, ou avec la barbe à moitié décollée, ou bien avec un saxophone à la place de la kalachnikov. Si c'est un spectacle comique ça peut passer. Sinon bonjour l'angoisse !

Dans un théâtre normal – je veux dire un théâtre "en dur" –, faire en sorte qu'un spectacle se déroule sans problème est relativement facile ; c'est juste une question de répétitions, de discipline et d'organisation. Les loges sont toujours à la même place, la scène ne bouge pas et les gens qui doivent se rendre d'un point à un autre empruntent toujours le même itinéraire et le connaissent par cœur.

Mais dans le cas d'un spectacle mobile qui promène à travers le pays son propre matériel, ses installations, sa machinerie et son personnel, c'est une autre paire de manches. Car les loges, la scène, les escaliers, les fausses barbes et les kalachnikov sont rangés et trimbalés chaque nuit jusqu'à la ville suivante.

Il n'y a pas trente-six solutions. Pour que la qualité du spectacle et la régularité de son déroulement soient assurées d'un bout à l'autre de la tournée, le secret consiste à retrouver les conditions d'une salle fixe en s'efforçant de reproduire chaque jour exactement le même environnement que la veille au centimètre près. Voilà pourquoi les artistes et techniciens d'une tournée ont du mal à se souvenir vingt ans plus tard de la ville où a eu lieu telle ou telle péripétie. Parce que comme décor de l'évènement ils n'ont enregistré que l'image de leur cadre de travail habituel : l'arrière-scène, le podium, les loges... or ce cadre était invariable d'une soirée à l'autre. Que leur village mobile ait eu ce soir là pour toile de fond le pont d'Aquitaine ou les toits d'ardoises de Honfleur, peu importe ! Leur mémoire ne se réfère qu'aux éléments qui constituaient leur environnement quotidien ; un univers inchangé dont la stabilité les aidait à supporter plusieurs mois d'itinérance et en quelque sorte leur donnait un repère, les sécurisait.

Ainsi, chaque jour vers dix-huit heures, en arrivant sur place, dès qu'on passait la barrière qui donnait accès à l'espace aménagé derrière le podium, on se sentait pour ainsi dire *chez nous*. J'ai employé plus haut le mot "village" ; l'image est exagérée, mais à peine. On retrouvait les artistes de la caravane voisine, avec lesquels on poursuivait une conversation entamée la veille, on envoyait du bout des doigts un baiser à une danseuse en train de faire ses exercices d'assouplissement, un copain technicien nous présentait fièrement sa petite amie venue le rejoindre le temps d'un week-end, on s'asseyait à la porte d'une caravane pour griller une cigarette en écoutant quelqu'un gratter une guitare, on répondait au grand signe chaleureux de la main que nous adressait le directeur de tournée en traversant la cour de son air perpétuellement affairé, on répondait avec un rien de condescendance et de feinte lassitude aux badauds agglutinés contre les barrières et qui demandaient toujours si la vedette était arrivée... bref, on était bien, il faisait beau, on était heureux, on faisait le métier qu'on avait toujours rêvé de faire, on était les rois du monde et on aimait la terre entière.

Et en plus quelqu'un nous payait pour ça. Un vrai scandale !

Ce fameux espace était fermé sur l'un de ses grands côtés par l'arrière du podium, et sur les trois autres par les caravanes qui servaient de loges. Le centre formait donc une sorte de cour rectangulaire. L'ensemble était entouré de barrières métalliques qui en interdisaient l'accès, avec juste un étroit passage bien surveillé.

Et puisque j'évoque la surveillance (aujourd'hui on parlerait de *sécurité*), tu penses bien qu'à cette époque il était superflu d'embaucher des professionnels pour une tâche aussi simple ! Ce rôle était dévolu à quelques chauffeurs de camions qui se relayaient pour l'assurer. Ils n'avaient besoin ni d'uniforme ni de brassard et encore moins d'une arme. Et pour quoi faire une arme Grand Dieu ? Un T-shirt au logo de la station suffisait à les distinguer. Ils demandaient gentiment aux gens de reculer, de ne pas passer par là ou de ne pas grimper sur les barrières. Les gens faisaient semblant d'obtempérer et hop ! Dès que le gars avait le dos tourné ils faisaient exactement ce qu'on venait de leur interdire. Ce que je veux dire, c'est qu'à l'époque les gens n'étaient pas plus disciplinés que maintenant mais que tout se passait sans insultes, sans violence, sans "nique ta mère", menaces, doigt levé et compagnie. Sur trois tournées d'été que j'ai faites, je ne me souviens pas d'un seul incident grave avec un spectateur, d'un seul véhicule tagué ! Et quand j'y pense, c'est peut-être le plus difficile à croire pour quelqu'un qui n'a jamais connu ce temps là.

Le spectacle commençait à la tombée de la nuit. Comme je te l'ai dit, l'orchestre où je jouais passait en lever de rideau. Cependant, nous n'en avions pas terminé pour autant car tous les artistes étaient tenus de participer au final. Il nous fallait donc meubler deux heures d'attente chaque soir, ce qui n'était pas bien difficile dans cette joyeuse ambiance de fête foraine. Au début de la tournée, certains pensaient pouvoir en profiter pour piquer un petit roupillon, mais le niveau sonore du spectacle s'était vite révélé incompatible avec la relaxation. À ce propos, je dois confesser que trois ans plus tôt, au cours de la tournée d'Europe 1, il m'arrivait souvent de mettre des boules Quiès et de m'enfermer dans la loge pendant le tour de chant de Dave. Ce n'est ni à sa voix ni à ses chansons que je tentais d'échapper mais le niveau sonore était si terrifiant que j'en avais des maux de tête. En tout cas, si ces lignes lui tombent un jour sous les yeux, il me pardonnera peut-être d'avoir fait partie de la bande qui a failli le tuer, mais le coup des boules Quiès je serais étonné qu'il arrive à le digérer.

Il faut quand même que je parle un peu de lui puisqu'il est le héros involontaire de cette aventure qui aurait pu lui coûter la vie. Oh, n'attends pas de détails ! Je ne connais pas vraiment Dave et j'ai juste échangé quelques mots avec lui de temps à autre. Mais enfin, en deux tournées nous avons quand même travaillé dans le même spectacle plus d'une centaine de fois. Je me sens donc au moins autorisé à parler de lui sur le plan des rapports entre gens du métier. Disons-le tout net : ils étaient excellents. Sans avoir ni la gentillesse timide d'un Adamo ni la gouaille rabelaisienne d'un Carlos, Dave était un brave type. Inlassablement souriant, toujours affable. J'ai appris plus tard par certains qui lui devaient beaucoup (c'est le cas de le dire) qu'il savait aussi se montrer généreux avec ses amis dans le pétrin. Tout ça ne l'empêchait pas d'avoir un caractère bien trempé et je l'ai vu furieux, un matin, sur la plage des Sablettes, alors que quelques copains de la tournée tentaient de le jeter à l'eau contre son gré. Il n'était pas beau à voir crois-moi, et il s'en est fallu de peu que les beignes ne dégringolent.

Mais d'ordinaire c'était un gars charmant ; l'un des rares grands noms de la chanson qui, à chaque fois qu'il arrivait sur le podium, ne manquait jamais de faire la tournée des loges pour dire bonjour à tout le monde. Et ne crois pas que je sombre dans l'idolâtrie gratuite, l'admiration facile, l'image d'Épinal de la vedette-qui-est-restée-simple... Il m'arrive aussi de me montrer impitoyable à l'égard de certaines stars, ou prétendues telles, dont je garde un très mauvais souvenir. Mais je préfère les oublier.

Donc nous avions deux heures d'attente chaque soir entre l'ouverture du spectacle et le final. Comme la cour formée par les caravanes était bien éclairée, quelqu'un pensa tout naturellement à la pétanque.

Quelle bonne idée ! Dès la deuxième semaine de tournée, nous étions tous équipés de boules dites "de compétition". Les doublettes, triplettes et quadrettes se formèrent rapidement par affinité entre tireurs et pointeurs et le tournoi de pétanque quotidien devint une habitude. Mieux… une tradition !

Le fameux soir, nous jouions à quatre. J'étais pointeur et mon tireur était un copain costaud et jovial, un chauffeur de camion que j'avais surnommé Helmut, va savoir pourquoi. Nos adversaires étaient les frères Laferrière, Stan et Olivier. Leur spécialisation au sein de la doublette était mal définie ; ils pointaient ou tiraient à tour de rôle dans un style infiniment subtil composé de cinq pour cent de technique et de quatre-vingt-quinze pour cent de coups de bol. En ce qui concerne mon jeu de pointeur, le pourcentage de coups de bol était encore plus important. Pour tout dire, je jouais comme un cochon. Mais pour avoir bien observé – et surtout bien écouté – d'autres joueurs de pétanque depuis ma prime jeunesse, j'avais une grande expérience des remarques pertinentes dont il convenait de faire suivre un coup inespéré (*et celui-là, les petits, qu'est-ce que vous en dites, hein ?*) ou un coup foireux (*putain de vent !*). Ce sens aigu du commentaire adéquat compensait largement ma nullité. Du moins je l'espérais.

Helmut était un excellent joueur qui, s'il fallait l'en croire, avait déjà disputé des championnats. Ce passé glorieux lui conférait une autorité dont il abusait. Ne prétendait-il pas obtenir le plus profond silence de notre part avant de tirer, alors que la sono hurlait à en faire trembler le cochonnet !

La partie était déjà bien engagée quand Mort Shuman termina son tour. Il dévala l'escalier du podium, en nage, les cheveux collés par la sueur, et s'engouffra immédiatement dans une voiture, ignorant les demandeurs d'autographes.

La porte de la loge de Dave était grande ouverte. Il était devant son miroir, seul, le visage fermé, les lèvres serrées en une moue un peu amère, entièrement concentré avant son entrée en scène, essayant de tromper son trac en passant et repassant une brosse dans ses cheveux. Il avait choisi ce soir là un superbe costume bleu océan orné de broderies argentées aux entrelacs compliqués. Sous sa veste, il portait une chemise blanche à jabot et poignets mousquetaire. Ses chaussures italiennes luisaient comme mille soleils. De l'autre côté des barrières, quelques groupies l'appelaient inlassablement, guettant l'instant où il sortirait de sa loge avec l'espoir de le voir s'approcher pour signer des autographes ou faire quelques bisous. Tu penses ! Comme si un chanteur sur le point d'être livré aux fauves, le cœur serré d'angoisse, avait envie d'aller câliner une demi-douzaine de nénettes à moitié hystériques !

La partie de pétanque atteignait le paroxysme du suspense. Six boules avaient été pointées et l'équipe des jeunes était en position d'avantage. Comme les tireurs de chaque doublette avaient encore une boule à jouer, il était clair que la guerre allait se terminer à l'artillerie lourde.

Sur scène, les musiciens étaient prêts et le présentateur annonçait au public la suite du programme. De derrière le podium, le son nous arrivait répercuté par de multiples échos et l'on ne comprenait pas un seul mot de l'annonce (d'ailleurs on s'en moquait éperdument). Plus l'animateur approchait du nom magique que le public attendait, plus le ton de sa voix montait et plus son débit s'accélérait. Les vociférations des spectateurs s'amplifiaient à la même cadence en une sorte de rugissement.

Helmut prit tout son temps pour viser, le bras tendu, la boule à hauteur d'œil, les pieds bien joints. Soudain son bras retomba en pivotant ; il fléchit un peu des genoux puis se redressa vivement dans le même mouvement et la boule s'éleva, porteuse des espoirs de notre équipe.

Bing ! Un carreau !

Le claquement des boules résonnait encore que nous étions déjà sur les lieux pour constater les dégâts. Un magnifique carreau de championnat ! De la fumée, des éclats de métal, une odeur de poudre... d'accord, j'en rajoute un peu mais c'était vraiment un carreau d'anthologie. Les jeunes étaient annihilés. Helmut avait envoyé mes propres boules au diable mais la sienne avait pris l'avantage à dix centimètres du petit. Malheureusement pour nous, Stan tenait le point en seconde position et Olivier avait encore une boule à jouer. Pas la peine de sortir de Saint-Cyr pour deviner ce qu'il allait essayer d'en faire !

Arrivé au bout de son speech, le présentateur marqua un léger temps d'arrêt pour faire monter le suspense puis hurla à s'en arracher les cordes vocales : « DÈÈÈÈVE ! ». L'ovation de la foule explosa en une clameur de fin du monde. Aussitôt, le batteur aligna avec décision une cascade de triolets énergiques qui dégringolèrent de l'aigu au grave, et la musique de *Vanina* monta vers les étoiles.

Qui aurait pu imaginer qu'un drame était en train de se jouer ?

Olivier visa soigneusement. La musique du prologue touchait à sa fin, mais Dave n'était toujours pas sorti de sa loge. Après la flexion classique des genoux et un vigoureux balancement du bras, Olivier lança sa boule en un puissant tir tendu.

À cet instant précis, Dave surgit de sa caravane comme un diable de sa boîte et coupa à angle droit la trajectoire du tir. Personne n'eût le temps de le mettre en garde. Nous avions cessé de respirer et vivions chaque millième de seconde au ralenti, comme Piccoli dans *Les choses de la vie*.

Par quel miracle Dave vit-il la boule arriver sur lui ?... mystère ! Mais il la vit. J'en suis certain car il se baissa légèrement en courant et le projectile mortel passa comme un bolide à deux ou trois centimètres au dessus de sa tête. Il nous jeta un bref regard en atteignant l'escalier du podium puis disparut par la petite porte. L'instant d'après sa voix se mêlait à l'orchestre sous les applaudissements.

Il n'y avait pas eu d'autre témoin. Heureusement pour nous, Pierre, le directeur de tournée, était occupé ailleurs et n'avait rien vu. Mais pour Dave, ça se présentait plutôt mal parce que lui, il avait vu ! Il avait même senti le vent du boulet. Inutile de te dire qu'on s'apprêtait à prendre un savon magistral ; peut-être même, si Dave l'exigeait, à nous faire virer de la tournée. Il ne nous restait plus qu'à attendre la fin de son tour de chant en nous préparant à nous faire engueuler en hollandais, ce qui doit être particulièrement désagréable.

Environ une heure plus tard, nous montâmes sur scène pour participer au final et Dave quitta le plateau un instant avant nous. En descendant à notre tour du podium la tête basse et le trouillomètre à zéro, grosse surprise : pas de Pierre nous attendant l'œil sévère et les bras croisés, ni de Dave éructant de colère et demandant notre tête. Au contraire, depuis l'entrée de sa caravane où il s'épongeait le visage d'une serviette de toilette, il nous adressa comme il le faisait souvent un clin d'œil de complicité.

Incroyable ! Il ne se souvenait de rien.

Je me suis d'abord demandé s'il n'avait pas décidé volontairement d'oublier l'incident puisque après tout il en avait réchappé. Mais j'ai vite rejeté cette idée ; il avait frôlé la mort de trop près pour faire l'impasse sur notre imprudence.

La réalité, j'en suis persuadé, est que cet épisode qui aurait pu lui être fatal avait été immédiatement effacé de son souvenir par ce qu'il aimait le plus au monde et pour laquelle il vivait : la chanson, la scène, les projecteurs et les applaudissements du public.

Comment les choses auraient-elles tourné si cette dernière fraction de seconde avant l'impact Dave n'avait pas vu arriver la boule ?

Il vaut mieux penser à autre chose.

L'été de folie d'un insoumis

Comment ai-je échappé à l'incorporation d'office dans l'armée au printemps soixante-deux ? Je ne me l'explique pas. Peut-être parce que je n'étais plus étudiant, ou parce que je n'habitais pas une grande ville... Toujours est-il que la quasi-totalité des jeunes pieds-noirs de mon âge qui remplissaient l'une ou l'autre de ces conditions y a eu droit. Dans le meilleur des cas ils ont reçu une convocation impérative qui annulait froidement tous les sursis et ne laissait aucune place à la négociation ; dans le pire, ils ont été alpagués manu militari chez eux, dans leur école ou même sur la voie publique. Certains ont été cueillis en posant le pied en métropole, à l'instant même de leur rapatriement, brutalement enlevés à leur famille ou à leur petite amie au moment où leur moral était au plus bas. Ça c'était vache.

Vue du côté des autorités, cette mesure se justifiait. L'atmosphère délétère de la fin du conflit algérien, le gouffre d'incompréhension qui s'était creusé entre les Français de métropole et ceux d'Afrique du nord, le ressentiment de ces derniers qui estimaient avoir été sacrifiés, et surtout, en guise de bouquet final, le rapatriement d'un million de personnes en quelques semaines... tous ces éléments mis bout à bout pouvaient faire craindre des désordres plus ou moins graves. Il est évident que la neutralisation par l'incorporation immédiate dans l'armée de la partie de la population pied-noir considérée comme la plus turbulente était une idée facile à mettre en œuvre et que les autorités avaient certainement prévue depuis longtemps. De plus, cette solution offrait l'avantage de ne pouvoir être contestée : elle était conforme à la constitution, au respect des personnes et à la loi puisque le service national était obligatoire.

Le fait qu'aucun de ces incorporés d'office n'ait été affecté dans le midi n'est pas un hasard non plus ; il fallait non seulement les séparer les uns des autres mais aussi les tenir à l'écart des régions méridionales qui verraient affluer la majeure partie des rapatriés. On peut facilement imaginer ce que devait être le moral d'un garçon arraché à son pays natal, son soleil, sa culture, ses habitudes, sa famille, ses amis, ses études, pour se retrouver d'un jour à l'autre en uniforme, privé de sa liberté de mouvement, isolé dans une communauté qui à cette époque lui paraissait hostile (et l'était le plus souvent). Et ce à Rouen, Calais ou Donaushingen… autant dire au pôle nord !

J'y ai échappé par je ne sais quel miracle. Mais je n'ai appris tout cela que bien plus tard ; si bien qu'à l'époque je m'imaginais tout bonnement que mon sursis d'étudiant était toujours valide et que je n'avais rien à craindre d'une incorporation surprise.

Pure naïveté ! La réalité était toute autre ; je figurais bel et bien sur la liste de ceux qui étaient passés à travers les mailles du filet et que les gendarmes avaient pour mission de signaler aux autorités militaires aussitôt qu'ils seraient localisés. Mais me mettre la main dessus n'était pas facile. Pendant toute une année, je jouai les anguilles : Paris, Toulon, Montluçon, un bref séjour en Algérie (le tout dernier), Agen, Nice... J'aurais voulu échapper aux recherches que je ne m'y serais pas pris autrement. Or c'est en toute innocence que je zigzaguais ainsi : le hasard des circonstances, un rendez-vous important avec quelqu'un *qui allait faire de moi une grande vedette de la chanson*, un projet de spectacle *qui nécessitait absolument ma participation*, une fille demeurant à l'autre bout du pays et dont j'étais *éperdument amoureux* depuis quatre jours... bref un tas de raisons aussi fumeuses les unes que les autres et qu'une mythomanie galopante me faisait prendre très au sérieux. En vérité je n'étais qu'un jeune imbécile qui se berçait d'illusions et les véritables motifs de ces déplacements stériles tiennent en peu de mots : je n'avais rien à faire, j'avais la bougeotte et je ne payais pas le train car mon père travaillait aux chemins de fer.

À la fin de l'été soixante-trois, une jolie Lot-et-garonnaise de seize ans me guérit miraculeusement de ce nomadisme. J'avais cette fois vraiment trouvé la femme de ma vie et l'idée d'en être séparé plus de deux heures d'affilée ne m'effleurait même pas. Je devins du même coup amoureux et sédentaire.

Normalement, la maréchaussée aurait dû s'intéresser à moi car, toujours persuadé d'être en situation régulière, je ne faisais aucun effort de camouflage, bien au contraire ! Je m'étais fait une foule d'amis, je jouais dans tous les bals populaires du coin, je traînaillais des heures durant aux terrasses des cafés avec des copains, et pour couronner le tout j'étais pensionnaire à l'hôtel-restaurant le plus fréquenté du patelin ; or à cette époque personne ne pouvait prendre de chambre d'hôtel sans remplir une fiche de police. En théorie, plus rien n'empêchait les gendarmes de me mettre la main dessus. De toute façon, *Layrac* était un trop petit village pour que quiconque puisse espérer y vivre incognito plus de trente secondes.

Alors pourquoi m'a-t-on fichu la paix ? Peut-être parce que le rapatriement en masse des Français d'Algérie datait de l'année précédente et que, somme toute, cette tragédie commençait déjà à se tasser. Les incidents que redoutaient les autorités ne s'étaient pas produits, Dieu merci, et pour les gendarmes la chasse aux bidasses pieds-noirs n'était sans doute plus une priorité.

Plus de deux ans passèrent sans que rien ne vienne troubler l'existence calme et heureuse dans laquelle je m'étais installé. J'en profitai pour me marier, être papa d'une première fille et en mettre une deuxième sur la rampe de lancement tout en poursuivant mon activité dominicale de musicien dans les bals populaires. J'étais de moins en moins préoccupé par mes obligations militaires. Lorsque par aventure Annie et moi évoquions le sujet, nous en arrivions très vite à la conclusion que mes papiers s'étaient égarés dans le désordre de l'évacuation de l'Algérie, que l'armée avait perdu ma trace et que je ne ferais jamais mon service.

Miracle de l'autosuggestion ! Ce raisonnement bancal nous rassurait et nous passions rapidement à des sujets de conversation bien plus intéressants où les gestes et la gymnastique tenaient une part non négligeable.

L'été de folie d'un insoumis

Mais tout finit par arriver, et en particulier les Renault 4L bleues de la gendarmerie. Les deux pandores qui frappèrent à ma porte un soir de juin soixante-six eurent beau y mettre des formes, il n'en reste pas moins qu'à leur départ j'étais effondré ; après quatre ans de traque, l'armée avait quand même fini par me débusquer et je venais de signer l'avis de remise d'une convocation me priant, en termes courtois mais sans équivoque, de me présenter sans délai au cinquante-septième régiment d'infanterie basé à Souge, dans la région de Bordeaux.

La foudre s'était abattue. J'allais devoir me séparer pour seize mois de ceux que j'aimais. Pire encore, au moment précis où mes ambitions musicales prenaient un tour inespéré ! L'époque était aux Beatles, Rolling Stones et consorts, et je venais justement d'intégrer un excellent groupe de rock que j'avais réussi à faire engager aux casinos de Biarritz et d'Hossegor pour assurer les premières parties des spectacles d'été. Nous devions côtoyer les grandes vedettes de passage et qui sait ce qui pouvait en résulter ? Peut-être serions-nous remarqués par un impresario qui nous propulserait au firmament des étoiles ! Cette chance inouïe ne se présenterait pas deux fois. Mes rêves s'écroulaient.

Bien que réel, mon désespoir fut de courte durée car je faisais partie – et je crains que ce ne soit toujours le cas – de ces optimistes professionnels qui possèdent au plus haut degré l'art inné de retourner les événements fâcheux à leur avantage, ou tout au moins de les interpréter comme ça les arrange.

Aussi, animé d'une mauvaise foi qui force l'admiration, je décidai illico que le terme "sans délai" de la convocation était flou et susceptible d'une interprétation très large. Enfin ! Soyons sérieux ! Si le but de ce document avait été de me faire rejoindre l'armée dans les vingt-quatre heures, il aurait porté en toutes lettres la mention "dans les vingt-quatre heures" et je n'aurais pas eu d'autre choix que d'obtempérer. Cette mention y figurait-elle ? Non ! Au lieu de cela, il y avait écrit : "sans délai". Le sens de ces mots me paraissait limpide. Ils signifiaient : "dès que possible" ; autrement dit, dans mon cas précis, "quand votre deuxième fille sera née, que vous aurez terminé votre saison d'été avec votre groupe et que vous jugerez que rien de plus urgent ne s'oppose à ce que vous fassiez votre service militaire".

C'est beau l'instruction tout de même. N'importe quel imbécile aurait rejoint immédiatement son unité, aurait pleurniché en arrivant et on lui aurait dit :

— Mais mon pauvre, c'est de votre faute ! Pourquoi être venu si vite ? Vous voyez bien qu'il y a écrit "sans délai", c'est à dire "dès que vous le pourrez" ! C'est pourtant clair !

Ce qui était clair c'est que j'avais complètement perdu les pédales.

J'étais désormais un insoumis, avec le risque de me voir conduire de force entre deux gendarmes à la caserne la plus proche, de comparaître devant un tribunal, peut-être même de passer un certain temps en prison et autres joyeusetés du même tonneau. Le pire, c'est que j'étais parfaitement conscient de tout ça mais que je m'en foutais royalement.

L'insouciance !... la voilà la véritable richesse de la jeunesse.

Il faut se rendre à l'évidence. Passé la quarantaine, période charnière à partir de laquelle on se voit attribuer d'autorité un qualificatif discourtois finissant par "génaire", les atouts de notre jeunesse triomphante commencent lentement à décliner. Cependant, si nous sommes une majorité à être concernés par les atteintes de l'âge, c'est loin d'être une règle absolue. Il n'est pas nécessaire de chercher longtemps pour citer des hommes et des femmes d'un âge certain qui sont beaux comme des dieux, bien bâtis, pleins de vigueur, souvent sportifs, en pleine possession de leur intellect, et dont rien n'autorise à supposer qu'ils ne brillent pas sous la couette.

Mais je suis formel : il est un privilège de la jeunesse que nous perdons tous, autant que nous sommes, en prenant de l'âge, c'est l'insouciance ! Cette merveilleuse insouciance dont quelques vieux croûtons essaient de persuader les jeunes qu'elle est un défaut, probablement par dépit de l'avoir perdue. Ne les écoutez pas, les enfants ! Jouissez de ce trésor tant que vous pouvez y puiser à pleines mains ! Un jour le coffre sera vide.

Comment pourrais-je aujourd'hui renier mon insouciance alors que cet été soixante-six, mon été d'insoumis, fut le plus fou de ma vie, le plus riche de souvenirs, celui où j'ai atteint la plénitude de ma jeunesse, avec férocité, sans retenue. Il faudrait des centaines de pages pour exprimer la millième partie de la démence qui me dévorait, pour faire exploser ce soleil, cette musique, cette *fureur de vivre*.

Annie me donna ma deuxième fille début juillet et je n'eus que le temps d'aller les embrasser toutes les deux à la maternité avant de rejoindre la côte basque avec mon groupe de rock. Il faut s'imaginer une salle tranquille de l'hôpital d'Agen soudain envahie par cinq hurluberlus en cols Mao et pantalons à pattes d'éléphant, trimbalant des guitares en bandoulière et pourvus à eux cinq d'assez de cheveux pour garnir un traversin. Les patientes et les infirmières présentes ce jour là ne nous ont certainement pas oubliés. Pendant quelques minutes, les nouveau-nés perdirent la vedette et nous dûmes poser pour je ne sais combien de photos.

Est-il possible que cet été de folie à Hossegor et Biarritz n'ait duré que deux mois ? Comment ai-je pu vivre tant de choses prodigieuses en huit semaines ? Comment ai-je trouvé le temps en si peu de jours de passer en première partie des spectacles d'Adamo, de Roger Pierre et Jean-Marc Thibault, d'accompagner au piano les chansonniers Edmond Meunier et Maurice Horgues, d'assister en spectateur privilégié depuis les coulisses aux tours de chant d'Antoine alors au sommet de sa gloire, d'Hervé Villard, Michelle Torr et Christophe, tous trois à peine débutants, d'Alain Barrière et d'Enrico Macias accompagnés par des musiciens que j'avais connus à Alger, de jouer au golf miniature avec les Problèmes (musiciens d'Antoine et qui deviendraient un peu plus tard les Charlots), de perdre mon argent (et celui des autres) en jouant à la boule au casino, de dévorer les paellas pantagruéliques de la *Casita*, le restaurant du casino, avec parfois comme convives les internationaux de rugby Benoît Dauga et Michel Sitjar qui prenaient des vacances dans le coin, de m'initier en spectateur aux plus aériens des sports de pelote basque, le grand chistera et la cesta punta, de me voir confier la sinistre mission d'annoncer aux musiciens d'Adamo que le spectacle du soir était annulé parce que Salvatore venait de perdre son père, de suivre avec passion des parties de tennis âprement disputées par d'anciens champions comme Pierre Darmon ou Françoise Durr, de faire des virées en douce à Biarritz avec quelques copains et le chauffeur d'Alain Barrière dans la Mercedes du chanteur (et bien entendu à son insu) pendant qu'il passait sur scène, de traîner à la discothèque jusqu'à des heures impossibles avec les rugbymen déjà cités qui me passaient leur argent pour que je paie les consommations parce qu'ils savaient qu'en tant que musicien de l'établissement j'avais droit à des réductions, de remplacer en cachette le projectionniste du casino qui profitait des séances de cinéma pour aller retrouver sa maîtresse (le fait qu'il soit censé travailler dans la cabine de projection au même moment lui procurait un alibi irréfutable vis à vis de sa régulière), de semer des chèques en bois dans tous les restaurants où je déjeunais avec Annie lorsqu'elle venait me rejoindre avec notre dernier bébé âgé de quelques semaines...

Et tout ça en jouant chaque soir avec mon groupe de rock dont j'ai oublié de préciser qu'il s'appelait *Les Chahuteurs !* Ça ne s'invente pas.

J'étais devenu dingue, fou à lier, complètement inconscient des possibles conséquences de mes folies, totalement indifférent à ce que serait demain. Je ne vivais même pas au jour le jour mais uniquement pour jouir de la minute qui passait. Pourtant extérieurement j'étais resté le même : enjoué, aimable avec tout le monde, courtois même et paraissant uniquement préoccupé de bien faire mon travail de musicien.

Un parfait escroc !

Pour que cette histoire ne soit pas entièrement dépourvue de morale, je dois préciser que j'ai fini par m'acquitter des montants de mes chèques sans provisions ; le directeur du casino retenait mon cachet quotidien à la source pour rembourser directement lui-même les restaurateurs venus se plaindre.

Aujourd'hui, par souci de respectabilité, je pourrais affirmer que je regrette ceci, que je n'aurais pas dû agir comme ça, et patati et patata… mais c'est impossible. Je n'ai pas le droit de chercher à me tromper moi-même. Renier sa propre jeunesse est la plus ignoble des trahisons ! Je ne le ferai pas.

La vérité, c'est que j'ai libéré cet été là huit ans de folie en quelques semaines. Ces huit années d'adolescence volées par la guerre d'Algérie, je les ai dévorées d'un seul coup entre juillet et août soixante-six. C'était la première fois de ma vie que je perdais les pédales à ce point et ce serait aussi la dernière. Jamais plus je n'existerais avec une telle force, une telle hargne, une telle intensité. Jamais plus je ne me sentirais aussi jeune avec tout ce que ce terme comporte de besoin d'action, de brutalité, d'égo-centrisme, d'ivresse de liberté, de soif de vivre à cent conneries à l'heure et à n'importe quel prix. Je me suis explosé… j'assume ! Je ne regrette rien.

La suite on la devine. Début septembre, je rentrai chez moi, dégrisé, mélancolique, la tête encore pleine de lumière bleue, heureux quand même de retrouver Annie et nos filles. Inquiet surtout ! Je réalisai enfin (il était temps) qu'avoir délibérément ignoré la convocation que m'avaient remise les gendarmes en juin avait fait de moi un insoumis. Je vécus dès lors dans la hantise de leur prochaine visite où je les imaginais m'emmenant de force, menottes aux poignets.

Où va se nicher l'orgueil ! Je croyais être un délinquant, presque un hors-la-loi ! Pour les deux gendarmes qui débarquèrent chez moi quelques jours après mon retour, je n'étais qu'un jeune crétin qui méritait à peine qu'on lui tire les oreilles. Ils me tancèrent sans grande conviction, un peu goguenards, et repartirent en me faisant simplement promettre de rejoindre mon unité avant la fin du mois. Sinon…

Le "sinon" était superflu. Je parvenais à peine à y croire ; non seulement mon incartade ne me vaudrait aucune sanction mais je disposais même d'un petit délai. Je n'avais pas l'intention de laisser passer cette dernière chance qui m'était offerte de partir seul et la tête haute.

Cette fois j'obéirais.

Et voilà comment je quittai les miens un matin d'automne avec ma petite valise, malheureux comme une pierre, avec en tête une foule de plans aussi compliqués les uns que les autres pour décourager l'armée de me garder. Ça allait de la simulation de je ne sais quelle maladie rarissime (dont j'avais appris par cœur les symptômes inquiétants) jusqu'à la grève de la faim, en passant par une gamme variée de projets tout aussi tortueux.

Quelques heures plus tard, un taxi me déposa en pleine campagne devant le portail du camp militaire de Souge et repartit aussitôt pour Bordeaux comme s'il ne voulait pour rien au monde s'attarder en cet endroit maudit. Je restai seul.

Pour en rajouter dans le dramatique je pourrais inventer un ciel bas, des nuages lourds et sinistres, un vent soufflant en rafales et, pour faire bonne mesure, une pluie fine et glacée qui me dégoulinait dans le cou. Ce serait un fichu mensonge ; le ciel était radieux et le soleil d'automne déjà chaud malgré l'heure matinale.

Je jetai un œil torve sur les alentours : des pins, des pins, encore des pins et des fougères partout… à en avoir la nausée. Je décidai sur le champ que j'avais de tout temps détesté les pins et encore plus les fougères. Entre les pins, une route déserte, bêtement rectiligne, sans aucune perspective, moche quoi ! Les deux seules constructions situées à l'extérieur du camp étaient naturellement des cafés, encore fermés à cette heure mais que je jugeai aussitôt minables, tristes et sans aucun attrait, probablement fréquentés le soir par des soudards avinés, braillards et ignorants. Inutile de préciser que les hautes grilles du portail m'apparurent sur le champ comme la porte d'une prison. Pire ! d'un camp de concentration. Au delà, il semblait n'y avoir personne : un poste de garde, deux ou trois constructions en bois, peintes d'un jaune que je qualifiai aussitôt de pisseux, une demi-douzaine de bâtiments sans personnalité à quelque distance, une route qui se perdait dans le lointain… mais pas âme qui vive.

Ce fichu camp paraissait désert. L'entrée était bien flanquée d'une guérite mais elle était vide de toute sentinelle. Ah elle était belle l'armée française ! Un camp militaire qui n'était même pas gardé !

J'éprouvai une dernière fois l'irrésistible tentation de fuir cet endroit que je haïssais de toutes mes forces, de mourir sur place plutôt que de franchir ce portail au delà duquel j'imaginais un monde qui m'était totalement étranger, une communauté de brutes, d'individus primaires forcément incultes, à coup sûr incapables de saisir toutes les délicates nuances d'une âme d'artiste. Comment pouvait-il en être autrement ?

Et pourtant, rassemblant toute mon énergie, je résistai vaillamment à cette dernière pulsion de lâcheté. En poussant un soupir de quinze tonnes, je me résignai enfin à franchir la petite porte qui jouxtait le portail.

Au moment même où j'entrai, je ne savais pas encore comment j'allais m'y prendre, quels moyens légaux ou illégaux je devrais employer, quelles puissantes relations je ferais intervenir pour me tirer de là, mais j'étais habité d'une certitude absolue : *je ne resterais pas seize mois au camp de Souge !*

J'avais raison ! J'allais y vivre quatre ans et demi.

Lâché !

(Lettre à Serge du 18 juin 2002)

Tu me connais depuis longtemps et tu sais que la modestie ne m'a jamais étouffé. En fait, quand je fais quelque chose de bien je tiens à ce que ça se sache. Alors si personne ne me fait de promo eh bien je m'en charge moi-même et voilà tout.

Pourtant tu ne m'as sans doute jamais vu rouler des mécaniques comme un certain matin de l'été soixante-seize. Je vais te raconter ça mais d'abord il faut que je remonte assez loin dans le temps ; exactement un quart de siècle plus tôt, presque au jour près.

C'était en mil neuf cent cinquante et un et je passais pour la première fois mes vacances d'été sans mes parents. Oh pas bien loin d'eux quand même ! de Ménerville à Palestro qu'est-ce qu'il pouvait y avoir comme distance ? vingt-cinq bornes ?... peut-être même pas.

Mes vieux m'avaient confié pour quelques semaines à un oncle marié depuis l'année précédente. Le jeune couple et leur bébé habitaient un minuscule deux pièces déjà à peine suffisant pour eux trois. Mais bon, à neuf ans je ne prenais pas beaucoup de place. Du moment que j'avais mon assiette à table et mon lit de camp démontable que tonton installait chaque soir dans la cuisine entre la table et l'évier, je n'avais besoin de rien d'autre. Le reste du temps j'étais dehors à me balader au soleil ou bien je lisais des heures durant assis sur une marche de l'escalier de l'immeuble, à la fraîche. Je ne crois pas avoir été très encombrant. J'étais plutôt un môme calme, facile à vivre, et je ne parlais pas beaucoup à l'époque. Depuis ça a changé.

Il me suffisait d'une seule chose pour foutre une paix royale à tout le monde : de la lecture ! Heureusement, mon oncle André aimait lire et il avait en réserve largement de quoi m'abreuver pendant mon séjour. C'est à Palestro que j'ai lu *Sans famille* pour la première fois et peut-être même pour la seule fois de ma vie ; je n'ai jamais trop mordu au mélo.

Et puis un jour tonton m'a donné un livre à la couverture effrayante. On y voyait un avion plongeant à travers un rideau de flammes. Qu'est-ce que je raconte avec mon rideau ? Un volcan oui ! Un enfer de flammes jaunes et rouges qui couvraient toute la surface de la couverture. Le dessinateur n'y était pas allé de main morte ; s'il avait voulu impressionner le lecteur c'était gagné. Sûr et certain que l'avion n'avait aucune chance de s'en tirer ! Ce bouquin était le fameux *Feux du ciel* de Pierre Clostermann.

Le livre sous le bras, je suis allé m'asseoir dans l'entrée de l'immeuble, sur le vieil escalier de pierre, au beau milieu de ma marche favorite, la plus patinée par les ans. Je m'asseyais toujours en plein milieu et à chaque fois que ma tante, mon oncle ou quelqu'un d'autre voulait monter ou descendre, j'entendais le même refrain :

— Et l'autre qui est là au milieu comme le jeudi ! Mais pourquoi tu te mets pas sur le côté qu'on puisse passer ?

À force d'entendre toujours la même chose, un jour j'en ai eu marre et j'ai répondu :

— Parce que sur les côtés les marches elles sont pas usées. Tandis qu'au milieu c'est un peu enfoncé alors ça me cale bien le derrière.

Ça les a fait rigoler et ils se sont racontés ça les uns aux autres pendant je ne sais combien de temps en se moquant de moi. Aujourd'hui que je suis devenu un vieil imbécile je comprends pourquoi ça les a fait rire mais à l'âge que j'avais, j'étais persuadé que les grandes personnes ne comprenaient rien aux explications les plus simples.

Alors bon. Le derrière bien calé, j'ai ouvert *Feux du ciel* comme ça, tout bêtement, comme n'importe qui ouvrirait n'importe quel livre.

Eh bien quand j'y repense, je trouve que j'aurais dû entendre les trompettes.

Comment ça "quelles trompettes ?"... Tu sais bien qu'au cinéma on entend toujours un grand coup de musique au moment où il se passe quelque chose d'important sur l'écran ! Probablement pour réveiller les spectateurs qui dorment, ou peut-être parce que le public est tellement bête qu'il faut tout lui dire... enfin moi il n'y a que comme ça que je me l'explique. Par exemple, suppose que l'affreux Diego Pastaga, la terreur du Rio Grande, ait enlevé la douce Gwendoline. Il l'emmène dans sa cabane et la coince contre le frigo pour l'embrasser. Mais l'autre ne veut rien savoir, elle se débat et elle gueule comme trente-six cochons (sauf que tout le monde sait bien qu'elle gueulerait beaucoup moins si c'était Mel Gibson qui jouait le rôle de Diego Pastaga à la place du vieux cradingue borgne et pas rasé).

Tu me suis jusque là ?... Bon.

Tout à coup la porte s'ouvre en grand et le héros entre dans la cabane (c'est Mel Gibson qui fait le héros). Bête comme il est, le spectateur se dit : « Chic ! ils vont se la farcir à deux ». Mais le réalisateur sait bien que le spectateur est con (forcément puisqu'il a payé pour voir ce navet) alors il accompagne l'apparition du héros d'une terrible sonnerie de trompettes, *"TA-TA-TAAAN !"*, et l'on comprend que le héros va tuer Diego Pastaga et qu'il se fera Gwendoline tout seul (mais seulement après la fin du film et on ne verra rien).

Voilà pourquoi j'aurais dû entendre les trompettes quand j'ai ouvert *Feux du ciel*. Parce que cet instant précis marquait le début d'une passion qui allait me dévorer tout au long de ma vie. Dès les premières lignes du livre, je suis entré dans le monde fascinant des avions, des pilotes et de tout ce qui se rattache à l'aviation. Je n'en suis jamais ressorti.

Le livre refermé, quelques jours plus tard, ma décision était prise : je serais un héros de l'aviation de chasse et rien d'autre !

Raté.

Comme tu le sais, ma carrière d'aviateur s'est bornée à encombrer les meubles de maquettes en plastique, à courir les meetings, visiter les musées et les salons, prendre des milliers de photos, lire tous les livres sur le sujet, m'abonner aux magazines spécialisés, etc.

Une consolation, l'arrivée des ordinateurs et des simulateurs de pilotage dans les années quatre-vingt ! Enthousiasmé par cette nouveauté j'ai cru un moment pouvoir me satisfaire de ce semblant de réalité. J'y ai tellement cru que dès quatre-vingt-douze je fus l'un des premiers à commercialiser des paysages et des avions pour les simulateurs de pilotage, me taillant même une petite réputation internationale puisque mes produits se sont vendus un peu partout à l'étranger. Illusion… poudre aux yeux ! La simulation n'est qu'un ersatz. Avec l'âge j'ai réalisé que je n'avais jamais été qu'un pilote refoulé.

Sauf en soixante-seize !

Cette année là je me suis enfin décidé à prendre des cours pour passer mon brevet de pilote privé. À trente-quatre ans il était temps.

À vrai dire les conditions n'avaient jamais été réunies pour que je m'y mette plus tôt. Le principal obstacle à ce projet était que je ne me fixais jamais bien longtemps dans la même région. Ma smalah avait déjà déménagé six fois depuis mon mariage ; en douze ans seulement ! Le temps d'en avoir ras le bol du patelin et zoup… on remballait. Des vrais romanos !

Mais en soixante-seize tout collait pour que ça puisse se faire. On habitait Bordeaux, je jouais de temps à autre avec de très bons orchestres de jazz du coin et j'étais chaque soir le pianiste attitré du *Chais*, un célèbre restaurant du quartier des Chartrons.

Annie bossait à l'hôpital militaire et un copain musicien m'avait procuré un job de gratte-papier à mi-temps dans un labo pharmaceutique. Tout ça ne nous rendait pas millionnaires mais m'autorisait enfin à consacrer un peu d'argent aux cours de pilotage. Comme ma famille se plaisait bien à Bordeaux et que je pensais m'y fixer[1] je me décidai à sauter le pas. Un ami me conseilla au début du printemps un petit aéro-club sympathique et pas cher à Yvrac, dans les environs du pont d'Aquitaine.

Et voilà comment le premier avril, fier comme un Mongol mais pas vraiment rassuré, je m'installai aux commandes d'un joli petit biplace aux ailes entoilées, un Jodel D112 pimpant, blanc avec des parements rouges, amoureusement entretenu par le mécano du club et dont les flancs portaient l'immatriculation F-BIKS. Quand je t'aurai dit que la réglementation aéronautique autorise à désigner un avion par les deux dernières lettres de son code épelées en alphabet phonétique international, tu comprendras pourquoi mon Jodel s'appelait officiellement *Kilo-Sierra*. Tu imagines ma jubilation quand on m'apprit que les pilotes du club avaient surnommé cet appareil le *phylloxéra !*

Mon premier moniteur était un garçon d'une vingtaine d'années mais d'une grande expérience malgré sa jeunesse. Comme je lui rendais quatorze ans, je crus généreux de le mettre à l'aise dès notre prise de contact en l'autorisant à s'adresser à moi comme si nous avions le même âge, autrement dit à ne pas prendre de gants pour me rabrouer si je faisais quelque

---

[1] Raté ! Nous serions à Paris l'année suivante.

chose de travers. Misère !... Fort de cette autorisation, il en abusa au point que de toute ma vie je ne me suis jamais autant fait engueuler qu'au cours des dix leçons que j'ai prises avec lui.

Mais c'était vraiment un as. Écoute ça : un jour où le vent était très régulier il me demande de lui passer les commandes. Je lâche tout et il prend le contrôle. Après un petit virage pour se mettre contre le vent, il me dit :

— Vous avez un point de repère au sol, de votre côté ?

— Oui, je réponds, un château pas loin devant l'aile.

— Bon alors regardez-le bien. Ne le quittez pas des yeux !

Je fixe le château et en évaluant sa distance par rapport à l'aile gauche je m'aperçois qu'on ralentit de plus en plus. Finalement la grande bâtisse disparaît lentement sous l'aile. L'instant d'après le doute n'est plus permis : nous faisons du surplace ! L'avion n'avance plus du tout.

Je jette un œil sur les instruments. On perdait un poil d'altitude mais par rapport au sol l'avion était immobile. Ce fichu môme avait exactement ajusté notre vitesse sur celle du vent de face. Je le voyais concentré sur l'équilibre de l'appareil, corrigeant en permanence par touches imperceptibles la position des commandes et le régime du moteur.

J'étais scié.

S'apercevant du coin de l'œil que je l'observais, il me lance avec sa brusquerie habituelle :

— Non ! Regardez dehors je vous dis !

Je regarde et devine ce que je vois ?

Le château !

Oui monsieur. Le château était à nouveau visible devant l'aile et l'avion s'en éloignait. C'était à peine sensible mais pas de doute : *on était bel et bien en train de voler à reculons par rapport au sol !* Tu parles d'un pilote !

Il y avait quelque chose que je n'arrivais pas à comprendre dans l'attitude de ce garçon : il paraissait ne prendre aucun plaisir à contempler le paysage. Il pilotait comme un robot, une machine infaillible, un pilote automatique. Je crois bien que voler lui était indifférent. La seule chose qui le motivait c'était la précision du pilotage et rien d'autre. Je t'avoue qu'à certains moments il m'emmerdait un peu. Par exemple je lui disais :

— La tache blanche qu'on voit là bas derrière le bois, ça doit être Libourne non ?

— Oui, répondait-il sèchement, mais surveillez vos instruments ! on dérive sur la gauche et vous avez perdu dix mètres d'altitude. Faites attention quoi !

Certains jours il me gonflait sérieusement et à plusieurs reprises je me suis trouvé à un cheveu de l'envoyer se faire voir, lui, ses cadrans, ses aiguilles, sa saloperie de bille[2] et ses paramètres à la noix. Mais bon, j'étais là pour apprendre et ce type était un sacré pilote. Alors je ravalais ma fierté.

Une fois, une seule fois, je l'ai vu se conduire comme un gamin. Mais alors vraiment comme un gamin ! Je n'en suis pas revenu. D'une certaine façon j'en ai été rassuré pour lui. Ce garçon me faisait penser

---

[2] La bille est un instrument de pilotage.

Lâché !

à un robot, ou à un androïde sans émotions, sans âme, sans humour... genre monsieur Spock. Il semblait si déshumanisé qu'il m'en mettait mal à l'aise. Je ne pouvais pas m'imaginer qu'il puisse craquer.

Pourtant il a craqué au moins une fois. Et pas qu'un peu, comme tu vas voir.

Tout se passait normalement. La leçon était terminée et l'on rentrait tranquillement à la maison. Je pilotais en essayant d'identifier des repères au sol car de là-haut, retrouver le terrain d'Yvrac n'était pas si facile ; la piste en herbe ressemblait à n'importe quel champ, le bureau-buvette à n'importe quelle maison de campagne et le hangar des avions à n'importe quel entrepôt. Heureusement, certaines installations comme le pont d'Aquitaine ou le château d'eau de Bassens se distinguaient de loin, alors je m'orientais grâce à cet instrument de navigation extrêmement sophistiqué et d'une fiabilité à toute épreuve qu'on appelle le pifomètre.

Pour une fois mon jeune moniteur me lâchait les babouches, réservant sans doute ses récriminations pour les boulettes que je ne manquerais pas de faire au moment de l'approche et de l'atterrissage. Il surveillait en silence l'espace aérien et laissait tomber de temps à autre un regard indifférent vers le sol.

Tout à coup je le vois tourner brusquement la tête à s'en tordre le cou par dessus son épaule droite. Il lance dans l'interphone un seul ordre bref :

— Commandes !

Surpris mais discipliné, je lâche aussitôt le manche et je retire mes pieds du palonnier. Misère de moi ! Dans un même mouvement, ce frapadingue pousse le moulin au maximum, bascule le pauvre Jodel presque sur la tranche et l'engage dans un virage à droite ultra serré qui me fait remonter les castagnettes dans le gosier. En même temps je l'entends hurler dans les écouteurs :

– YAAAHOUUUU !

Et là tu peux me croire... je te jure que j'ai eu vraiment la frousse. Pendant quelques secondes je me suis vu embarqué dans un piège mortel avec un type pris d'une crise soudaine de folie furieuse.

Mais attends, ce n'est pas fini. Il redresse l'avion aussi brutalement qu'il l'avait engagé en virage au point que ma tête heurte le plexi, puis il réduit le régime moteur, passe un bras devant moi pour enclencher le réchauffage du carburateur et nous met en descente assez accentuée.

Et qu'est-ce que je vois ? Un train !... un brave train de marchandises qui trimbale tranquillement ses wagons à travers la campagne girondine sans se douter qu'il est la cible d'une redoutable attaque aérienne.

Car l'intention de l'autre barjot ne fait aucun doute : il attaque le train !

Il se penche en avant avec un rictus mauvais, les dents serrées et imite le staccato d'une mitrailleuse :

– Ta-ta-ta-ta-ta-ta-ta-ta...

Fin de la scène de l'attaque du train. Coupez ! On la garde.

J'étais médusé. Il a redressé doucement en palier et annoncé du ton le plus calme du monde :

– Reprenez les commandes s'il vous plaît. Grimpez à quatre cent mètres et dirigez-vous vers le sud-ouest. On n'est pas loin du terrain.

Lâché !

Je me souviens de lui avoir demandé de se charger lui-même de l'atterrissage sous prétexte que je me sentais un peu fatigué. Ce qui était l'absolue vérité.

Un matin, à mon arrivée, le chef pilote m'apprit que mon kamikaze avait quitté l'aéro-club et que dorénavant il se chargerait lui-même de la poursuite de ma formation. J'en demande pardon à mon jeune moniteur mais cette nouvelle me combla d'aise car le chef pilote était un homme un peu plus âgé que moi, avenant, aimant parler, et je savais que j'allais bien m'entendre avec lui. Effectivement, l'ambiance des cours changea du tout au tout. Mon niveau d'alors ne m'autorise pas à porter un jugement sur ses talents de pilote comparés à ceux de mon premier instructeur, mais il bénéficiait d'une longue expérience, et surtout chez lui le plaisir de voler l'emportait sur toute autre considération.

Quel changement ! Parfois, en cours de vol, il croisait les doigts derrière la tête, se cambrait en fermant les yeux, soupirait d'aise et murmurait :

– On est quand même mieux ici qu'en bas hein ?

J'étais positivement ravi. Il m'indiquait le nom de chaque village, de chaque château. Je découvrais enfin cette belle région que j'avais survolée une dizaine d'heures sans jamais en profiter. Cependant tout ça ne l'empêchait pas d'être un excellent instructeur et je progressais rapidement.

Un après-midi, il m'indique un champ minuscule entouré d'arbres et lâche d'un ton neutre :

– Tiens, posez-vous là !

Ni une ni deux ! Je ne me pose aucune question. Je mets le Jodel en configuration d'atterrissage et nous descendons doucement vers la petite clairière. À quelques mètres de la cime des arbres, le chef pilote commence à s'agiter, remet les gaz lui-même, redresse en montée et me dit :

— Coupez le réchauffage carbu s'il vous plaît. Dites-moi un peu… vous vouliez vraiment vous poser là ?

— Moi ? sûrement pas ! c'est vous qui me l'avez demandé.

— Mais enfin, vous voyez bien qu'on n'a même pas la place d'atterrir ! en admettant qu'on y arrive sans bousiller l'avion comment voulez vous qu'on redécolle après ?

— Pas mon problème ! Vous me dites : « posez-vous là ! », je me pose là, point final. C'est vous le moniteur, vous devez savoir ce que vous faites.

Il me regarda d'un air rigolard, complètement soufflé. Il avait sûrement fait le coup à d'autres élèves et j'imagine que j'étais le premier zigoto à réagir comme ça. Malgré son ancienneté dans le métier j'avais réussi à l'étonner.

Au cours d'une autre leçon il m'a demandé de passer sous une ligne à haute tension et cette fois il m'a laissé faire. Mais bon, il y avait largement la place.

Et le grand jour est arrivé.

C'était en juillet. Ou peut-être en août, je ne sais plus. Ce qui est sûr c'est que je devais avoir un peu d'argent d'avance car j'avais pris rendez-vous pour deux leçons le même jour : une le matin et une autre l'après-midi. Le grand luxe !

L'aéro-club n'était pas tout proche de la maison, et je n'aurais pas eu le temps de rentrer déjeuner entre les deux vols. Du coup, comme le temps était splendide, j'avais proposé à Annie de venir passer la journée avec moi. Pendant les cours elle m'attendrait tranquillement en sirotant une boisson fraîche sous un parasol de la buvette. À midi on déjeunerait d'un sandwich et le reste du temps on se baladerait dans la campagne. Ce serait bien le diable si l'on ne trouvait pas un coin tranquille pour... euh... disons faire la sieste !

Dès notre arrivée nous sommes allés au bureau où j'ai présenté ma nénette au chef pilote et aux deux ou trois glandeurs qui montent la garde en permanence autour de la machine à café dans tous les bureaux de tous les aéro-clubs du monde. Toi qui as connu Annie à cette époque, tu te souviens sûrement comme elle était canon ! Alors tu penses bien que je ne ratais jamais une occasion de parader comme un coq quand elle m'accompagnait. Quand j'y repense, je me demande si c'était une aussi bonne idée que ça de présenter tout le temps ma femme à des types qui étaient plus beaux que moi. Bof, de toute façon maintenant il y a prescription.

La terrasse de la buvette se trouvait à un jet de pierre des avions parqués sur l'herbe. Annie s'y installe avec un magazine et moi je commence à tournicoter autour du *phylloxera* pour la traditionnelle visite pré-vol, tripotant ceci et vérifiant cela. Comme je suis sous les yeux de ma souris, je m'efforce de prendre un air très concentré, très pro, pour lui montrer que son mec est vraiment à la coule et qu'il ne plaisante pas avec les consignes de sécurité. La pré-vol terminée, je m'installe aux commandes. Mon instructeur me rejoint deux minutes plus tard et nous voilà partis !

La leçon du jour prévoyait que nous nous écarterions un peu du terrain pour travailler les manœuvres d'urgence : ce qu'il faut faire en cas de panne de moteur, etc. Mais le chef pilote m'annonce froidement que le programme est modifié parce que mes derniers atterrissages ne l'ont pas convaincu et qu'il juge nécessaire que je m'y entraîne encore avant de passer à la suite. Un poil vexé, car je croyais au contraire que ma technique s'était affinée ces derniers temps, je décide de lui prouver qu'il se plante complètement et que je suis au top du top.

Alors bon. Je commence à enchaîner les tours de circuit. Pour le cas où tu ne le saurais pas, un tour de circuit consiste simplement à décoller, virer quatre fois à angle droit pour décrire un grand rectangle et se reposer au même endroit. Évidemment, ça ne se fait pas n'importe comment, mais en gros ce n'est rien d'autre que ça. En leçon de pilotage, pour gagner du temps, on enchaîne les tours de circuit : dès que l'avion touche le sol, au lieu de s'arrêter on remet les gaz, on décolle dans la foulée et c'est reparti pour un tour !

Je vais te dire une chose : ce chef pilote était vraiment un sacré bonhomme. C'est seulement après coup que j'ai réalisé que sa remarque à propos de mon insuffisance à l'atterrissage était voulue, réfléchie, et programmée depuis le cours précédent. Son intention était de piquer ma fierté, de me pousser à me dépasser

Lâché !

pour lui prouver qu'il avait tort, et je suis tombé dans le panneau. Je n'ai pas marché, j'ai couru !

Bref je lui ai aligné cinq tours de circuit au cordeau avec à chaque tour un atterrissage *trois points*[3] de rêve. J'ai dû toucher à chaque fois au même endroit de la piste à moins de dix mètres près !

J'attendais un mot sympa... peau de balle ! Il se tenait ostensiblement les bras croisés, silencieux, contemplant le paysage d'un air un peu absent, comme s'il s'ennuyait ferme. J'en étais à me demander pourquoi il me faisait la gueule. Pas de doute ! Il m'a eu. Je n'ai rien vu arriver.

Dès le cinquième toucher, il pose une main sur la commande des gaz pour m'empêcher d'enchaîner et prononce ses premiers mots depuis le décollage :

— Arrêtez-vous au bord.

— Pardon ? qu'est-ce que je fais ?

— Arrêtez-vous au bord de la piste ! là, à droite.

Je suis paumé. C'est quoi ce bazar ? Qu'est-ce que ça veut dire ? Le cours n'en est qu'à la moitié de sa durée. Pourquoi on s'arrêterait ? Et pourquoi au bord de la piste au lieu d'aller directo au parking ?

Dès que l'appareil stoppe, mon instructeur se détache, ouvre la verrière et s'extrait de l'habitacle. Je le regarde faire, complètement ahuri, et soudain tout devient clair, son silence, son expression fermée pendant les tours de circuits... J'ai compris, il est malade ! Il m'a fait arrêter pour vomir.

Je dois te paraître idiot mais je te jure qu'au moment où il quitte l'avion je suis encore à mille

---

[3] Lorsque les deux roues principales et la roulette de queue touchent en même temps.

bornes d'imaginer ses véritables intentions. Une fois sur l'aile, il se tourne vers moi pour me parler, ou plutôt pour hurler car le moteur tourne toujours et il s'est débarrassé de son interphone.

— Allez go ! vous me faites quatre ou cinq tours de circuit en solo.

— Je... tout seul ?

J'imagine que mon expression d'incrédulité lui est familière car il l'a déjà lue sur le visage de tous les élèves qu'il a formés. Il me gratifie enfin d'un sourire bienveillant et ajoute en faisant le geste des plongeurs qui signifie "tout va bien", le pouce et l'index formant un cercle :

— Pas de problème ! vous êtes Ok.

Puis il saute de l'aile et s'éloigne d'un pas tranquille vers le bureau sans se retourner.

Alors c'est ça un premier lâcher ? C'est aussi bête que ça ? Pas de préparation en salle juste avant ? Pas de "n'oubliez pas ceci", de "faites bien attention à ça" ? Le gars descend juste de l'avion, il te dit « Bon, maintenant démerde-toi ! » et il se casse... j'en reviens pas.

Incroyable ! J'attendais ce moment depuis le jour où j'ai ouvert *Feux du ciel* il y a vingt-cinq ans, à Palestro, le derrière bien calé au milieu de ma marche d'escalier. Ce moment arrive enfin et je n'y crois pas. Je m'efforce de rester calme mais c'est impossible. Tout à l'heure j'en voulais au chef pilote parce qu'il me disait que mes atterrissages étaient nuls mais maintenant je me demande s'il ne se plante pas en affirmant que je suis au point. Ça arrive trop vite. Je ne me sens pas prêt. Si je fais une fausse manœuvre, qui va me le dire ?

Lâché !

qui va me corriger ? Le siège de droite est vide. Je suis seul. Au secours !

Je respire profondément. Faut y aller, petit ! Voilà vingt-cinq ans que tu enquiquines tout le monde avec tes histoires d'avions, que tu chantes sur tous les toits que tu es un aviateur-né, que c'est ta vraie vocation... Ok d'accord ! Mais maintenant il faut le prouver grand couillon !

Et c'est parti ! Je cahote sur les taupinières jusqu'au seuil de piste, j'effectue les vérifications d'usage et bien entendu je ne laisse pas passer l'occasion de faire ma première connerie : je range mes écouteurs.

Qu'est-ce que tu dis ? À cause de la radio ? Tu rigoles ? Pourquoi pas des freins tant que tu y es ? Non, le *phylloxera* n'avait ni radio ni freins ; et son tableau de bord était même agrémenté de quelques jolis trous car il y manquait certains instruments considérés d'ordinaire comme indispensables. Mais il avait un moteur réglé au quart de poil, une hélice en bois qui mordait bien l'air et de larges ailes solidement entoilées. Il n'en faut pas plus pour voler et cette petite bestiole volait drôlement bien, crois-moi !

Sans radio les écouteurs n'étaient utilisés que comme interphone entre les deux occupants mais il était impossible de s'en passer car dans l'avion le vacarme du moteur était terrible.

Donc, au moment de décoller seul, il m'a paru évident que mon casque ne servirait à rien et j'ai fait la bêtise de m'en débarrasser. Ce n'est que lorsque j'ai poussé les gaz pour le décollage que j'ai réalisé toute l'étendue de ma stupidité : depuis mon premier vol, je n'avais jamais entendu le moteur qu'à travers l'interphone et voilà que je l'entendais en direct ! Je ne reconnaissais plus le son de mon avion dans ce fracas. Je n'avais plus mes repères sonores habituels. Tant pis pour moi ! Il était trop tard pour remettre mon casque.

Je décolle, je fais mon premier tour de circuit, j'approche du sol, je redresse au ras de l'herbe, le manche au ventre et j'attends que ça se pose tout seul… j'attends… j'attends… mais cette saloperie de machine persiste à frôler la planète à trente centimètres des pissenlits et j'ai déjà bouffé la moitié de la piste ! Mais qu'est-ce que ça veut dire ?

Et hop, deuxième boulette ! Et de taille celle-là : je rends un peu de manche pour forcer l'avion à toucher, ce qu'il ne faut jamais faire ! Et je le sais parfaitement.

Ah ça pour toucher, il touche ! Mais comme je l'ai forcé à se poser et qu'il ne veut pas, il rebondit aussitôt à deux mètres. La violence du rebond le fait pencher à gauche et il s'écarte de l'axe de piste. Je n'ai plus le choix : Je remets les gaz, je rectifie ma trajectoire comme je peux et je grimpe pour un autre tour.

Ouf ! J'aspire l'air comme un goinfre en réalisant que j'étais en apnée depuis un bon moment.

En toute franchise, je ne crois pas avoir eu peur. D'ailleurs je n'en ai pas eu le temps. Mais j'étais furieux d'avoir été aussi mauvais. J'avais beau passer et repasser dans ma tête toutes les manœuvres que j'avais enchaînées au cours de l'approche et de cette tentative minable d'atterrissage, je ne trouvais pas l'erreur. J'avais fait exactement comme d'habitude.

… ?

Comme d'habitude !!!

Lâché !

Et tout s'éclaira d'un coup. Quel crétin ! D'habitude nous étions deux dans l'avion et cette fois j'étais tout seul. Pas étonnant que j'aie effacé la moitié de la piste sans me poser ! J'étais beaucoup plus léger qu'avant !

Tiens, je viens de faire le calcul par curiosité. En évaluant le poids de mon chef pilote à quatre-vingt patates, l'appareil avait perdu environ seize pour cent de son poids… une paille ! Bien sûr, je n'ai pas eu le temps de faire ce calcul sur le moment, mais entre ma première et ma deuxième approche j'avais compris l'essentiel. Il fallait que j'arrive un peu plus lentement en finale.

Bon, je ne t'embête plus avec mes détails techniques. Il me suffit de te dire que ma seconde tentative fut un plein succès. Je décidai de le renouveler aussitôt pour enfoncer le clou et tenter d'effacer de la mémoire de mon moniteur l'effet désastreux de mon premier essai. Car je supposais qu'il avait admiré mes prouesses depuis la fenêtre du bureau et que mon numéro à la Laurel et Hardy n'avait pas dû le laisser indifférent.

Je bouclai donc un troisième et dernier tour et me posai comme une fleur. C'est seulement en roulant doucement dans l'herbe vers le parking que je me suis souvenu qu'Annie était là. Je la distinguais de loin, toujours assise à la terrasse, sous son parasol, en train de feuilleter son magazine. Elle avait une robe légère à motifs bleus, très courte, comme c'était la mode à l'époque ; une mode faite pour elle ! Je la revois avec ses superbes cheveux châtain foncé qu'elle portait très longs alors. Elle avait remonté ses lunettes de soleil sur le haut de son front et regardait l'avion approcher.

Elle avait vingt-neuf ans. Bon sang qu'elle était belle !

Tu imagines si je crânais ! J'avais été lâché sous les yeux de ma souris. J'étouffais littéralement de fierté. Je me suis prudemment déporté d'un peu loin pour être certain d'atteindre mon emplacement de parking exactement en ligne droite ; je voulais que mon arrivée soit impeccable (n'oublie pas que le Jodel n'avait pas de freins). Et j'ai stoppé pile poil où il le fallait, du premier coup. Mon seul regret : ne pas pouvoir faire un demi-tour sur place à la Papy Boyington !

Le cinéma que j'ai fait ! Tu ne peux pas le croire.

Une fois le moteur coupé et tout mis en ordre dans l'avion, je suis sorti de l'habitacle et j'ai sauté de l'aile à pieds joints d'un mouvement souple comme j'imaginais que Clostermann devait le faire en quittant son Spitfire. Puis, d'un pas élastique genre "grand félin", je me suis dirigé vers le bureau en faisant ostensiblement tournoyer la clef de contact autour de mon doigt. En passant près d'Annie, je lui ai adressé un signe décontracté, avec en prime un sourire charmeur à la James Bond.

– Je passe au bureau et je te rejoins.

Enfoncé le Belmondo !

Au bureau j'ai moins frimé parce que mes deux derniers atterrissages n'avaient pas complètement suffi à faire oublier au chef pilote que j'avais méchamment déconné au premier et j'ai eu droit à un petit remontage de bretelles. Mais bon, dans l'ensemble ça s'est plutôt bien passé.

Puis j'ai rejoint ma femme, resplendissante de fraîcheur dans la lumière dorée. Un bisou gentil et je me suis laissé tomber sur un siège avec le soupir du grand professionnel accablé de responsabilités.

J'attendais un petit mot sympa mais elle replongea le nez dans son magazine.

Ça alors ! Enfin quoi ? Quand même ! Depuis trois quarts d'heure j'étais presque devenu un vrai pilote ! Ça méritait au moins deux mots de félicitations non ?

Elle tourna une page de son fichu journal et je commençai à réaliser que mon numéro de Superman ne l'avait pas impressionnée plus que ça. Depuis douze ans que nous étions mariés elle connaissait mon cinéma par cœur.

Déçappointé, je me résignai en désespoir de cause à prendre l'initiative de la conversation :

— Alors ? tu as vu que j'ai été lâché ?

— Bien sûr, répondit-elle sans quitter sa page des yeux, puisque ton moniteur est rentré à pied.

— Ah oui c'est vrai.

— … (silence)

— Euh… et qu'est-ce que tu penses de mes deux derniers atterrissages ?

— Pas vus ! Je faisais les mots croisés.

Sans commentaire.

Une soirée mémorable (1)

Il y a des jours où il ne se passe rien.
Enfin c'est façon de parler. En réalité on peut y vivre une foule de choses mais toutes plus banales les unes que les autres. Aucune qui vaille la peine d'être collée dans l'album de la mémoire bien au milieu d'une page toute neuve avec le papier cristal par-dessus.

Et puis il y a les jours fastes. Les événements drôles ou émouvants s'y succèdent en rafale et le collectionneur de souvenirs nage dans le bonheur comme une île flottante dans la crème anglaise.

Le quatorze septembre mil neuf cent quatre-vingt neuf est à classer pour moi au hit parade de ces jours mémorables.

Maître Capello et le renard du désert

C'était un engagement intéressant à plus d'un titre ; un gala prestigieux pour lequel le grand orchestre avait été mobilisé. Il faut savoir que jouer en *big band* est très motivant pour un musicien de jazz ; nous en étions d'autant plus friands que la chose était rare. De plus le cachet promis était très convenable, ce qui ne gâtait rien.

La soirée s'annonçait "très classe" : un grand dîner de bienfaisance organisé par Régine au profit de la lutte contre la drogue, avec pour cadre la salle des Ambassadeurs du casino de Deauville – excusez du peu – et pour convives des célébrités du monde de la chanson, du cinéma, de la médecine, de la politique… bref ce qu'on a coutume de nommer le *tout Paris*, à cette nuance près que ça se passerait à Deauville.

Le *Transatlantic Swing Band* (notre orchestre) était chargé d'animer la soirée mais il n'était pas tout seul. Régine avait fait les choses en grand ; elle avait aussi engagé la chanteuse Maurane et un ballet genre Folies Bergère avec des plumes, des paillettes et tout le bataclan. Enfin pour le côté humour elle avait eu la bonne idée d'organiser une parodie des *Jeux de vingt heures* dont les candidats seraient les invités.

Les Jeux de vingt heures étaient une émission de télévision extrêmement populaire qui avait disparu depuis belle lurette de la grille des programmes mais que tout le monde avait encore en mémoire. Son succès tenait en grande partie à la qualité de l'équipe qui l'avait animée et en particulier aux fortes personnalités de Jean-Pierre Descombes, Maurice Favières et Jacques Capelovici. Les premiers présentaient le jeu avec beaucoup de malice, d'humour et de bonhomie, quant au dernier nommé, son talent l'avait propulsé en quelques jours au rang des vedettes du petit écran.

La production lui avait attribué pour l'occasion le pseudonyme de *Maître Capello* et ce choix volontairement pompeux devait se révéler heureux puisque des années plus tard on continue de l'appeler ainsi, la plupart des gens ignorant son véritable nom.

Son rôle consistait à arbitrer les contestations ou, le cas échéant, à compléter une réponse de quelques détails supplémentaires. Assis derrière une table garnie de livres, il pontifiait d'une puissante voix de baryton en fixant le téléspectateur droit dans les yeux de son regard d'hypnotiseur au travers d'épaisses lunettes. Toujours d'un sérieux imperturbable, martelant les mots et appuyant ses commentaires d'un geste docte du doigt, il affirmait avec autorité que telle expression était "de bon aloi" ou ajoutait à la confusion d'un candidat malheureux en lui démontrant par quelques remarques incisives et preuves à l'appui que sa réponse était particulièrement stupide. Tout cela avec un puissant humour sous-jacent et d'autant plus jubilatoire que lui-même ne se permettait que très rarement un sourire.

Maître Capello était donc du voyage à Deauville et il se présenta comme tout le monde à l'heure dite au bar des *Trois Obus* de la porte de Saint-Cloud, point de rendez-vous traditionnel des artistes partant de Paris vers l'ouest de la France.

Dès son entrée, un son acide, geignard et particulièrement irritant pour des oreilles de musiciens se mêla soudain au brouhaha ordinaire du bar. Le premier instant de mauvaise surprise passé, il s'avéra que ce bruit horripilant émanait bien de la personne de Maître Capello. Renseignement pris, l'animal était arrivé armé d'un minuscule harmonica de quatre trous qu'il dissimulait entre ses dents et dont il entendait bien nous faire les honneurs durant le voyage en autocar. Fort heureusement, deux ou trois âmes bien intentionnées le découragèrent de mettre cette menace à exécution avec quelques arguments bien sentis dont le moindre était une promesse formelle de défenestration sur l'autoroute s'il s'avisait de persister.

Une poignée de minutes plus tard, le car roulait vers Deauville et nous devisions gaiement de choses dont tous les musiciens du monde ont coutume de deviser gaiement : les femmes et la bouffe.

Maître Capello, désormais interdit de concert d'harmonica, se mit en devoir de faire la connaissance de chacun d'entre nous en changeant de place toutes les cinq minutes. Après quelques banalités d'usage (de quelle région êtes-vous ? vous jouez de quel instrument ?), il s'efforçait d'orienter le dialogue vers l'un des domaines qui l'intéressaient : les tribulations de la langue française, l'anglais (dont il est agrégé) et surtout l'histoire de France et d'ailleurs. Mais allez donc faire changer de sujet de conversation à un zig branché sur les vertus comparées des fesses rondes et des fesses en poire ! Peine perdue. Au bout d'un moment, Capello renonçait à hausser le niveau culturel du débat, repérait une place libre à côté d'un autre cobaye et relançait le test.

Et mon tour arriva. Je m'y attendais car j'avais repéré son petit manège et l'un de mes camarades m'avait même confié en passant que Capello était un brin raseur, ce dont je doutais fortement. Je dois préciser que tout comme lui, je préfère choisir pour compagnon de voyage un interlocuteur capable d'argumenter sur les circonstances du coup d'état du dix-huit brumaire plutôt que de me farcir trois heures durant les capacités de reprise d'une Peugeot diesel, le revers lifté d'André Agassi, les résultats d'Auxerre en championnat ou la dernière histoire belge.

Attention, je ne suis pas en train de prétendre que mes amis musiciens sont des demeurés ! Comme la plupart des artistes ils sont au contraire d'un niveau de culture qui les autorise à participer à des conversations enrichissantes que j'apprécie toujours énormément, mais seulement en petit comité ! Dès qu'ils se trouvent rassemblés à plus de trois exemplaires, il se produit un étrange phénomène de nivellement par le bas, et ça repart dans la bagnole, le foot et le cul. Allez savoir pourquoi !

L'ex-harmoniciste à la vocation étouffée dans l'œuf se laissa choir sur la banquette où je feuilletais un magazine et entra immédiatement dans le vif du sujet. Il posa une main sur mon poignet et se pencha pour me confier sur un ton de conspirateur :

— Je change de place parce que derrière ils ne parlent que de voiture. Et moi vous savez, la voiture...

— Ah ! (ton de celui qui compatit)

— Et alors ce que je ne parviens pas à comprendre, c'est pourquoi les gens disent "tout à fait" au lieu de dire simplement "oui".

— Ah ! (ton de celui qui sent que le cours va commencer)

— C'est un monde tout de même ! Il y a quelques années, c'était "absolument" qui était à la mode, maintenant c'est "tout à fait". Mais ça ne veut rien dire ! Vous n'êtes pas de mon avis ?

— Oh lala !

Ce "oh lala" ne signifiait rien de particulier, mais au niveau d'emballement verbal et de légitime indignation où je le sentais engagé, j'aurais aussi bien pu répondre "kangourou" ou "tartiflette", ça n'aurait rien changé à la suite.

– Enfin réfléchissez ! (je plissai le front pour montrer ma bonne volonté) ; vous téléphonez à un ami, vous lui dites « Allô ! c'est toi Robert ? » et il répond « Tout à fait ». C'est ridicule, avouez ! (j'opinai prudemment). Comment se pourrait-il que ce ne soit pas "tout à fait" Robert ? C'est lui ou bien ce n'est pas lui, voilà tout !

Et ainsi de suite… Je commençais vraiment à m'amuser car je retrouvais peu à peu le Maître Capello de la télévision avec ses mimiques, sa voix profonde et son ton de professeur. Je réalisai que tout compte fait, j'avais le rare privilège d'être pour quelques instants l'unique spectateur d'un numéro à succès et je décidai d'en profiter. Je rangeai donc mon magazine et me tournai un peu vers lui, montrant ainsi clairement que j'acceptais bien volontiers de tenir le rôle d'interlocuteur attentif jusqu'à Deauville.

Après tout, je ne risquais pas grand chose. Il n'était dangereux qu'à l'harmonica.

Au moment où je me remémore ces détails, tant d'années plus tard, je réalise que j'aurais beaucoup perdu à manquer cette unique occasion qui m'a été offerte de converser avec Jacques Capelovici. Ce diable d'homme m'a bougrement intéressé et même ébloui par l'étendue de ses connaissances. Non seulement il est une encyclopédie vivante mais il possède au plus haut degré l'art subtil de partager son savoir. Sans doute faussement influencé par le personnage qu'il s'était créé au petit écran, je le croyais pédant. Quelle erreur ! Un pédant n'écoute que lui-même. Capelovici est au contraire toujours avide d'apprendre quelque chose d'autrui, une attitude qui est à l'opposé même de la pédanterie.

Après avoir définitivement réglé son compte à l'emploi abusif de l'expression "tout à fait", Maître Capello m'apprit au hasard de la conversation qu'il était agrégé d'anglais, ce que j'ignorais. J'en profitai lâchement pour lui soutirer aussitôt quelques tuyaux de première main, un peu comme certains tentent de carotter une consultation à l'œil quand ils croisent leur médecin devant la boulangerie. C'est depuis ce jour que je parviens à chanter les mots "I love you" sans aucun complexe. Ça parait facile mais mon œil ! "Love" est l'un des mots anglais les plus difficiles à prononcer pour un Français et à plus forte raison pour un pied-noir. J'avais tout essayé : *lôve, leuve, laove, lauve*... rien à faire ! Ça ne passait pas. Capello me conseilla tout simplement de prononcer le "o" comme un "a" en français. Depuis, je chante *aillelaviou* et ça ne passe pas mieux qu'avant mais je suis persuadé du contraire, ce qui est un progrès.

Et nous en sommes enfin arrivés à l'histoire. Je dis *enfin* car je fais partie de cette majorité de gens que l'histoire ennuyait copieusement à l'école et qui en sont devenus friands à l'âge adulte. Le sujet s'est presque tout de suite orienté vers le deuxième conflit mondial, période pour laquelle le maître et moi partagions une affinité certaine. Et nous voilà partis en guerre avec les Churchill, de Gaulle, Adolf et compagnie !

Ayant longuement déploré la naïveté impardonnable des représentants de la France et du Royaume Uni aux accords de Munich de trente-huit, nous tombâmes d'accord sur le fait que ni lui ni moi n'aurions été les dupes d'Hitler si nous nous étions trouvés à leur place. C'était l'évidence même.

Le sort de l'infortunée Pologne fut réglé en deux temps trois mouvements et celui de la France à peine moins vite. Faute de faits d'armes plus consistants, nous nous gargarisâmes longuement du succès de l'opération de Dunkerque dont je rappelle qu'elle fut une évacuation par mer des troupes britanniques et françaises avec les Allemands à leurs trousses ; une opération certes brillamment réussie mais dont l'assimilation à une victoire exige un certain culot.

Puis, fort de mes connaissances en histoire de l'aviation, je m'étendis complaisamment sur la bataille d'Angleterre, étalant mon érudition sur de larges tartines dont Maître Capello se pourlécha avec une gourmandise qui me payait grassement de ma vanité.

Et chemin faisant, de bombardements en carnages, laissant dans notre sillage virtuel des milliers de victimes, des villes en ruines et des contrées dévastées, nous abordâmes la campagne d'Afrique et sa figure emblématique : le maréchal Edwin Rommel, alias *le renard du désert*.

Cependant le car se garait au même moment devant le casino de Deauville et je me résignais déjà à mettre un terme à cette conversation passionnante car j'avais à partir de cet instant plusieurs tâches à accomplir dans le cadre de ma profession de musicien.

C'était compter sans l'opiniâtreté du sieur Capelovici qui répugnait visiblement à abandonner le maréchal Rommel en Cyrénaïque à ce moment crucial du conflit.

Aussi, n'étant encombré d'aucun bagage, il me suivit comme mon ombre durant toute la durée de l'installation du matériel de l'orchestre sans cesser un instant de me décrire en détails les différentes phases de la campagne de l'Afrika Korps : offensives, contre-offensives, mouvements de blindés, appuis aériens, encerclements, retraites et contre-retraites. Est-ce une coïncidence ? le soleil de Tobrouk brillait sur Deauville et je me souviens qu'il y faisait très chaud. Deux ou trois allers et retours entre le car et la salle m'étaient nécessaires pour décharger mes affaires mais ce phénomène de Capello n'en parut nullement découragé, m'escortant en permanence tout en parlant, allant même jusqu'à m'aider à transporter mes instruments de musique, ce que je n'aurais jamais osé lui demander.

Le plus étonnant c'est que pas un instant il ne me serait venu à l'idée de le prier de me laisser travailler; de lui dire : « Pardonnez-moi, mais j'ai telle ou telle chose à faire, etc. ». Bien au contraire ! J'accomplissais mes gestes routiniers machinalement sans perdre un seul mot de ce qu'il me disait tant sa façon de raconter était captivante. Un magicien !

Mon matériel une fois disposé sur scène, Capello gravit derrière moi l'escalier métallique menant aux quartiers des artistes et opta sans hésitation pour la même loge que moi. Et les exploits du renard du désert se poursuivirent là, dans cette pièce aux murs d'un jaune triste, sans fenêtre, chichement éclairée, moi écoutant et n'intervenant que pour quêter une précision, et Maître Capello poursuivant avec maestria sa démonstration éblouissante de virtuosité.

Nous en étions au moment où l'un des officiers d'état-major de Rommel émettait je ne sais quelle hypothèse personnelle concernant un point de stratégie particulièrement délicat, lorsque mon chef d'orchestre Marc Laferrière ouvrit la porte en coup de vent.

– Excusez-moi. Eh Rémy, qu'est-ce que tu fais ? on n'attend plus que toi !

Je me levai en m'excusant brièvement auprès de maître Capello d'être forcé de le planter au beau milieu de son récit. Il répondit d'un simple geste de la main signifiant « faites, faites ! » mais me parut cependant déçu de n'avoir pu conclure.

Je rejoignis mes camarades sur scène. Entre le réglage de la sonorisation, l'accord des instruments, la mise en ordre des partitions et la répétition de deux ou trois morceaux, une bonne demi-heure s'écoula si ce n'est plus.

Ayant reçu de mon chef d'orchestre toutes les directives concernant la soirée, son programme et son minutage, je regagnai ma loge l'esprit absorbé par une mission imprévue.

En effet, Régine envisageant la possibilité que ses invités la prient de chanter au cours de la soirée, m'avait demandé de me préparer à l'accompagner au piano pour *Les petits papiers* ou *La grande Zoa*. Je m'isolai donc quelques minutes pour me rédiger une antisèche en notant brièvement les harmonies de ces chansons sur un papier.

Tout ça demanda un certain temps, si bien qu'au moment où je poussai la porte de la loge, je l'avais quittée depuis plus de quarante-cinq minutes et j'avais totalement oublié Maître Capello[1].

Pourtant je le retrouvai là, seul, assis sur la même chaise qu'il occupait trois quarts d'heure plus tôt, apparemment perdu dans une profonde réflexion.

Dès mon entrée, il redressa vivement la tête et son expression s'éclaira de satisfaction.

Alors, sans aucune transition, me fixant droit dans les yeux de son regard inquisiteur et levant un doigt qu'il agita en un geste familier, il prononça d'une voix bien timbrée ces mots désormais immortels :

— Et alors Rommel lui répondit : …

---

[1] Depuis l'écriture de ces lignes, Maître Capello nous a quittés le 20 mars 2011. C'était un grand monsieur.

Une soirée mémorable (2)

Histoire de toilettes

Oh il n'y a pas de quoi en faire un roman ! C'est juste une anecdote, un mini-incident résultant d'un concours de circonstances banales, bassement prosaïques (c'est le cas de le dire), mais dont l'intérêt vient de la chute : une phrase vigoureuse de Régine, une réflexion en aparté d'une verdeur que Rabelais n'aurait pas reniée.

Aujourd'hui Régine ne se souvient sans doute plus d'avoir prononcé ces mots ; je crains même qu'elle ne s'en défende. Pourtant nous étions seuls, j'étais à un mètre de la reine des nuits parisiennes, et bien qu'elle ait parlé à voix basse et – je le répète – uniquement pour elle-même, je l'ai entendue aussi distinctement que possible.

On en était au milieu de la soirée, milieu du repas, milieu du spectacle, milieu de tout. Nous étions dans *l'œil du cyclone*, un moment bien connu des organisateurs : l'instant où le plus dur semble passé, où les choses paraissent aller d'elles-mêmes, sur leur lancée, l'instant où la réussite de la soirée ne fait plus de doute. L'accueil a été décontracté, le cocktail s'est déroulé dans une ambiance délicieuse, le champagne est à la température idéale, le traiteur au dessus de tout éloge, la salle est merveilleusement décorée, il ne manque aucun couvert, les invités sont à l'aise et conversent entre eux, satisfaits du repas et du spectacle, les serveurs glissent comme des danseurs et le maître d'hôtel a l'œil à tout, levant à peine un doigt, fronçant un sourcil ou désignant une table d'un bref mouvement du menton. C'est l'instant d'une soirée où tout va pour le mieux, où il paraît improbable que les choses ne se poursuivent pas aussi bien qu'elles ont commencé et où les responsables baissent leur garde.

Bref le moment rêvé pour qu'un grain de sable vienne gripper ces beaux rouages bien huilés !

Les quarante années que j'ai consacrées à faire ce métier m'autorisent à énoncer avec force le postulat suivant : *"Il n'existe aucun spectacle, aucune soirée, aucune réception où tout se déroule exactement comme prévu"*. C'est tout simplement impossible. Fort heureusement, la plupart des incidents sont mineurs et l'expérience des professionnels suffit à les résoudre, à les contourner ou à les cacher au public. L'organisateur a ensuite beau jeu d'affirmer que tout s'est parfaitement déroulé ; il sait bien que c'est faux et qu'à deux ou trois reprises on a frôlé la tuile.

Une légende tenace voudrait que les Américains soient les meilleurs organisateurs de spectacles du monde. Il paraît qu'avec eux tout est prévu au quart de poil et que grâce à leur génie de la précision, leurs shows ne souffrent jamais du moindre accroc.

Ridicule ! Pourquoi seraient-ils plus que d'autres à l'abri du fameux grain de sable dans les rouages ? Ça ne tient pas debout ! Simplement, leur expérience et leur professionnalisme (sans parler du budget insolent dont ils disposent le plus souvent) leur permettent de camoufler l'incident. Pas vu pas pris !

Malheureusement cette légende a eu pour conséquence une inflation galopante du matériel employé pour un spectacle et bien évidemment du personnel nécessaire à sa mise en œuvre. Le raisonnement était : « les shows que font les Américains sont parfaits parce qu'ils ont un matériel énorme et une armée de techniciens. Alors faisons comme eux ! »

Et voilà comment certains petits festivals sympas qui à leurs débuts coûtaient trois-francs-six-sous parce qu'ils n'exigeaient qu'une infrastructure modeste sont devenus en quelques années d'énormes machines ingérables qui finissent par mourir étouffés sous leurs coûts de mise en œuvre et la complexité de leur organisation. Il paraît qu'on n'y peut rien. C'est le progrès.

Cette inflation des moyens n'a pourtant jamais résolu le problème de base qui est, je le rappelle : Que faire pour qu'un spectacle se déroule exactement comme il a été prévu, sans la moindre anicroche ?

Tout ce qu'on y a gagné, au contraire, c'est un théorème qui complète et confirme le postulat énoncé plus haut : *"Au cours d'un spectacle, les risques d'incidents sont proportionnels à l'importance des moyens techniques mis en œuvre"*. Inutile de démontrer ce théorème ! Son énoncé tient lieu de démonstration.

Mais je m'écarte de mon récit. D'ailleurs cette soirée à Deauville n'était pas concernée par l'inflation des moyens techniques ; il n'y avait ce soir là au salon des Ambassadeurs que le matériel nécessaire et suffisant. Je me suis laissé entraîner mais j'avais envie d'exposer les quelques réflexions qui précèdent et je ne vois pas pourquoi je m'en serais privé.

Nous étions donc dans *l'œil du cyclone* : ce moment trompeur du milieu de la soirée où tout semble baigner dans le beurre mais où l'incident le plus inattendu a toutes les chances de se produire.

Et en général il se produit.

L'orchestre avait déjà joué en début de repas et sa prochaine intervention n'était prévue qu'au moment du dessert ; aussi le chef avait-il autorisé ses troupes à se dégourdir les jambes. Les musiciens s'étaient égayés dans le casino, les plus accros au jeu s'efforçant déjà de perdre dans les machines à sous l'argent qu'ils n'avaient pas encore gagné.

Sur scène, les jeux de vingt heures battaient leur plein. Depuis les loges, on entendait les rires des invités alterner avec les voix de Jean-Pierre Descombes et de Maître Capello.

Nous n'étions plus que trois dans les coulisses : Maurane, Marc Laferrière et moi. Maurane devait passer juste après les jeux de vingt heures et, d'après le minutage prévu, elle avait encore au moins vingt minutes devant elle. Elle consulta sa montre et demanda :

— Quelqu'un sait où sont les toilettes ?

— Bien sûr, répondit Marc. Elles sont à l'entrée du casino, juste à côté de l'accueil.

— Et on y va comment ?

— Depuis la salle c'est facile, mais je suppose que tu ne veux pas traverser la salle juste avant ton passage ?

— Ben… j'aimerais mieux pas.

— Alors tu sors par derrière, tu débouches dans un couloir, tu prends à gauche avant la salle de la roulette et tu passes entre la boule et les machines à sous. Ensuite il y a un escalier et…

— Arrête, arrête ! (elle leva une main) laisse tomber ! je vais me perdre.

— Tu veux que je t'accompagne ? proposa Marc.

— C'est sympa, assura Maurane avec un beau sourire.

Et ils sortirent ensemble par la porte de l'arrière-scène, me laissant seul dans les coulisses, assis sur la première marche de l'escalier qui menait aux loges, un peu fatigué.

Je ne restai pas longtemps sans compagnie. Le rideau de fond de scène s'écarta et Régine apparut, un peu interloquée de trouver les coulisses quasi-désertes. Elle fonça sur moi comme un bulldozer.

— Vous savez où est Maurane ?

— Elle est aux toilettes, répondis-je en me levant.

— Ah… (elle paraissait contrariée) zut ! parce que les jeux de vingt heures vont finir plus tôt que prévu et il faudrait qu'elle soit prête à prendre le relais d'un moment à l'autre. Je ne veux pas qu'il y ait de blanc dans l'animation.

— Elle ne va pas tarder, tentai-je de la rassurer, il y a déjà un moment qu'elle est partie.

— Hum…

Visiblement, elle n'y croyait pas trop. Elle me fixa d'un regard vide, comme si j'étais transparent, puis chercha pendant quelques secondes une idée dans la contemplation du plafond.

— Bon ! s'exclama-t-elle soudain. Je vais inverser l'ordre des numéros : l'orchestre va d'abord relayer les jeux, et Maurane passera après. Voulez-vous prévenir Marc Laferrière, s'il vous plaît ?

— Ben... (j'étais dans mes petits souliers) c'est que Marc n'est pas là.

— Quoi ? aboya-t-elle, et il est où Marc ?

J'aurais donné n'importe quoi pour me trouver aux îles Kerguelen. Régine n'avait pas la réputation d'être commode et par malchance j'étais seul dans son rayon d'action. Pourtant, je ne pouvais plus reculer. Je lui assenai le coup de grâce :

— Marc est aux toilettes aussi. Avec Maurane.

Je courbai l'échine, prêt à tout. C'était sûr, elle allait m'anéantir. J'allais me faire engueuler pour Maurane, pour Marc et pour tous les absents du monde, présents, passés et à venir.

Mais Régine est une personnalité hors du commun et ses réactions sont rarement celles de madame tout le monde. Aussi, au lieu d'exploser en invectives comme je m'y attendais, elle parut comme désamorcée par cette situation à la limite du grotesque.

Ses épaules s'affaissèrent. Elle poussa un soupir, me tourna le dos et regagna la salle en murmurant pour elle-même :

— Bon. Quand tout le monde aura fini de ch..., on pourra peut-être continuer cette soirée.

Une soirée mémorable (3)

La plage des mortes saisons

Régine s'était inquiétée pour rien. Les jeux de vingt heures se prolongèrent suffisamment pour que Maurane prenne le relais sans que le programme ne subisse d'interruption.

C'est étrange mais bien que j'aime Maurane je suis incapable de citer de mémoire un seul de ses titres. Je lui en demande pardon mais pour moi ce qu'elle chante importe peu ; je trouve que c'est secondaire. J'écoute Maurane parce que c'est beau à entendre et cette raison me suffit. Qu'importe ce que jouent Rostropovitch ou Louis Armstrong du moment qu'ils jouent ! Maurane est une chanteuse, simplement une chanteuse, mais une vraie ! Pas une murmureuse (encore que ces dernières semblent moins nombreuses que naguère) ni l'une de ces hurleuses à la mode. Elle chante bien et c'est tout, comme Cesaria Evora, Enzo Enzo, ma copine Corinne et quelques autres de plus en plus rares me semble-t-il. Et quelle voix ! Elle se balade entre le contralto et le mezzo avec des aigus taillés au scalpel et des graves qui réchauffent le cœur tout en parvenant à garder à la note toute sa précision malgré la sensibilité de son interprétation ; un tour de force qui n'est pas à la portée de tout le monde. Et sympa avec ça ! En tout cas elle l'était en quatre-vingt-neuf. J'espère qu'elle n'a pas changé. Ce soir là elle a chanté a cappella une composition de Véronique Sanson. Un régal !

La suite du programme est un peu floue dans mes souvenirs. Après Maurane, j'ai accompagné Régine au piano dans *La grande Zoa* et je crois que l'orchestre s'est remis en place immédiatement après pour clore le spectacle.

C'est à ce moment, en fin de soirée, que s'est produit un événement somme toute assez banal mais qui reste l'un des grands regrets de ma vie de musicien.

Charles Aznavour faisait partie des convives et je l'avais repéré dès son arrivée, n'ayant d'yeux que pour lui à partir de cet instant. À chaque fois que je jouais, il m'était impossible de regarder ailleurs que dans sa direction, perdant totalement les pédales s'il levait les yeux vers l'orchestre ; et de tout le temps que je passai en coulisses, jamais plus de dix minutes ne s'écoulèrent sans que j'écarte légèrement le rideau de fond de scène pour voir ce qu'il faisait, s'il riait, avec qui il parlait, etc.

Quand j'y pense j'en ai presque honte ; je me suis conduit comme la dernière des groupies.

En quelques dizaines d'années de métier, j'ai croisé à peu près tout ce que le show-biz compte de célébrités dans le domaine de la chanson et du jazz. Et quand je dis "croiser" c'est un peu court. J'ai longuement travaillé dans les mêmes spectacles que certains, j'en ai accompagné plusieurs (parfois au piano, le plus souvent au bar), j'ai dîné à la même table que d'autres, et en général beaucoup m'ont montré de la sympathie. Mais jamais au grand jamais je ne me serais laissé aller à la moindre manifestation d'idolâtrie. Je craignais même tellement qu'on puisse me soupçonner de ce travers que j'affectais ouvertement d'éviter tout contact avec les célébrités, tout au moins tout contact autre que ceux qui m'étaient imposés par la profession ou le savoir-vivre, me limitant volontairement à une poignée de mains ou à quelques mots insignifiants.

Pourquoi cette attitude stupide ? Je ne peux pas me l'expliquer. Maintenant, avec le recul, j'ai bien peur d'être souvent passé pour un imbécile aux yeux d'Adamo, de Carlos, de Dave, d'Eddy Mitchell et consorts. Inutile de préciser que je n'ai pas une seule fois demandé un autographe à qui que ce soit ! D'ailleurs entre gens du métier ce n'est pas l'usage (Zappy Max m'a même assuré que ça portait malheur).

Tout ce baratin pour dire que le comportement admirateur-cucul-la-praline n'est pas vraiment ma tasse de thé. Alors pourquoi Aznavour m'a-t-il fait dérailler ce soir là ?

Parce que c'est Aznavour ! Un nom qui évoque bien plus que la personne ou que l'artiste. Aznavour, c'est un univers. Il fait partie de cette poignée d'auteurs compositeurs interprètes qui ont enrichi la chanson en lui donnant une puissance, une noblesse qu'elle n'avait jamais atteintes avant eux.

Trenet, Mireille et quelques autres avaient déjà bien balisé le chemin. Mais en dépit de leur talent, leurs plus belles chansons (et Dieu sait s'il y en a de splendides) restent des chansons et rien de plus.

Et puis les extraterrestres ont débarqué : Aznavour, Brassens, Brel, Ferré, Caussimon, Delanoé, Ferrat…

et tout a changé. Le terme *chansonnette* qu'on employait encore parfois avant leur arrivée est devenu ringard et même péjoratif. Ces gens ont créé des œuvres d'un contenu si dense que le mot *chanson* lui-même paraît trop léger pour les désigner. En une face de quarante-cinq tours, ces bougres vous balançaient l'équivalent d'un roman, d'une tranche de vie, d'un tableau de maître, d'un film, d'un bouquin de philo… On prenait ça en pleine tronche : Vlan ! Comme un direct du droit ! Et l'on restait sonné, la bouche ouverte, la tête pleine d'étoiles.

En plus du contenu, la forme était ahurissante d'éclat, de fini. Chacune de ces merveilles était un diamant : musiques sublimes de François Rauber, Bécaud, Paul Mauriat… arrangements flamboyants qui n'étaient pas encore inspirés par une mode imbécile mais collaient au texte pour l'embellir, pour le servir.

Et les musiciens ! Tiens, pour une fois parlons-en des musiciens ! La plupart du temps anonymes mais sans lesquels ces bijoux n'auraient jamais été ce qu'ils ont été. Qui peut rester insensible à la poésie spatiale des ondes Martenot dans *Ne me quitte pas* ou *La Fanette* ? Comment ne pas s'émouvoir de la pureté du début de *Deux enfants au soleil*, où la mélancolie lyrique du trombone répond au chant d'un ange avant qu'éclose la voix profonde de Ferrat ! Et l'accordéon diabolique de "chauffe Marcel" Azzola dans *Vesoul* ! Et cette autre moitié de Brassens qu'était son ami et bassiste Pierre Nicolas ! Et tous les autres, vous autres, obscurs tâcherons noyés au sein d'un grand orchestre. Votre nom est à jamais perdu mais sans vous rien n'aurait pu se faire. Votre quotidien : des répétitions harassantes, des séances de studio besogneuses, parfois le mépris et les vexations, un cachet minable et au bout l'ingratitude et l'oubli. Vous tous, musiciens de l'ombre, je ne vous connais pas mais vous êtes mes frères et je vous aime.

Impossible d'évoquer les chansons légendaires de cette période sans insister sur les textes ! Il est évident que jusqu'alors, à de rares exceptions près, la musique constituait l'élément déterminant du succès d'une chanson, même si les paroles étaient de qualité. À partir des années cinquante, le texte va prendre autant d'importance que la musique si ce n'est plus. Dorénavant on ne se contentera plus de faire la-la-laaa sous la douche ; on chantera vraiment « *Si je t'ai blesséééée, si j'ai noirci ton passééé...* » ou bien « *Quand Margot dégrafait son corsa-hage...* » ou encore « *T'es tout' nue sous ton poule...* ».

Non seulement les paroles vont atteindre une densité jamais approchée par le passé mais la qualité du langage et la précision de la versification n'en seront pas négligées pour autant. Les auteurs n'hésiteront pas, pour trouver l'effet recherché, à se frotter à des difficultés qui auraient découragé leurs aînés ; je pense aux quelques vers de deux pieds de *La cane de Jeanne* ou aux majestueuses stances de dix-huit pieds des *Vieux*.

Quant à la poésie, elle y est si omniprésente que pour la première fois des paroles de chansons seront publiées en recueils de poèmes et qu'elles connaîtront la suprême consécration d'être étudiées dans les écoles. Certains textes se suffisent tellement à eux mêmes qu'ils peuvent se passer de toute mélodie. C'est ainsi que Georges Brassens verra ses talents de compositeur presque escamotés par la qualité de ses textes, au point que quelques rigolos aux oreilles encrassées osent encore affirmer aujourd'hui que toutes les musiques de Brassens se ressemblent. Bougres de … Tiens, il vaut mieux que je change de sujet avant d'écrire des gros mots.

D'autres évaporés parleront de chanteurs "engagés", de chansons "à message". Bof, après tout, si ça les amuse…

La vérité c'est que la chanson française a vécu ces années là une période de richesse extraordinaire que même l'exubérance des années soixante n'a pu occulter. D'ailleurs il n'y avait pas de danger ; à cette époque personne ne trouvait incompatible d'apprécier en même temps Luis Mariano, Elvis Presley, Georges Brassens, Les Platters, Edith Piaf, les Chaussettes Noires et tutti quanti (et même *tutti frutti*). Toutes ces bonnes gens cohabitaient le plus naturellement du monde dans les juke-boxes ou les surprise parties et tout le monde y trouvait son bonheur. La ségrégation musicale viendra plus tard.

Et Aznavour alors ?
J'y arrive !

Je crois que pas un seul type dans l'histoire de la chanson n'a jamais eu autant de bonnes raisons de se casser la figure que Charles Aznavour à ses débuts.

Un : il était d'origine arménienne. Ça commence bien. Pour le public français c'était quasiment un étranger et quoi qu'on en dise les Français n'ont jamais accueilli les étrangers à bras si ouverts que ça.

Et Arménien par dessus le marché ! Même aujourd'hui, si quelqu'un me dégotte en une heure dix gugusses capables de poser le doigt sur une carte pile poil à l'endroit où se trouve l'Arménie, je lui donne ma recette du soufflé au chewing-gum. À part le fait que les arméniens ont des noms qui finissent en *ian* et que leur pays a été victime d'une série d'agressions et de massacres qui l'ont rayé de la carte pendant très longtemps, la plupart des Français ignorent tout de l'Arménie. Et après guerre ils en savaient sans doute encore moins que maintenant. C'est dire à quel point Aznavour pouvait être étranger ! Et même pas un étranger "bien de chez nous", genre Italien ou Anglais ! Non. Un métèque, ni plus ni moins.

Deux : *« Regarde sa photo sur* Ici Paris, *Jeannette ! On voit bien qu'il est pas français hein ? Tu le trouves beau toi ? Pour un Arménien peut-être qu'il est beau, je sais pas. Mais quand même, moi, comme étranger je préfère Sinatra »*. J'ai entendu ce genre d'idiotie des dizaines de fois jusqu'au milieu des années cinquante. Le moins qu'on puisse dire c'est qu'à ses débuts le physique d'Aznavour ne faisait pas l'unanimité. Les téléviseurs étaient rares et les photos rendaient mal le caractère singulier de ce visage où les yeux semblent tenir trop de place. Il faudra attendre ses premières apparitions au cinéma pour que le public soit définitivement conquis par la profondeur de ce regard que l'artiste peut charger d'une émotion intense sans prononcer un seul mot. Aznavour aurait fait un malheur au temps du cinéma muet.

Trois : le voile de sa voix, très mal accepté à ses débuts ; les bêtises qu'on a pu entendre à ce sujet ! Mais très rapidement, la souplesse de son phrasé et sa diction limpide imposèrent cette voix si particulière à l'étendue insolente.

Trois mauvaises cartes d'entrée de jeu ! Dans l'histoire du show-biz, seul Sammy Davis junior a fait pire.

Qu'importe ! Les tubes déboulèrent les uns après les autres, de plus en plus vite, de plus en plus beaux : *Sur ma vie, Au creux de mon épaule, Mourir pour toi, Sa jeunesse, Pour faire une jam...* Tout le monde fredonnait de l'Aznavour sans le savoir, comme monsieur Jourdain faisait de la prose. Il était clair que la chanson française tenait en ce petit homme discret baraqué comme un bretzel l'une de ses plus grandes gloires.

Le reste appartient à la légende. Sa réputation s'étendit bien vite au delà des frontières et le cinéma révéla un acteur à la présence magique mais trop peu sollicité et surtout trop souvent cantonné dans le même type de rôles. Quel dommage ! Je l'aurais bien vu dans *Topaze* : victime au début et fumier à la fin.

Il est remarquable de constater que c'est en pleine vague yéyé, au moment où bon nombre de vedettes de la chanson d'après guerre sont passées à la trappe, qu'Aznavour a sorti ses plus grands succès : *Tu t'laisses aller, Je m'voyais déjà, Les deux guitares, Il faut savoir...* on pourrait en citer des dizaines. Pendant la même période, ce diable d'homme trouvait encore le temps d'écrire des chansons pour Johnny Hallyday (*Retiens la nuit*), les Compagnons de la Chanson (*Le mexicain*), Sylvie Vartan (*La plus belle pour aller danser*), et des musiques de films, et une opérette (*Monsieur Carnaval*, d'où est tirée *La bohème*)... c'est dingue. Et comme si son propre talent ne suffisait pas à satisfaire sa boulimie de création, il sut mieux que personne utiliser les musiques d'autres compositeurs ou choisir avec discernement des textes remarquables écrits par d'autres ; pour ne citer que les plus connus : *La mamma* de Robert Gall (le papa de France Gall) ou *Que c'est triste Venise* de Françoise Dorin.

Trois générations ont passé depuis ses débuts mais le temps n'a pas de prise sur le génie. En public, lorsque je m'assois devant un piano et que j'attaque de l'Aznavour, il y a toujours des mômes de vingt balais pour fredonner avec moi *Je m'voyais déjà*, *La bohème* ou *Emmenez-moi*. À chaque fois, j'en ai presque les larmes aux yeux.

Bon. Avant de poursuivre, pour le cas où je n'aurais pas été assez clair, il faut que je fasse une confidence :
J'aime assez Charles Aznavour.

L'orchestre venait de finir de jouer un morceau. Avant qu'on ait le temps d'enchaîner sur le suivant, Régine nous fit signe d'attendre, monta sur le plateau, saisit un micro et s'adressa au public :
— S'il vous plaît… s'il vous plaît… merci. Voilà : j'ai demandé à mon ami Charles Aznavour s'il voulait bien chanter pour nous et Charles a accepté.

La salle fit « Aaah ! » et éclata en applaudissements. Régine montra de la main Aznavour qui se levait de table en posant sa serviette, et elle annonça d'un ton solennel :
— Mesdames, messieurs… Charles Aznavour !

L'enfant qui léchait les bateaux

Je n'avais pas assez d'yeux pour regarder. Je le revois monter sur scène en costume blanc, légèrement souriant, un reflet de malice au coin de l'œil, faire une bise à Régine, prendre le micro qu'elle lui tendait et remercier d'un signe de tête les invités qui applaudissaient debout.

Je m'imaginais déjà (*je m'voyais déjà*) en train de l'accompagner. Un beau piano à queue blanc occupait tout un côté de la scène et Aznavour ne pouvait pas ignorer qu'il y avait un pianiste dans l'orchestre puisque j'avais accompagné Régine quelques instants plus tôt.

Ça ne pouvait pas rater. À moins qu'il ne se mette lui-même au piano, il allait me demander si je pouvais l'accompagner.

Je gambergeais à toute vitesse, passant en revue toute une liste de titres. J'étais excité comme un pou et je me faisais un cinéma d'enfer. Ça allait surement se passer comme ça : on conviendrait rapidement à voix basse (entre pros) d'un titre et d'une tonalité, puis j'irais m'installer au piano, j'attendrais son signal d'un air digne, je jouerais l'introduction et il commencerait à chanter. Mon Dieu ! *Charles Aznavour chanterait et moi, moi tout seul, je l'accompagnerais au piano !* C'était sûrement un rêve.

Et à la fin, il ferait un petit geste de la main vers moi, les gens m'applaudiraient un peu et je saluerais d'un signe discret. C'était le plus beau jour de ma vie de musicien.

Ça allait arriver, ça allait m'arriver, j'en étais sûr ! Je tremblais de trac, à deux doigts de tomber dans les pommes. Vous parlez d'un professionnel !

Et puis bon. Rien ne se passa comme je l'avais rêvé. Il ne jeta pas un seul regard vers l'orchestre et dit au public :

— Merci. Comme je n'ai pas d'accompagnateur, et que je ne prendrai certainement pas le risque de chanter a cappella après Maurane (rires discrets dans la salle), je vais simplement vous dire le texte d'une de mes chansons préférées.

J'étais anéanti.

Il prit sa pose favorite, une main dans la poche, le buste un peu penché en arrière, le menton rentré, puis il ferma les yeux et commença.

— *Dans le petit bois…*

NON ! Pas celle-là ! Pas *Trousse-chemise* ! Il n'avait pas le droit de me faire ça. Il voulait ma peau ou quoi ?

Je ne pouvais pas le croire ; la chanson d'Aznavour que je connaissais le mieux ! Celle que je chantais le plus souvent ! L'intro légère en ré mineur, la modulation pour passer en mi bémol, la fin en mi mineur avec la coda qui reprenait la ritournelle de l'introduction… je l'avais jouée et chantée des centaines de fois. J'aurais pu le faire les yeux bandés. Mais qu'est-ce que j'avais fait à ce type pour qu'il me haïsse à ce point !

Lui continuait, tranquille, dans un silence religieux, pendant que je crevais de dépit. Je révérais ce bonhomme et lui m'assassinait. J'étais là, à deux mètres, sur la scène, le trombone entre les jambes, à faire semblant d'écouter. J'avais envie de pleurer.

— *Il pleut sur la plage des mortes saisons…*

C'était bientôt la fin. Je posai le trombone sur son support et évaluai du coin de l'œil la distance qui me séparait du piano. Oui ! C'était possible... je pouvais au moins faire ça.

— ... *était en prison.*

Voilà, c'était fini. Les bravos commençaient à peine que j'avais déjà fait les quatre pas nécessaires. Heureusement que j'avais laissé le piano ouvert après la chanson de Régine ! Je n'avais pas vraiment le temps de m'installer et restai en équilibre sur une fesse au bord de la banquette.

Aznavour fit un pas en arrière, les bras à peine écartés, la tête haute, affrontant l'ovation. J'étais calme maintenant ; le professionnel avait repris le dessus. Je commençai à jouer et le léger cristal de la petite sonatine qui commence et termine la chanson accompagna les applaudissements.

Comme à l'Olympia !

Alors je reçus enfin mon lot de consolation. Dès les premières notes, Charles Aznavour se tourna vers moi et me montra les paumes de ses mains en inclinant la tête sur le côté avec une légère expression de regret. A-t-il voulu dire : « si j'avais su je vous aurais demandé de m'accompagner » ? Rien n'est moins sûr ! Mais c'est ce que j'ai décidé de comprendre et ça m'a fait du bien. Merci monsieur !

Depuis, j'ai eu le temps de ruminer tout ça. Tout compte fait, cet artiste chevronné n'avait aucune raison de prendre le risque de demander à un inconnu de l'accompagner. Il avait même les meilleures raisons de ne pas le faire. Et puis après tout, pourquoi n'aurait-il pas tout simplement préféré dire ce texte plutôt que le chanter ?

Au fond, quand j'y repense, je réalise que ma famille, mes amis, mes connaissances… enfin tout le monde l'a échappé belle.

Pourquoi ?

Eh bien supposons qu'Aznavour m'ait demandé de l'accompagner. À dater de ce jour, à chaque fois que quelqu'un aurait parlé du casino de Deauville, j'aurais vite enchaîné, l'air de rien :

— Ah oui, le casino de Deauville ?… Je connais. J'y ai souvent joué. Tiens, par exemple, en septembre quatre-vingt-neuf !

Et d'un ton blasé, en vérifiant l'état de mes ongles :

— C'est le soir où j'ai accompagné Charles Aznavour.

J'aurais été insupportable.

Une soirée mémorable (4)

Épilogue navrant

Cette soirée du quatorze septembre mil neuf cent quatre-vingt neuf devait décidément marquer les mémoires des musiciens de l'orchestre.

Pourtant sa conclusion ne fut pas ce qui se fait de mieux dans le spirituel et le bon goût.

Alors qu'habituellement tout le monde roupille dans le car au retour d'un gala, personne ne dormit cette nuit là malgré la fatigue et l'heure tardive. Et pourquoi ?... pour cause de concours de *Monsieur et madame* !

Il me semble que c'est Billy qui ouvrit le feu avec le célèbre "monsieur et madame *Saint-Malo-à-la-nage-c'est-pas-d'la-tarte* ont un fils" (Ferdinand).

Trois heures durant, ces adultes habituellement responsables et soucieux de leur image offrirent le spectacle navrant d'une récréation de cours élémentaire, se livrant sans pudeur à une débauche de calembours vaseux et d'à-peu-près hautement répréhensibles.

Non seulement ce triste forfait resta impuni mais certaines trouvailles déplorables, dont j'atteste formellement qu'elles naquirent pendant ce trajet, devinrent de grands classiques.

Ainsi, je succombai moi-même à cette tentation perverse et (je le confesse pour expier) je suis bien l'auteur de "monsieur et madame *Zetto-Frigo* ont une fille" (Mélanie).

J'ai honte[1].

---

[1] Mais j'ai fait pire depuis ! Exemple : "Monsieur et madame *Naraplumé* ont une fille" (Jessica).

Bouzaréa
Un oiseau sur la colline

C'était une idée bien arrêtée. Après ma troisième, une fois mon brevet en poche, j'entrerais à l'École de l'Air et je ferais carrière dans l'aviation. La chose ne souffrait aucune discussion. Ma décision était irrévocable.

Et voilà comment, en octobre mil neuf cent cinquante-huit, je me suis retrouvé à l'École Normale d'Instituteurs de Bouzaréa.

Moi qui rêvais de devenir le nouveau Guillaumet ! qui m'imaginais déjà en combinaison de cuir, serre-tête et lunettes de vol, seul dans la nuit, transi de froid et d'angoisse dans mon avion postal écartelé par les bourrasques, affrontant les tempêtes de l'Atlantique sud avec une seule idée en tête : « Il faut que le courrier passe ! »

Bon. J'ai fait une croix dessus. Et comme j'avais le crayon rouge dans la main, j'en ai profité pour faire une autre croix sur le métier d'instituteur.

Pour être franc, à seize ans j'étais hanté par une idée fixe : devenir célèbre. Et j'avais beau chercher, je ne connaissais aucun instituteur célèbre, à part Joseph Pagnol peut-être, mais il fallait attendre très longtemps, être déjà mort et avoir un fils académicien. Je n'aurais jamais la patience.

Par bonheur j'étais musicien et pour devenir célèbre en faisant de la musique on n'a pas forcément besoin de s'appeler Mozart. La preuve : monsieur Amiel, qui jouait de l'accordéon et habitait en face de chez ma grand-mère. Il composait des valses musette et de temps en temps on entendait son nom à radio Alger. D'accord je visais plus haut mais c'était quand même un bon début : entendre son nom dans le poste de TSF comme Schubert, Edith Piaf ou Lucky Starway !

Allez hop, Changement de cap ! À peine arrivé à l'École Normale j'avais arrêté un plan de bataille en deux volets. Un : je serais musicien professionnel. Deux : comme pour être musicien on n'avait pas besoin d'apprendre à faire l'instituteur, je ne foutrais rien du tout.

Je m'attendais à ce que la concrétisation du premier volet demande quelques années. Par contre la nature même du second me dispensait de toute préparation et je pouvais le mettre en œuvre sur le champ. Je m'y consacrai aussitôt avec une opiniâtreté farouche et ma détermination fut rapidement récompensée par une réussite totale. Mes camarades de l'école s'en souviennent encore aujourd'hui avec émerveillement.

On m'objectera que j'aurais pu m'arranger pour être fichu à la porte tout de suite, ne serait-ce que pour gagner du temps. C'est oublier que tout ceci se passe en un temps où personne encore encore expliqué aux enfants qu'ils devaient tenir leurs parents pour quantité négligeable, se moquer de leur volonté comme d'une guigne et faire tout leur possible pour leur cracher dessus au besoin. Alors, comme de pauvres imbéciles, les enfants avaient encore cette sale habitude de respecter père et mère, de leur obéir, et même de les aimer par dessus le marché. Triste époque !

Les miens étaient très fiers de dire que leur fils était entré à l'École Normale et qu'il serait instituteur. Ça paraît presque incroyable de nos jours où dans certains quartiers les chers petits anges et leurs parents ont une fâcheuse tendance à prendre l'instituteur pour un punching ball, mais au milieu du vingtième siècle le "maître d'école" était une personnalité considérée. Dans un village comme le mien, il faisait partie des notables au même titre que le docteur, le maire et le receveur des contributions directes.

Aux yeux des gens, la profession paraissait ne présenter que des avantages : les fameux "trois mois de vacances" dont ma mère me rebattait les oreilles (en Algérie, les congés d'été duraient de juillet à septembre inclus) et le fait que la grande majorité des instituteurs possédaient une automobile, signe indiscutable de réussite sociale. Ce point de vue très répandu faisait bon marché des multiples obligations de ce métier exaltant mais ingrat : la formation, les stages de remise à niveau, les conférences pédagogiques, les mutations intempestives, les inspections-surprises, sans parler de l'énorme travail de préparation et de correction à fournir en dehors des heures et des jours de classe. Je sais de quoi je parle puisque je l'ai quand même exercé à deux reprises, un peu contre mon gré il est vrai.

Toujours est-il qu'en octobre cinquante-huit j'étais déterminé à ne pas devenir instituteur. Comme je ne voulais ni affronter l'autorité de mes parents ni leur faire de la peine, et que tout compte fait j'avais la vie devant moi, j'ai décidé de jouer l'attente en acceptant de rester à l'École Normale mais avec la ferme résolution d'en faire le moins possible.

Je n'ai jamais regretté cette décision. Je suis convaincu que ces trois années passées à Bouzaréa ont été les plus lumineuses et les plus enrichissantes de ma jeunesse en dépit des évènements terribles qui déchiraient mon pays natal.

L'école construite dans le style mauresque était très belle, la nature qui l'entourait sauvage et verdoyante, j'y ai eu de bons professeurs, j'y ai découvert le jazz[1], je m'y suis initié au travail du bois et du fer, au jardinage, à la projection cinématographique…

Et surtout, c'est entre les murs blancs de ce grand oiseau de pierre aux ailes déployées sur la colline que naitraient des amitiés d'une solidité qui défierait le temps, les hasards de l'existence, la tragédie, l'exil et la séparation !

Un valet de chambre

L'École Normale était ma première expérience d'internat ; jusque là, je n'avais jamais quitté mes parents. Aussi ma mère jugea-t-elle opportun de me forcer à faire moi-même mon lit durant tout l'été précédant la rentrée.

– Quand tu seras là-bas, il faudra bien que tu te débrouilles tout seul ! Tu n'auras pas de valet de chambre, et ce n'est pas le directeur qui viendra faire ton lit, répétait-elle inlassablement chaque matin.

Tout l'été, je me suis farci le même refrain : « ce n'est pas le directeur qui viendra faire ton lit », et gnagnagna…

---

[1] Voir le chapitre : *Le record du monde de trombone à coulisse.*

Vint la rentrée, ma première nuit d'interne et le premier matin.

La plupart d'entre nous étaient appliqués à border leurs draps avec soin, à bien centrer le polochon et à vérifier que la couverture ne fasse pas le moindre pli, quand la porte du dortoir s'ouvrit.

Entra monsieur Vincent, l'économe, en compagnie du surveillant général. Après que nous eûmes répondu en garçons bien élevés à son chaleureux « Bonjour jeunes gens ! », il reprit :

— Voyons un peu comment vous faites votre lit !

Il examina d'un œil critique quatre ou cinq couchettes, échangea avec le surveillant général une mimique entendue qui semblait signifier « qu'est-ce que je vous avais dit ? », puis déclara d'un ton qu'il voulait paternel :

— On voit que ce n'est pas vous qui faites votre lit à la maison ! Vous vous y prenez bien mal.

Tout en parlant, il s'était avancé dans la travée et se trouvait alors à la hauteur de Jean-Louis, mon voisin de droite. Jean Louis en avait déjà terminé, alors qu'au moment de l'entrée des autorités, j'étais encore en train de faire l'andouille avec mon drap, jouant les fantômes ou je ne sais quoi.

Monsieur Vincent, avisant l'état de chantier dans lequel se trouvait mon plumard, me jeta un regard glacé et déclara :

— Je vais vous montrer comment il faut faire. Regardez-moi bien ! vous allez voir, c'est facile.

Et monsieur Vincent fit mon lit de A à Z, le plus soigneusement du monde.

Inutile de dire que j'avais du mal à conserver l'expression bovine que tout nouvel interne se doit d'afficher les premiers jours. Intérieurement je jubilais.

D'accord, ce n'était pas le directeur mais seulement l'économe. D'accord, il n'est venu faire mon lit qu'une seule fois. Mais ma mère n'avait pas fini d'en entendre parler.

Et près d'un demi-siècle plus tard elle en entend toujours parler.

La pause-déjeuner

Puisque j'avais pris la résolution d'en faire le moins possible, il va sans dire que les moments de la journée que j'appréciais le plus étaient ceux où nous n'étions pas en cours.

Le matin, entre la toilette, le petit déjeuner, les lits à faire et la corvée de balayage, il nous restait peu de temps de liberté. Mais à midi, nous avions une heure pour déjeuner.

Dès que la cloche sonnait c'était la ruée. Le réfectoire était formé de deux grandes salles décorées de motifs d'inspiration pharaonique. Nous déjeunions sur de longues tables recouvertes de formica vert et bordées d'alu. Les plats nous étaient servis par un garçon jovial nommé Mouloud, dont la fonction faisait de lui l'une des personnalités les plus courtisées de l'école. Il ne se passait guère de minute sans que ne s'élève d'un coin du réfectoire le cri de guerre des affamés : « Mouloud… du rab ! »

Ce seul détail tendrait à démontrer que la bouffe n'était pas si mauvaise puisqu'on en redemandait.

En fait le jugement que nous portions sur la nourriture dépendait surtout de nos goûts personnels. Je n'ai jamais été très difficile mais personne n'aurait pu me faire avaler les épinards de l'école dont l'aspect rappelait une bouse de vache fraîchement produite par l'animal directement sur le plateau de service. Mais d'autres en raffolaient. En dehors du café qui était réellement innommable, je ne conserve qu'un seul vrai mauvais souvenir : les pommes ! Pendant trois ans nous avons eu des pommes au dessert presque à tous les repas. J'en suis resté dégoûté pour le restant de mes jours.

Bien entendu il était de bon ton de proclamer haut et fort que la nourriture était dégueulasse et personne ne s'en privait, y compris ceux qui n'avaient peut-être jamais rien mangé d'aussi bon chez eux.

Algérie oblige, le couscous était particulièrement savoureux. La première fois où il parut au menu, un camarade s'empara du bol de harissa[2] en pensant qu'il s'agissait du bouillon et en baigna généreusement sa semoule sans se préoccuper de ce qu'il resterait pour les autres. Je me souviens de son nom mais je le tairai par charité car le pauvre fut cruellement puni de sa petite pulsion d'égoïsme : aussitôt la première cuillerée de semoule engloutie, il passa par un nombre infini de couleurs aussi décoratives les unes que les autres et finit par opter pour un rouge carmin du plus bel effet.

Comme il n'y avait pas de classe de mathématiques élémentaires à l'École Normale d'Institutrices, des *matheuses* arrivaient chaque matin à Bouzaréa pour étudier avec les garçons et regagnaient leurs pénates le

---

[2] Sauce très pimentée

soir. Cinq ou six jeunes filles déjeunaient donc chaque midi au réfectoire. Je laisse imaginer la patience qu'il fallait à ces malheureuses pour endurer sans broncher les calembours vaseux de leurs voisins de table ou les fines allusions olé-olé aux ficelles aussi grosses que les amarres du *Ville d'Oran*. Par exemple elles n'avaient pas été longues à comprendre qu'une banane ne devait jamais être prise entière à la main mais découpée au couteau dans l'assiette, puis chaque tronçon porté sagement à la bouche avec une fourchette. Si par distraction l'une d'entre elles oubliait cette règle élémentaire et prétendait déguster sa banane selon la bonne vieille méthode globale, la sanction était immédiate : dès qu'elle portait le fruit entier à sa bouche, les garnements qui l'entouraient poussaient tous ensemble un soupir de quinze tonnes.

En général les repas étaient expédiés en une dizaine de minutes car nous tenions à profiter au maximum de cette heure de pause pour nous détendre et bavarder.

À Bouzaréa, la blouse noire était de rigueur, et je revois encore ce stade ensoleillé, ces galeries et ces coins de verdure envahis par de petits groupes de corbeaux d'où s'élevaient des nuages bleus fleurant bon *le Clan* ou *l'Amsterdamer*. Fumer la pipe était de très bon ton pour un normalien.

Trois chiffres

À son arrivée à l'école, chaque élève se voyait attribuer un matricule de trois chiffres qu'il devait apposer sur toutes ses affaires personnelles. Les miens sont profondément gravés dans le marbre de ma mémoire et je trouve commode de les utiliser encore maintenant comme code secret ou mot de passe.

Beaucoup de mes camarades m'ont confié qu'ils faisaient de même.

Autrement dit, si quelqu'un de mal intentionné disposait aujourd'hui de listes d'anciens élèves avec l'indication de leur matricule, il pourrait sans peine déplomber pas mal de téléphones mobiles, ouvrir un certain nombre de cadenas à chiffres, quelques coffres forts, etc.

C'est intéressant. Je vais y penser.

Chez nous… au dortoir

Le soir, après l'étude, nous montions aux dortoirs. Nous avions une demi-heure avant l'extinction des feux.

Les dortoirs étaient situés à l'étage. Vastes, clairs, très hauts, avec un plafond en voûte gothique. Une demi-douzaine d'ampoules dispensaient une lumière un peu chiche mais suffisante. La disposition était classique : les lits en deux rangées, face à face, et les armoires adossées par paires au milieu de la travée centrale.

Mon armoire n'a été bien rangée que le jour de mon arrivée ; ensuite ça s'est gâté très vite. Je jetais tout là dedans pêle-mêle, sans regarder où ça tombait, et refermais la porte le plus rapidement possible avant l'éboulement. Outre mon linge, l'armoire contenait une guitare, un saxophone, des livres, des maquettes d'avions en plastique, un pipeau, des bandes dessinées, un poste de radio à transistors, des cartes à jouer et je ne sais quoi d'autre. À Bouzaréa cet immonde bazar est passé inaperçu, mais quelques années plus tard j'ai récidivé au service militaire, et là j'ai eu quelques problèmes.

Le soir, en pyjama, assis sur nos lits, nous nous sentions un peu chez nous. L'ambiance était toute autre que celle de la journée, les sujets de conversation différents. L'heure n'était plus aux fanfaronnades habituelles des garçons de notre âge ou à l'éternelle surenchère de prétendus succès féminins assortis d'improbables exploits sexuels auxquels personne ne croyait. Au dortoir, on pouvait se battre à coups de polochons, rire, plaisanter, mais on ne pouvait pas tricher et je crois que personne n'en avait l'idée. Nous partagions le soir une intimité qui nous rendait beaucoup plus proches les uns des autres.

En cours les élèves étudiaient ensemble, aux repas on mangeait ensemble, mais au dortoir nous "vivions" ensemble.

Qui a connu la moindre expérience de la vie en communauté l'a constaté : on se lie plus facilement avec ceux ou celles dont on partage la chambre. Pour ma part, à une ou deux exceptions près, mes meilleurs amis de Bouzaréa sont ceux dont le lit se trouvait à proximité du mien. Pourquoi ? Peut-être parce que de tous les lieux ordinaires où se déroule une vie, celui où l'on dort est le plus secret, le plus intime. Et pas seulement parce qu'on s'y déshabille ! Depuis le fond des âges, tout animal sait d'instinct que le sommeil le rend vulnérable. Alors il est possible que partager une même chambre nécessite, sans qu'on en prenne conscience, la certitude de se sentir en sécurité ; d'où un besoin de confiance réciproque. J'ai le sentiment que c'est la recherche instinctive de cette confiance qui nous rend plus sincères et nous rapproche les uns des autres.

Certains soirs, l'atmosphère du dortoir était étrangement calme. Nous étions assis aux bords des lits, groupés par deux ou trois, tranquilles comme des petits vieux sur un banc. On parlait de nos parents, de notre vie avant l'école, de ce qu'on souhaitait qu'elle devienne après. Chacun livrait ses souvenirs, ses états d'âme, ses espérances, et les autres écoutaient en silence, approuvant d'un murmure, posant une question…

Parfois la nostalgie nous gagnait ; on se laissait aller jusqu'à sortir des photos du portefeuille ou de l'armoire. On commençait par des images banales : la maison *("et encore sur la photo on voit pas le jardin ! ")*, le frère, l'oncle Fernand *("putain qu'est-ce qu'y nous a fait rigoler çui-là au mariage de ma sœur ! ")*, un cliché pris sur une plage avec des copains, et surtout des copines ! (l'intérêt d'un tel cliché était inversement proportionnel à la taille du maillot de bain des copines en question) et de fil en aiguille on en arrivait enfin à la photo qu'on brûlait de montrer et que les autres espéraient depuis le début : la fiancée !

L'image passait de main en main, on se penchait par dessus une épaule pour mieux la voir. Les appréciations étaient toujours élogieuses, les compliments souvent excessifs ; on tenait absolument à faire plaisir. Combien de fois ai-je déclaré que la fiancée était très jolie alors que je ne voyais sur la photo qu'une fille d'une banalité affligeante ! Mais que faire d'autre quand l'ami demandait, crevant de fierté : « comment tu la trouves ? ». Je n'allais quand même pas répondre qu'à mon avis sa petite n'était qu'un triste boudin ! Je me serais plutôt fait arracher la langue.

Personne n'aurait pris le risque de montrer une photo de sa copine en dehors de ces instants privilégiés. Un imbécile s'en serait emparé et aurait débité un tas de cochonneries. J'ai assisté une fois à ce genre d'incident au réfectoire ; ça s'est terminé dans le bureau du dirlo suite à une distribution gratuite de baffes dans la gueule.

Moi je ne risquais rien car je n'avais aucune photo de fille à montrer. Ma dernière fiancée datait de mes huit ans ! Je suppose que notre liaison s'était achevée dans les cris et les larmes suite à un grave conflit d'intérêt à propos d'un caramel mou ou d'un verre de Sélecto[3]. De toute façon, nos relations étaient restées très platoniques. Jusqu'à vingt ans, je me montrerais d'une timidité balourde avec les filles. Complexé jusqu'à l'os par mes lunettes, mon acné et une maigreur qu'accentuait ma grande taille, je n'oserai qu'une seule et unique fois déclarer ma flamme à une copine de vacances, aux alentours de mes dix-huit ans, mais elle ne donna pas suite.

Mais si je ne pouvais pas faire saliver mes copains avec des histoires de fiancée, je possédais quelque chose d'une valeur inestimable dans un dortoir : une guitare !

À l'époque, ma pratique de l'instrument était toute récente et je ne maîtrisais guère qu'une douzaine

---

[3] Concurrent maghrébin du Coca.

d'accords (cinquante ans plus tard, j'en connais à peine trois ou quatre de plus) mais c'était largement suffisant pour massacrer Brassens, Elvis, Brel, Bill Haley, Aznavour et consorts. Quels moments merveilleux nous avons passés ensemble, à susurrer *Love me tender* avec des yeux de merlans frits, à nous appliquer à bien syncoper les syllabes de *Be Bop A Lula* comme Gene Vincent, ou à disséquer Georges Brassens au scalpel, couplet après couplet, avec délectation, sans oublier de bien insister sur les gros mots.

Chaque soir, à peine étions nous en pyjama qu'un ou deux loustics approchaient :

— Allez, sors la guitare !

Je ne leur laissais pas le temps d'insister. J'attrapais la guitare dans mon armoire bordélique, la débarrassais d'une chaussette sale prise entre deux cordes et m'asseyais au bord du lit. Le temps d'accorder l'instrument et les premiers amateurs s'installaient déjà avec des airs de chiots regardant préparer leur pâtée. Tout était prêt pour le petit concert du soir.

Chacun de nous avait sa spécialité. Jean-Louis était incollable sur Brassens ; il connaissait toutes les paroles, chantait juste et en mesure, en allant chercher au fond de son estomac la voix de gros nounours du père Georges. Nous avions notre hit parade : *Hécatombe, Le gorille*... le massacre des pauvres gendarmes de Brive-la-Gaillarde et le viol du juge par le singe évadé obtenaient toujours un franc succès. Mais le top du top, c'était *P... de toi* (je reproduis le titre tel qu'il était pudiquement orthographié sur les disques d'alors). J'attaquais du bout des doigts la petite pompe en do majeur (tang tching tong tching tang tching tong) et Jean-Louis commençait : *"En ce temps là, je vivais dans la lune..."*. Aussitôt les choristes bénévoles rappliquaient de partout, qui une brosse à dents à la main, qui agrippé à son pantalon de pyjama à moitié enfilé, pour ne pas manquer le plaisir pervers d'entonner à pleine voix le refrain : *"Ah-ah-ah-ah, putain de toi..."*. Il me semble encore les entendre.

Alain avait une belle voix profonde avec quelque chose de métallique dans le timbre. Cette vraie voix de basse est rare aussi jeune. C'est une tessiture qui s'installe un peu plus tard, vers les vingt ans. Lui l'avait déjà à seize ! Naturellement, il était spécialiste des chansons popularisées par les chanteurs à voix grave. Son grand succès était *Sixteen Tons*, qu'il chantait en version française mais dans le style des Platters. Tout le monde attendait qu'il se casse la gueule au ré grave de la fin. Peau de balle ! Il le sortait à chaque fois.

Quant à moi, je chantais tout ce qui se présentait mais ma spécialité était le rock'n'roll ; et en anglais s'il vous plaît ! De toute façon on n'avait pas le choix de la langue ; la période yéyé n'était pas commencée, Johnny débutait à peine et Eddy Mitchell était encore inconnu. En cinquante-huit, les prétendus rocks en français n'étaient que des caricatures grotesques que nous méprisions.

Alors je braillais *See you later alligator* ou *Tutti frutti* et les chœurs reprenaient le refrain. C'était épouvantable, on le savait, mais on s'en foutait complètement. J'accordais un peu plus de soin à chanter *Don't be cruel* ou *Teddy bear* parce que c'était du Presley et que pour nous Elvis c'était sacré. Je prenais une diction très scandée que je croyais proche de celle du King, et je n'oubliais surtout pas de soulever brusquement les épaules toutes les quatre syllabes pour évoquer son jeu de scène. Je devais être absolument ridicule.

Quant aux paroles, comme personne n'avait les textes originaux on essayait de reproduire tant bien que mal ce qu'on entendait sur le disque. C'était de l'anglais *Canada Dry* ; ça ressemblait à de l'anglais, mais ce n'était pas de l'anglais. Un peu plus tard, en pleine folie yéyé, on appellera ça chanter "en yaourt" ou "en lavabo". À l'époque de Bouzaréa, ces termes n'existaient pas encore mais c'était la même escroquerie. Il y a des lustres que je ne chante plus en yaourt. J'ai eu longtemps un peu honte de l'avoir fait jusqu'au jour où j'ai entendu des Anglais chanter de l'Édith Piaf en yaourt français. Depuis, j'ai le cœur en paix. Nous sommes quittes.

Mil neuf cent cinquante-huit... Mon Dieu ! je n'arrive pas à y croire. Je n'ai pas vu le temps passer. Pour moi c'était hier tout ça. Je vous revois encore, vous tous, mes amis, mes frères, avec des détails d'une précision qui m'étonne et m'effraie un peu. Je pourrais peindre votre portrait si j'en avais le talent.

Toi Jean-Louis ! à demi allongé sur le côté, appuyé sur un coude, à la romaine, les joues couvertes de pommade au soufre contre l'acné ; tu ressemblais à un lapin sauce moutarde...

Toi Hervé ! discret, peu bavard, presque sombre, mais d'une intelligence et d'un humour que cachait mal ton expression austère...

Toi Roger ! au regard clair perpétuellement étonné, les yeux écarquillés ; tu paraissais toujours découvrir les choses pour la première fois...

Toi Alain ! frisé comme un mouton d'Espagne, et presque aveugle sans tes lunettes, avec ta voix de basse à seize ans...

Toi Jean-Claude ! aussi bigleux qu'Alain, souriant du matin au soir, volontiers farceur, toujours une blague à glisser dans une oreille. Ton trait de dessin était déjà d'une précision diabolique...

Toi Yves ! une voix à cisailler les barbelés, avec une expression de malice un rien moqueuse qui t'avait valu une réputation imméritée de semeur d'embrouilles et un surnom dont nous seuls, tes vieux copains, avons encore le droit d'user aujourd'hui : *"le choléra"*...

Toi Doudou ! toujours prêt à rire de tout, un verbe qui portait loin avec un débit de mitrailleuse ; brave garçon de la tête aux pieds (ce qui, du reste, ne faisait pas bien loin). Je te revois pendant le petit concert du soir, assis au sommet de mon armoire, les jambes pendantes, vêtu d'un invraisemblable pyjama rouge-carmin, le visage fendu d'un sourire de bienheureux, perché la-haut comme la statue d'un bonze au dessus de l'aquarium d'un restaurant chinois...

Au signal de la cloche, tout le monde se couchait et l'on éteignait les lumières. Beaucoup écoutaient la radio en sourdine sous leurs draps. Des conversations se poursuivaient dans l'obscurité avec parfois des éclats de voix ou des rires bruyants. Notre surveillant de dortoir surgissait alors de sa petite chambre et nous donnait invariablement l'heure exacte :

– Taisez-vous, merde ! il est onze heures moins quart !

Je l'avais surnommé *l'horloge parlante*.

Les planqués de la cabine de projection

Ma ferme intention de me la couler douce m'avait naturellement conduit à rechercher dès le début toutes les combines possibles pour être libéré de tout ce qui m'ennuyait ou qui ressemblait de près ou de loin à du travail.

En première année je ne trouvai aucun moyen d'échapper à la corvée matinale de balayage. Mais le dieu des tire-au-flanc veillait sur moi. Au début de l'année suivante, l'économe entra dans la classe et annonça qu'il recherchait quelqu'un sachant écrire très lisiblement les chiffres. Pris d'une inspiration soudaine, je levai le doigt. À compter de ce jour, fini le balai ! je passai ma demi-heure de corvée aux cuisines, à relever des nombres dans un registre, à les additionner à l'aide d'une curieuse petite machine mécanique à picots, et à en reporter le total en beaux chiffres bien calligraphiés dans la case prévue à cet effet. D'accord, c'était encore du travail, mais il me paraissait plus valorisant qu'un balayage stupide. Personne ne me surveillait, et je quittais toujours les cuisines avec un en-cas pour le petit creux du milieu de matinée.

Restait le problème de l'étude !

Ces deux heures d'étude du soir n'en finissaient pas. Par définition je n'avais rien à y faire et m'y ennuyais ferme. Mes camarades ne m'étaient d'aucun secours puisqu'ils consacraient bêtement ces heures à travailler. J'avais le plus grand mal à trouver un adversaire pour jouer au morpion ou à la bataille navale. Alors je lisais, je dessinais, j'inventais des grilles de mots croisés avec des définitions alambiquées que je croyais astucieuses, ou bien j'écrivais des chansons immortelles oubliées le jour suivant. Je n'en pouvais plus, j'étouffais, il fallait absolument que j'échappe à cette étude de malheur.

La solution se présenta en fin de première année, quand j'appris par hasard qu'on recherchait un projectionniste de cinéma pour la rentrée suivante. Je me portai aussitôt candidat car j'avais appris que cette fonction autorisait son titulaire à passer les heures d'études dans la cabine de projection. Et ceci tous les jours de la semaine bien qu'il n'y eût qu'une seule séance de cinéma hebdomadaire le vendredi.

La seule condition à remplir était d'avoir une petite expérience de la projection cinématographique, condition que je ne remplissais nullement, ce qui ne m'empêcha pas d'affirmer le contraire avec assurance. Un copain prénommé Jean-François était déjà sur les rangs mais le surveillant général décida que plusieurs projectionnistes valaient mieux qu'un et il accepta nos deux candidatures. Le problème de l'étude était réglé pour l'avenir.

La nouvelle équipe prit donc ses fonctions à la rentrée suivante. À vrai dire le travail n'était pas bien grand. Hors la séance de cinéma hebdomadaire, nous avions en charge l'entretien du local de projection et du matériel, et je ne me souviens pas que ce dernier nous ait jamais posé le moindre problème.

Aidé de Jean-François, enchanté comme moi d'échapper aux heures d'étude, j'organisai notre confort pour les longues soirées à venir : une table récupérée je ne sais où, un canapé de rotin, quelques chaises, un peu de vaisselle, un réchaud pour le café, une glacière, deux ou trois affiches montrant des dames peu frileuses, un tourne-disques, des cartes à jouer... bref l'équipement indispensable pour assurer une projection cinématographique d'une qualité irréprochable.

Deux autres postulants à l'étude buissonnière se proposèrent spontanément comme assistants, en contrepartie de l'hébergement quotidien dans notre paradis des planqués. Nous accueillîmes Henry-Robert et Jean-Pierre avec d'autant plus de plaisir qu'ils étaient d'excellents partenaires à la belote.

Pour être juste, je dois reconnaître que j'étais le seul véritable escroc de la bande. Passer les heures d'étude dans la cabine de projection n'empêchait pas les autres de bosser. Moi si ! Je me demande même comment ils parvenaient à travailler avec en permanence sous leurs yeux un citoyen qui ne fichait strictement rien d'autre que lire *Pépito*, écouter des disques, jouer de la guitare, chanter et raconter des conneries.

Désormais les fins de journées dans notre petit home s'écoulèrent comme un rêve entre les conversations, la radio, les parties de cartes, la lecture et l'écoute de disques. Les heures passaient presque trop vite et souvent nous nous attardions dans la cabine, quittes à nous coucher à l'aveuglette après l'extinction des feux.

Tout ceci en parfaite contradiction avec le règlement bien entendu ! Officiellement nous étions censés consacrer notre temps à nos études ou à l'entretien du matériel. Mais que risquions-nous ? la porte métallique fermait à clef et personne ne pouvait nous surprendre. Tout était prévu dans les moindres détails pour neutraliser une patrouille de surveillants.

Dès que quelqu'un tambourinait à la porte, les cartes à jouer disparaissaient en une seconde ! celui qui allait ouvrir gagnait trois secondes de plus en farfouillant bruyamment dans la serrure pour faire croire qu'elle était un peu dure, et ainsi tout l'équipage avait le temps de rejoindre les postes de combat : l'un s'affairait sur le projecteur avec un tournevis, un autre tournait la manivelle de la rembobineuse, un troisième astiquait l'ampli d'un coup de chiffon énergique, etc. Le surveillant appréciait la mise en scène en connaisseur, hochait la tête avec une expression résignée, puis repoussait la porte sans un mot. Nous savions qu'il n'était pas dupe (et il savait que nous le savions) mais quelle importance ? Le drame quotidien qui déchirait notre terre nous donnait, à lui comme à nous, des sujets de préoccupation bien plus graves.

Cependant, en contrepartie de nos privilèges, nous mettions un point d'honneur à nous acquitter de notre charge avec zèle. Bientôt, toute l'école nous félicita des nombreuses améliorations techniques apportées à la séance de cinéma. Par exemple le branchement du tourne-disque sur l'ampli : une innovation appréciable qui permettait de meubler les coupures d'un agréable fond sonore ; un autre avantage était que l'effet distrayant de la musique réduisait très sensiblement les hurlements de Sioux que poussaient les spectateurs à chaque interruption.

Car les interruptions ne manquaient pas. Les films faisaient la tournée de tous les établissements scolaires du département et ils nous parvenaient souvent dans un état de décomposition avancée. Certaines pellicules étaient si rayées que toutes les séquences paraissaient avoir été tournées sous la pluie. Quant au son n'en parlons pas ! Les crachotements y tenaient tant de place que les dialogues en devenaient incompréhensibles et qu'à l'exception des myopes tout le monde en était arrivé à préférer les films étrangers en version sous-titrée.

Je me souviens de quelques titres : *Règlements de compte à OK Corral, Sueurs froides, Johnny guitare, Elle n'a dansé qu'un seul été,* l'une des premières œuvres d'Ingmar Bergman, *Jour de fête* de Tati, la trilogie de Pagnol, *Riz amer,* où les cuisses légendaires de Sylvana Mangano furent probablement à l'origine d'une épidémie de manipulations intimes...

Un beau jour, grâce à la prodigalité de l'économat, le vieux projecteur *Debrie* reçut un renfort inattendu sous la forme d'un jumeau flambant neuf d'une rutilante couleur alu. C'était le luxe absolu. Nous pouvions désormais basculer d'un projecteur à l'autre, comme dans un vrai cinéma, sans imposer aux spectateurs une interruption pour changer de bobine. J'étais le seul à pouvoir manipuler le nouveau projo car nous ne l'avions probablement pas très bien installé ; aussi sa poignée de commande était-elle parcourue d'un sympathique courant électrique que je supportais bien alors que mes camarades ne voulaient pas s'y risquer.

Je me souviens que ces deux projecteurs nous servirent à écouter la radio pendant le putsch des généraux, à un moment où écouter un transistor était interprété par la direction de l'école comme un acte subversif. J'ai oublié la magouille technique que nous avions mise en œuvre mais toujours est-il que radio

Alger passait par l'ampli des braves *Debrie*, ce qui nous permettait de suivre les événements en direct ; du moins en étions nous persuadés. Naïveté de la jeunesse ! Nous prenions tout ce qui sortait de la radio pour de l'information.

Le vernis professionnel que nous conférait l'arrivée du second projo nous donna des ailes et je me mis à penser en grand.

Mon raisonnement partait du fait que nous ne pouvions pas rester en permanence l'œil rivé à la petite lucarne de contrôle pendant tout le film ; c'était fatigant et fastidieux. Or des incidents se produisaient fréquemment : plus de son, image tremblotante, cadrage décalé et autres lézards. Si à ce moment le projectionniste de garde n'était pas à son poste, rien ne pouvait nous alerter ; pas même les vociférations du public, inaudibles depuis la cabine à cause du vacarme des projecteurs.

Tout ça ne faisait pas très pro.

Nous décidâmes donc qu'à chaque séance l'un d'entre nous superviserait la projection depuis la salle, avec pour mission d'alerter la cabine en cas de pépin au moyen d'un système sophistiqué de signaux lumineux.

Une planchette portant trois interrupteurs fut aussitôt fixée au mur de la salle, près de la place du superviseur. Chacun des interrupteurs correspondait à une ampoule installée dans la cabine juste au dessus des lucarnes de contrôle. Il y avait une ampoule verte, une jaune et une rouge. La verte donnait le signal de départ et restait allumée tant que tout allait bien, la rouge stoppait immédiatement la projection.

Jusque là, rien à dire ! Malheureusement, le succès de cette trouvaille nous fit perdre toute mesure et la folie des grandeurs nous saisit. Il nous vint alors l'idée perverse de pousser les possibilités de cette technique jusqu'à leur extrême limite.

Bientôt, entre les deux extrêmes (rouge ou vert), différentes associations de deux ou trois couleurs simultanées furent prévues, qui signifiaient toutes quelque chose de très précis. En y ajoutant des combinaisons rythmées dans le genre "trois coups longs et deux coups brefs", il en résulta un système indéchiffrable qui surpassait en complexité les signaux de fumée, le morse, les appels lumineux de la marine et le code secret de la CIA.

Bref, à part le rouge et le vert tout le reste se révéla très vite impossible à décoder rapidement sans un lexique gros comme le bottin. D'autant que le zigoto qui était dans la salle faisait du zèle pour se donner de l'importance et que les trois ampoules s'allumaient et s'éteignaient à tout bout de champ.

Il faut reconnaître que c'était très peu gênant dans la cabine car de toute façon les autres lisaient *Cinémonde* ou *Paris Hollywood* et personne ne surveillait les ampoules.

Vous parlez d'une équipe !

Aujourd'hui

J'écris ces lignes cinquante-sept ans après mon arrivée à Bouzaréa.

Pourtant, mes copains sont plus proches de moi aujourd'hui qu'ils ne l'ont jamais été. Grâce au courrier électronique, je corresponds quotidiennement avec des dizaines d'anciens normaliens. Le moindre prétexte pour nous retrouver est saisi au vol quelles que soient les circonstances, quelles que soient les distances. Au cours du seul dernier mois trois d'entre eux m'ont rendu visite !

Et tout ça sans la moindre association, sans président ni trésorier, sans bulletin de liaison ni cotisation annuelle. Les anciens de Bouzaréa n'ont que faire de ce fatras. Ils marchent au cœur.

Simplement au cœur !

Pamela
(1985-2003)
Paméla est amoureuse de moi (p.25)

Le Memphis
au port d'Assouan (1995)
La dame de Paris et le capitaine (p.37)

Maurice André
(1933-2012)
Maurice se met à l'aise (p.43)

Église de Ménerville
Algérie (avant 1962)
Le dernier curé (p.51)

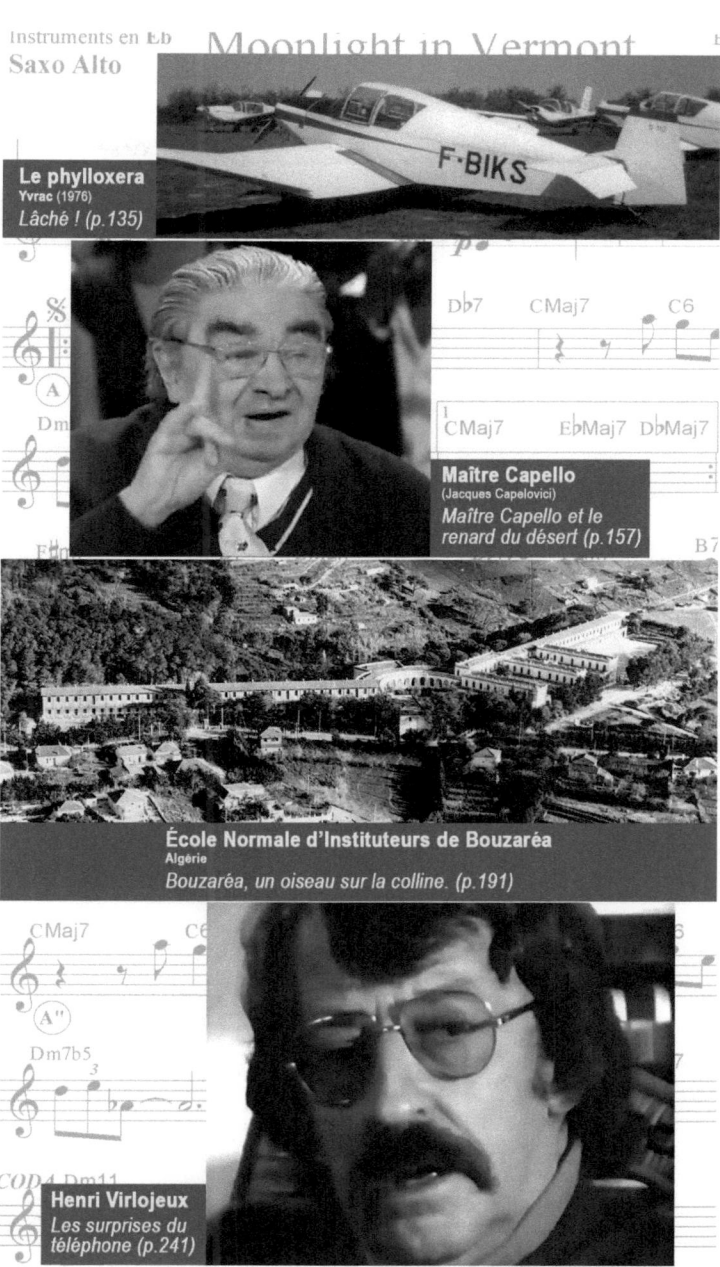

Un lapin drôlement futé !

(Lettre à Doudou du 27 juin 2002)

En mil neuf cent soixante-cinq j'ai chassé le rhinocéros dans le Lot et Garonne.

Ne ris pas ! Je te jure que c'est tout ce qu'il y a de vrai. J'avais vendu ma caméra huit millimètres pour me payer un bon fusil semi-automatique, un *Rapid* de *Manufrance* calibre 12 à cinq coups avec sous le canon un gros bazar en bois qu'il fallait tirer vers soi et repousser vers l'avant pour éjecter la cartouche vide et en introduire une neuve. J'aimais bien ce fusil. Je ne sais plus ce que j'en ai fait. Possible que je l'aie revendu l'année suivante pour m'acheter une caméra... va savoir !

J'avais un bon chien aussi. D'ailleurs c'était une chienne et elle appartenait à mon beau père. Elle s'appelait Miquette. Je ne sais pas quelle marque c'était comme chien, mais elle était très racée. Ça on peut le dire parce que des races, elle en avait bien une douzaine à elle toute seule. Une sacrée chienne de chasse la Miquette !

Mon beau père chassait aussi. Il était maréchal-ferrant, pas bien grand mais fort comme un taureau. Personne ne l'a jamais vu sans béret. Peut-être bien qu'il dormait avec. Il était né aux *Eyzies* et roulait les "R" comme seuls savent le faire les enfants du Périgord.

Son fusil était un vieux deux-coups calibre 16 à chiens apparents. Tu imagines l'âge du tromblon ?

Le plus remarquable était le soin méticuleux avec lequel le maréchal l'entretenait : au retour de la dernière journée de chasse de la saison, il suspendait le fusil au mur de la salle à manger avant même d'ôter sa veste et ne lui accordait plus le moindre intérêt. À l'ouverture de la saison suivante, une fois complètement équipé, il décrochait la pétoire juste avant de sortir et soufflait un grand coup dans chacun des canons pour enlever la poussière. Et voilà pour l'entretien.

Il ne ramenait pas souvent de gibier, parfois quelques champignons, le plus souvent de folles histoires de chasse qu'il tenait du facteur ou du quincaillier et qu'il rapportait à ma belle mère en pleurant de rire. Mais il les trouvait plus drôles racontées en occitan et je n'en profitais pas vraiment.

Le maréchal avait une formule superbe pour annoncer qu'il partait chasser ; une expression qui en disait long sur le peu d'illusions qu'il se faisait de rapporter du gibier :

– Je vais promener le fusil.

Donc, en soixante-cinq, par un beau matin d'automne, je suis parti chasser le rhinocéros dans la région de Layrac.

Eh bien je suis en mesure aujourd'hui de lever le voile sur un scandale sans précédent, une catastrophe écologique que personne d'autre n'a jamais osé révéler jusque là. Il est hors de doute que le silence coupable des responsables de l'environnement a été acheté par de puissants lobbies financiers complices de réseaux

Un lapin drôlement futé !

de braconniers et de trafiquants internationaux protégés par des politiciens véreux. C'est lamentable, c'est honteux, mais il faut que les Français le sachent :

Il n'y a plus un seul rhinocéros dans le Lot et Garonne !

Alors j'ai chassé le lapin.

Je ne vais pas t'accabler d'histoires de chasse. D'abord parce que de toute ma vie je n'ai chassé qu'une saison, et puis ces galéjades se ressemblent toutes un peu et ne font vraiment rire que les chasseurs.

Mais voici l'aventure qui m'est arrivée avec un Tartarin qu'Alphonse Daudet n'a pas eu la chance de rencontrer.

Dans ma bande de copains il y en avait un qui nous bassinait avec ses prouesses au tir. Les exploits dont il se vantait étaient si exagérés que personne ne pouvait y croire, tout simplement parce que le bon sens s'opposait à ce qu'ils soient réalisables.

Un seul exemple de ses fanfaronnades va te faire juger de leur calibre : il affirmait qu'il pouvait tirer à la 22 long rifle sur une cigarette posée dans le sens de la longueur et qu'il enlevait le tabac sans toucher le papier !

Tu vois le genre de client ?

Inutile de préciser qu'il se gardait bien de nous faire la démonstration de ses talents ! Une fois il y avait trop de vent, une autre fois il était fatigué, etc. Mais surtout aucune des carabines qu'on se proposait de lui prêter ne lui semblait d'assez bonne qualité. Seule son arme personnelle convenait : une merveille super réglée, équilibrée au quart de poil, une carabine unique qui lui avait été malheureusement volée l'année précédente au cours d'un championnat, et patati et patata...

Bon. On l'aimait bien quand même.

Avant de poursuivre cette histoire, je suis forcé de te donner quelques détails sur les habitudes du lapin de garenne. Car le lapin de garenne a des habitudes regrettables qui font de lui une proie facile ; il passe ses journées dans une zone bien délimitée, toujours la même, et si un danger le menace, il court à son terrier en empruntant à chaque fois le même itinéraire. Découvrir cet itinéraire et le terrier est un jeu d'enfant puisqu'il suffit de suivre le chien. Le jour où tu repasses par là, tu te postes dans les environs du terrier, tu lances ton chien dans la zone repérée et il t'envoie le lapin droit dessus neuf fois sur dix.

Désolé pour les rouleurs de mécaniques, mais il n'y a pas de quoi s'étouffer de fierté parce qu'on ramène un garenne à la maison. J'étais un parfait débutant et j'en ai ramené vingt-deux en une seule saison de chasse.

Il y en a pourtant un que je n'ai pas pu coincer.

Sa zone de nourriture, son chemin de repli et l'endroit où se trouvait son terrier étaient organisés de telle manière que je ne pouvais jamais l'avoir dans ma ligne de mire. Je savais bien que c'était un pur hasard mais il me plaisait d'imaginer que ce lapin était un mutant qui avait goupillé tout ça pour se moquer des chasseurs en général et de moi en particulier. Miquette le débusquait à chaque fois ou presque. Je m'y attendais, j'étais prêt... mais je ne le voyais jamais.

Je t'explique pourquoi : Imagine un versant de colline entièrement barré à mi-pente par une longue haie touffue infranchissable. Au bas de la colline, la nationale 21 qui va d'Agen à Auch. Entre la route et la haie, à mi-hauteur : une cabane en ruines où ce lapin de combat avait creusé son terrier. Il passait ses journées dans la haie et dès que Miquette le débusquait, il dévalait la pente en ligne droite vers sa cabane. Le hic c'est que j'arrivais toujours par le haut de la colline, du mauvais côté de la haie. Voilà pourquoi je ne pouvais jamais le voir.

Comme tu l'imagines, j'avais essayé de me poster directement à la cabane en arrivant par le bas mais ça n'avait rien donné ; la chienne était trop excitée par l'odeur qui imprégnait les vieilles ruines et refusait de s'en éloigner, méprisant toutes mes tentatives de la faire grimper vers la haie.

Bon. J'avais accepté la défaite et je ne prenais même plus la peine de préparer mon fusil quand j'approchais de cette fichue haie. Ce lapin était plus fort que moi.

Un soir, à l'apéro, au cours d'une conversation avec mon copain champion du monde de tir toutes catégories, j'insiste tant sur le génie tactique de mon superlapin que je finis par éveiller son intérêt. Il me propose aussitôt sa collaboration avec un plan de bataille tout prêt :

— Voilà ce qu'on fait : on se sépare au carrefour de la nationale et de la route qui monte à la colline. Mais d'abord, on décide d'une heure précise qui nous laisse à tous les deux le temps de nous mettre en place. Tu vois ?

— Ouais.

— Moi je me planque directement à la cabane et toi tu fais le grand tour par le haut en tenant ta chienne en laisse pour ne pas qu'elle fouille la haie trop tôt.

— D'accord.

— Et à l'heure prévue, tu lâches la chienne dans la haie. Ton lapin vient droit sur moi et je lui fais sa fête. Qu'est-ce que tu en penses ?

— Hum… ça tient debout, conviens-je. Mais n'emmène pas ta chienne, elle servirait à rien.

Je me méfiais car j'avais déjà chassé avec lui, et sa chienne était une catastrophe ambulante, un genre Rantanplan. C'était un animal magnifique, un setter de pure race avec un pedigree long comme ma cuisse mais qui chassait comme une patate. Elle aboyait pour un oui pour un non, faisait fuir tout le gibier dans un rayon d'un kilomètre et de toutes façons elle ne s'intéressait qu'aux lézards. Cette fichue bestiole avait saboté tout le travail de Miquette ce jour là.

— On y va quand ? demande-t-il.

— Demain matin si tu veux.

— Ça marche. On dit sept heures chez moi ?

— Bon. Sept heures chez toi.

Le lendemain, je siffle devant sa porte et il sort déguisé en guérillero : treillis camouflé, rangers, casquette Bigeard, lunettes *Ray-Ban*, un couteau de chasse à la ceinture et assez de munitions pour résister huit jours à n'importe quel régiment sudiste. J'ai un mal fou à garder mon sérieux. Tu parles d'un cinéma !

Par contre son fusil me paraît bien primitif.
- Tu n'as que ce fusil ?
- Non, il répond, pourquoi tu me demandes ça ?
- Ben... c'est un fusil à un coup.
- Pardi ! (il hausse les épaules) c'est un simplex. Et alors ? Ça suffit bien ! Si avec un lapin qui vient droit sur moi j'ai besoin de doubler c'est la fin des haricots !
- Mmmouais... en tout cas fais gaffe à la Miquette parce qu'elle sera au cul du lapin et que j'aimerais autant que tu la rates, elle !
- Beuh... n'importe quoi !

Arrivés au fameux carrefour, on se met d'accord pour lancer l'opération de commando à sept heures quarante-cinq, on règle nos montres comme dans *Les douze salopards* et chacun se dirige vers sa position de combat.

À l'approche de l'heure convenue, je me tiens à vingt mètres de l'endroit où Miquette lance le lapin d'habitude et la brave bête n'a pas oublié. Son morceau de queue vibre à une vitesse prodigieuse. Elle tire sur sa laisse à m'entraîner, s'assoit une seconde la langue pendante, me regarde sans comprendre et recommence à tirer comme une dingue. Et tout ça sans le moindre bruit, pas même un gémissement ! Elle sait qu'elle ne doit pas. Quelle merveille cette chienne ! Un chasseur n'a pas grand mérite à ramener du gibier avec une bête pareille. Si l'on avait combiné le même plan avec la chienne de mon copain, elle aurait déjà fait tant de barouf qu'il n'y aurait plus un seul lapin dehors entre Boé et Astaffort.

Encore quelques secondes. J'espère que l'autre arsouille est prêt. Je détache la laisse et je retiens Miquette à grand peine par son collier.

TOP ! Je lâche le fauve qui fonce vers la haie comme un bolide. C'est fini pour moi. Je ne peux plus rien faire.

La chienne n'est pas entrée dans la haie depuis deux secondes qu'elle se met à aboyer tout ce qu'elle sait. Je connais bien Miquette ; même sur une piste ultra-fraîche elle ne ferait aucun bruit. Si elle aboie, c'est qu'elle voit le lapin et qu'elle lui court déjà aux fesses. C'est gagné. Il était bien là. Il va tomber dans le panneau. D'ailleurs j'entends les aboiements descendre vers la cabane. Ce lapin est foutu.

BANG !... le simplex.

Les aboiements cessent. C'est fini. Ma belle mère va nous préparer un civet de légende, Miquette aura droit à un beau morceau et l'on invitera le guérillero. Après tout c'est quand même lui qui l'a eu, même si ce n'était pas un coup difficile. Il l'a probablement tiré entre dix et quinze mètres et à cette distance le petit plomb se disperse déjà sur une sacrée surface.

– Oh !... tu m'entends ?

Je l'appelle mais il ne répond pas. Il doit être en train de redescendre vers la route nationale. La haie s'entrouvre, Miquette en émerge et trotte vers moi la truffe déjà dans l'herbe, au cas où... Une caresse, une petite tape sur le flanc et nous voilà partis en sens inverse de notre arrivée, vers le carrefour où je dois retrouver l'homme au simplex.

Une fois sur la route de campagne qui descend vers la nationale je l'aperçois qui m'attend en contrebas,

Un lapin drôlement futé !

assis sur le talus. Il me fait un grand signe du bras et je lui réponds du même geste en accélérant le pas, impatient d'apprécier la taille et le poids de ce lapin que je n'ai jamais vu. Je l'imagine magnifique. Depuis le temps qu'il échappe aux chasseurs !

À une centaine de mètres du carrefour, je commence à me poser des questions. Pourquoi n'a-t-il pas encore brandi notre prise d'un air triomphant comme je l'aurais certainement fait à sa place ?

J'approche encore mais je ne vois toujours pas le lapin. Où l'a-t-il mis ? Je commence à être pris d'un doute horrible. Ce n'est pas possible ! Il ne pouvait pas le manquer ! Il n'a pas fait ça !...

Quand je suis à trente mètres il se lève et vient vers moi les mains vides. Le doute n'est plus permis. Il n'a pas le lapin ! Il ne l'a pas eu ! Je ne peux pas y croire. J'étouffe de rage. Cet olibrius a manqué un coup immanquable. Ce soi-disant champion de tir de mes genoux qui se prend pour Buffalo Bill raterait un bison dans un ascenseur !

Mais le pire reste à venir.

Je dois avoir l'air mauvais car il semble dans ses petits souliers. Il s'approche d'un air faussement décontracté et me dit avec un sourire forcé :

— Eh ben dis donc ! Tu avais raison. C'est un lapin drôlement malin. Tu sais ce qu'il a fait ?

— Non, je réponds les dents serrées, mais je sens que tu vas me le dire.

— Eh ben juste au moment où j'ai tiré... *il s'est baissé !*

La terrasse

Sur la vieille bâche verte on lit en lettres d'un blanc fatigué "Épicerie - Alimentation Gle - Fruits et Légumes". Le magasin est peint en vert lui aussi. Toujours en vert. Plus personne ne sait depuis combien de temps il est dans le quartier. On l'a toujours vu là. On ne peut même pas imaginer ce coin de rue sans ce magasin vert coincé entre le restaurant chinois et la boulangerie. De chaque côté de la porte d'entrée, deux ou trois gradins de cageots inclinés d'où débordent des cascades de tomates, courgettes et poivrons avec des prix griffonnés à la va-vite sur des morceaux de carton.

Lui vient de Tunis ou de Marrakech. Il a n'importe quel âge. Il est toujours marié. Sa femme l'aide de temps en temps ; d'une seule main à cause du bébé aux yeux noirs qu'elle porte sur l'autre bras. Elle gueule toutes les trente secondes après l'avant-dernier, somptueusement sale, assis à même le sol, les jambes écartées, en train de bouffer avec application tout ce qui traîne par terre. On ne sait pas combien ils ont d'enfants. Sept ?... peut-être huit ! Depuis des années, personne n'a jamais vu la femme sans un bébé aux yeux noirs dans les bras.

Lui a un nom mais personne ne s'en sert. Par contre il a un surnom, toujours le même, partout :

On l'appelle *"l'arabe du coin"*.

L'enfant qui léchait les bateaux

De nos jours, dans les grandes villes, pas besoin de marcher plus de trois cent mètres pour aller chez l'arabe du coin le plus proche, sauf dans les quartiers à pognon. La belle blague ! Rien que le montant d'un loyer mensuel dans le nord-ouest de Paris dépasse ce qu'un Tunisien gagne en travaillant toute sa vie. Il ne sait même pas que ça existe des sommes pareilles. Et puis il y a toute cette réglementation compliquée : sites protégés, unité d'architecture, harmonie de l'environnement visuel et tout le bataclan... Pas besoin de s'inquiéter ! Les rupins ont tout un arsenal de lois bien goupillées pile poil pour que Mouloud ne puisse jamais installer sa bâche verte et ses cageots de tomates en face de chez Hermès, même s'il gagnait au loto. De toute façon, chez Hermès, ils peuvent dormir tranquilles ; il n'y a pas de danger. S'il gagnait au loto, il retournerait en Tunisie. Pas con, Mouloud !

Quand on y pense, c'est tout de même un comble qu'un épicier marocain ne puisse pas s'installer à côté d'une boutique Yves Saint Laurent alors qu'Yves Saint Laurent habitait Marrakech !

Pauvres riches des quartiers chics ! Une supposition que l'archevêque de Canterbury débarque chez eux à l'improviste à onze heures du soir et qu'ils n'ont plus de pain, ils l'ont dans le baba.

Tandis que moi je peux aller chercher une kesra[1] chez mon arabe du coin ; l'été il est ouvert jusqu'à une heure du matin. Remarquez, je dis ça histoire de parler ; je n'ai jamais besoin d'une kesra aussi tard,

---

[1] Pain rond arabe au sésame

et d'ailleurs l'archevêque de Canterbury vient rarement à la maison.

Bof... dans le fond les riches ils s'en balancent. Qui voudrait manger du caviar avec du pain au sésame ?

Dans le douzième arrondissement, mon arabe du coin a les moyens : une dizaine de mètres de façade, blanche pour une fois. Mais la bâche reste du vert réglementaire. C'est plutôt une superette. Pour éviter des frais d'enseigne, ils ont gardé l'ancien nom : "Caves de Bacchus" ; ça fait bizarre pour un magasin tenu par des musulmans. Ils sont plusieurs qui se relayent à la boutique mais on n'a jamais le temps de bavarder et je ne les connais pas beaucoup.

Il y en a un sympa, avec des lunettes rondes et une petite moustache. Un jour, il me confie :

— Les gens y m'appellent Zanini. Y disent que j'lui ressemble.

Je lui en bouche un coin en lui apprenant que je connais personnellement Marcel Zanini, qu'il habite à deux cent mètres de là et passe sans doute assez souvent devant son magasin.

— Je vais surveiller, qu'il me dit.

Une autre fois, j'entre comme un bolide en pensant à autre chose. Vlang ! Collision frontale avec une brave dame qui sortait. La pauvre chérie se retrouve assise sur un baril de lessive, son panier par terre et ses commissions dispersées. Je suis mort de honte. Je ramasse les yaourts, je m'excuse dix fois, elle parvient à sourire, m'assure qu'il n'y a pas de mal et s'en va. Le faux Zanini se marre :

— Eh ben dis donc... vous quand vous rentrez dans quelqu'un c'est pas n'importe qui !

— Ah bon ? c'est qui ? je demande.
— La femme du président du sénat.
C'est tout moi ça. Plus mégalo tu meurs.

Avant d'atterrir dans le douzième, j'ai habité vingt-deux ans dans un pavillon du dix-neuvième arrondissement, villa Manin, au numéro sept[2]. Annie et moi avons laissé là un sacré morceau de notre vie. Nous retournons souvent à la villa prendre un bain d'amitié chez nos anciens voisins ou passer dire un petit bonjour à Aziz, notre arabe du coin pendant toutes ces années.

Il s'appelle Mohamed. Aziz est un surnom. Il vient de Djerba. La vraie Djerba ! Celle où les pauvres gens doivent arracher leur survie à la terre ou à l'eau bleue, pas le paradis fabriqué des clubs de vacances. Mais Mohamed reconnaît qu'une partie de la population tire avantage du tourisme. J'ai lu quelque part que la grande majorité des épiciers tunisiens étaient Djerbiens. En somme, Djerba importe des vacanciers et exporte des arabes du coin.

Le courant est passé entre Mohamed et moi dès le premier kilo de courgettes. Question d'atomes crochus entre deux enfants du soleil je suppose. Tout nous rapprochait. Il venait de s'installer dans le quartier, moi aussi. J'avais repéré cette petite épicerie pas trop loin de la maison, il se cherchait une clientèle. J'aime rigoler, lui c'est Aziz-le-joyeux. Il est bavard, je le bats de plusieurs longueurs.

---

[2] Je précise l'adresse pour qu'il n'y ait pas d'erreur quand on mettra une plaque sur la maison : "Ici a vécu… etc."

La terrasse

Alors on a parlé, parlé, et au hasard des conversations j'ai pu reconstituer par bribes l'essentiel de son itinéraire ; une arrivée en France au sortir de l'adolescence, des petits boulots pour commencer, un moment employé des wagons-lits... Et pour finir, le parcours obligé d'un Djerbien à Paris : mariage, enfants et épicerie. Pas de quoi écrire un roman !

De patates en sardines à l'huile, des liens se sont tissés entre nous. Pas vraiment une amitié, non, mais une sorte de complicité, comme entre deux vieux copains d'école. On se connaît bien, on parle des mêmes choses, on se comprend à demi-mot. La plupart du temps on dit n'importe quoi, juste histoire de blaguer. Voilà un quart de siècle qu'on se regarde vieillir en racontant des conneries, mon arabe du coin et moi.

Très vite j'ai fait la connaissance de toute la smalah. Djamila d'abord ! Djerbienne elle aussi, dure à l'ouvrage malgré ses kilos et son diabète, un sourire scotché sur un visage ouvert, encore plus gaie que son Aziz ! Djamila... la reine des bricks au thon et des tajines à n'importe quoi. Quelle cuisinière ! Donnez-lui ce qui vous tombe sous la main et elle vous improvise une recette à tomber par terre. Ça n'a pas de nom, ça ne ressemble à rien, mais c'est parfumé comme tous les jardins de Carthage et bon à s'en lever la nuit pour torcher le plat. Pas besoin de préciser que dans la famille, côté surpoids ça rigole pas. À part l'aîné des garçons qui a résisté par miracle, tous les autres, question gabarit c'est du copieux. Merci maman.

Djamila, il faut la voir à l'œuvre quand ses mômes ne filent pas droit, quand un client essaie de l'arnaquer ou quand elle discute avec Mohamed. Ça vaut le déplacement. Elle emploie la bonne vieille technique de la saturation sonore, mélangeant l'arabe et le français au petit bonheur sans aucun temps mort. En face c'est la déroute ; pas moyen d'en placer une ! C'est hallucinant. Et une voix avec ça ! Quand elle appelle Mohamed depuis l'appartement situé à l'étage, pas besoin d'interphone ! On l'entend depuis la porte de Pantin. Heureusement pour Aziz qu'il ne se laisse pas faire ! Mais comment avoir le dernier mot quand on ne peut pas placer le premier ? On dit que dans un ménage arabe c'est toujours le mari qui commande. Il paraît que c'est la règle. Quelle blague ! Si c'est la règle, moi j'ai surtout rencontré des exceptions.

Enfin voilà. Avec le temps sont venus les menus cadeaux, les petites habitudes, le thé à la menthe dans l'arrière boutique, les denrées que Mohamed nous donnait parce qu'elles atteignaient la date limite de consommation, les souvenirs qu'on leur ramenait de nos voyages, un tajine que Djamila nous faisait porter tout chaud à la maison par l'un de ses gosses, les petites visites impromptues à n'importe quelle heure parce qu'on avait un coup de blues à soigner… toutes ces petites choses quoi !

Petit à petit nous avons fait du magasin de Mohamed notre point de chute du soir : notre *Paris by night*. Nous allions passer la soirée chez Aziz comme d'autres vont chez Régine ou chez Castel, sauf qu'on s'y sentait encore mieux. La petite boutique verte était devenue notre île au soleil, notre jardin secret, notre petit coin de Djerba à portée de main. On nous y accueillait avec une chaleur qui nous chavirait.

La terrasse

Qui n'a jamais fait l'expérience de l'hospitalité arabe n'a qu'une vague idée de ce que le mot hospitalité veut dire. Ça n'a rien à voir avec les courbettes, l'empressement calculé, la poudre aux yeux. C'est autre chose, qui nous échappe et vient du fond des âges. Les arabes ne livrent pas facilement l'accès à leur foyer ; et encore moins à un musulman qu'à un *roumi*. Mais ceux qui gagnent leur amitié et leur confiance apprennent ce que l'expression "générosité sans limite" signifie réellement. Un arabe qui reçoit n'a rien à offrir à ses hôtes car tout leur appartient déjà. Il y va de son amour propre, de sa fierté, de sa réputation.

Je savais tout cela depuis ma jeunesse algérienne, mais Annie le découvrait avec émerveillement. Dès notre arrivée surgissaient les petits verres à entrelacs dorés. Djamila descendait avec la belle théière de cuivre et Mohamed éventrait deux paquets de biscuits dérobés à son propre étalage. On passait avec eux des heures délicieuses à papoter de tout et de rien.

Les beaux soirs d'été, on installait *la terrasse*.

Dernièrement, un après-midi, nous sommes passés à la boutique. Il y avait un certain temps qu'on n'y était pas allés. J'ai trouvé Mohamed fatigué ; pas vieilli mais fatigué. Il veut vendre. Djamila aussi en a marre de coltiner les cageots de tomates. Leurs enfants sont presque tous mariés maintenant, alors les vieux voudraient retourner à Djerba. Tout ça pour dire que la conversation était un peu tristounette.

Pourtant, au moment de nous séparer, Mohamed a lancé joyeusement :

— Venez nous voir un de ces soirs quand il fera beau ! On installera la terrasse, comme avant.

Sacré Aziz ! Tu n'as pas oublié.

La terrasse constituait le rite des fins de soirées d'été tel qu'il se pratique depuis des millénaires sous les latitudes où le soleil brûle la terre, dessèche les plantes, accable les animaux et fait fondre le peu de cervelle que Dieu a donné aux hommes. Quand la nuit est presque tombée et qu'il ne reste de jour qu'une vague lueur pourpre vers le couchant arrive le moment tant attendu où la chaleur consent enfin à relâcher son étreinte. La température s'adoucit de quelques degrés et parfois même – ô délice ! – un souffle léger balaie ce qu'il reste de canicule et vient caresser les gens et les choses. On se redresse soudain, les narines dilatées, les yeux fermés, et l'on aspire à s'en saouler de grandes goulées d'air frais.

Quand la maison possède une vraie terrasse, on s'y allonge sur un transat ou sur une natte et l'on reste là, les bras écartés, crucifié de bien-être, les yeux dans les étoiles. Ou bien la famille s'assoit autour d'une table de jardin avec des boissons fraîches, dans une obscurité bienfaisante, protectrice. Les petits s'abandonnent contre la poitrine des grands et les amoureux se tiennent par la main, les doigts entrecroisés. On parle peu, ou alors a voix basse, pour écouter chanter la nuit.

S'il n'y a pas de terrasse, on se contente de sortir des chaises devant la porte pour prendre le frais.

La terrasse

En France ça se fait après dîner, en Espagne c'est avant, et partout où il n'y a rien à manger... c'est à la place.

Chez mon arabe du coin on sortait les deux chaises bancales qui traînaient dans l'arrière boutique. Ces sièges de luxe étaient réservés aux dames. Pour les hommes, des casiers à bouteilles faisaient l'affaire. On disposait ce mobilier de fortune sur le trottoir, de chaque côté de l'entrée du magasin, devant les batavias et les oranges maltaises, et la terrasse était prête.

On s'installait avec des soupirs d'aise, grisés de fraîcheur, heureux de partager ces instants entre amis. Mohamed allumait une cigarette, fermait les yeux et soufflait lentement le premier nuage bleu. Les femmes parlaient des enfants et riaient sans retenue. Parfois au contraire, elles se rapprochaient l'une de l'autre avec des mines de conspiratrices pour échanger à voix basse des confidences qui semblaient les divertir beaucoup. Aucun doute que ces chipies nous taillaient un costard ! Mais leur sujet de conversation favori était la cuisine. Le regard brillant, Djamila détaillait ses recettes tunisiennes dans un français parfumé aux quatre épices qu'elle complétait par l'arabe quand les mots lui manquaient. Nous les hommes, on parlait, on parlait ; la politique, les prix, le temps... les conneries habituelles quoi.

Les clients étaient rares le soir. Quelques jeunes blacks genre rappeurs ; jogging délavé, pompes de sport à semelles épaisses comme des pneus de tracteur et casquette de travers. Ils s'engouffraient en coup de vent dans la boutique et faisaient le plein de canettes de bière qu'ils éclusaient aussitôt non loin du magasin, perchés sur le dossier d'un banc public en parlant bien fort et bien grave pour faire macho.

Qui d'autre ?... une ou deux mémères à chien-chien qui sortaient faire pisser Kiki et en profitaient pour acheter une bricole pour le lendemain. Et puis des groupes de mômes, des tout petits, les yeux luisant de gourmandise. Le plus âgé tendait timidement quelques pièces en échange de sucreries. Mohamed ou Djamila se levaient à tour de rôle pour les servir et pour veiller au grain car l'expérience leur avait appris à se méfier de ces clients en herbe. Leur technique de chipe était très au point ; ils investissaient le magasin à sept ou huit et les plus grands faisaient diversion pendant que les petits en profitaient pour piocher à toute vitesse dans les bocaux de caramels. Fallait drôlement avoir l'œil !

Des promeneurs nous saluaient en passant ; le plus souvent des couples d'un certain âge qui arpentaient lentement le trottoir bras dessus bras dessous pour profiter de la fraîche. Parfois, un passant s'arrêtait pour tailler une bavette. Aziz récupérait un casier à bouteilles et la terrasse s'enrichissait d'un invité. Le plus fidèle était "le pêcheur" ; un vieux tunisien qui bossait la nuit sur les voies du métro et avait pris l'habitude de faire étape au magasin sur le chemin de son travail. Il n'attendait plus que la retraite pour s'en retourner vieillir doucement chez lui, à Djerba, avec son bateau et ses filets de pêche. C'était un type d'une gentillesse touchante. Il nous connaissait à peine, Annie et moi, mais ne manquait jamais de nous rapporter un petit cadeau de chacun de ses voyages au pays ; une paire de babouches ou une autre bricole.

Brave pêcheur ! Il parlait très mal le français et me tenait de longues conversations dont je ne saisissais pas le moindre mot. J'acquiesçais au petit bonheur d'un signe de tête pour ne pas le vexer et je voyais du coin de l'œil ce sacré Mohamed qui savourait la scène en douce, une main devant la bouche pour cacher son envie de rire.

Insensibles à notre désir de quiétude, les enfants d'Aziz et leurs copains jouaient bruyamment, se disputaient, se poursuivaient, entraient et sortaient sans cesse du magasin en hurlant malgré les menaces de Djamila. De temps en temps elle poussait une gueulante en arabe, ou bien, quand l'un des pirates traversait son rayon d'action, elle balançait au jugé une taloche qui arrivait dans le vide. Les mômes avaient un sacré entraînement.

Et puis il y avait ces moments de calme intense, en fin de soirée, où le temps semblait se figer. Pendant quelques instants, sans que rien ne puisse expliquer pourquoi, la vie s'arrêtait ; aucune voiture... trottoirs déserts... pas le moindre bruit. Notre coin de rue était comme un vaisseau spatial suspendu entre deux mondes, hors du temps. Aziz fumait en silence, le regard dans le vague. Nous nous taisions aussi. Lui et Djamila étaient retournés dans leur île au soleil. Annie et moi rêvions aux nuits d'été de notre enfance, à notre ciel, à nos étoiles. Plus personne ne parlait.

On était bien... Putain qu'est-ce qu'on était bien !

Vers dix heures trente, Mohamed s'étirait en baillant. C'était le signal. Djamila rassemblait sa couvée, Annie rangeait les chaises et les casiers à bouteilles, j'aidais Aziz à rentrer les cageots de légumes, puis il enroulait l'auvent et fermait la boutique.

Et l'on regagnait la maison, à deux pas de là, apaisés, heureux, conscients d'avoir vécu quelque chose de précieux et de rare.

Tout ça est bien loin. Il y a si longtemps !

Mais certains soirs, quand le moral est au gris, lorsqu'on est là comme deux vieux imbéciles à ne pas savoir quoi faire, on reparle de la terrasse… et ça nous fait du bien.

Les surprises du téléphone

Au début des années quatre-vingt nous habitions un pavillon du dix-neuvième arrondissement de Paris, dans l'un de ces tranquilles passages pavés au charme désuet appelés "villas" et qui fleurissent en grand nombre dans le quartier des Buttes Chaumont.

Tout près du parc des Buttes Chaumont – à mon avis le plus attachant de la capitale – se trouvait une petite rue sans grande personnalité comme il y en a des centaines dans toutes les grandes villes ; le genre de rue qui semble ne servir à rien d'autre qu'à y passer sans s'arrêter. Pourtant, le nom de la *rue des Alouettes* était connu de tous les artistes du spectacle de Paris, de France et d'ailleurs, car elle longeait les fameux studios de télévision des Buttes Chaumont.

Ces studios avaient été construits pour le cinéma à une époque où cette industrie semblait promise à un avenir radieux, mais la crise du septième art ne les avait pas épargnés et seule leur reconversion pour la télé leur avait évité la démolition. La Société Française de Production fut le dernier occupant de ce site légendaire avant sa fermeture définitive dans les années quatre-vingt-dix. On en fit des appartements, et j'aime à m'imaginer que certains soirs, des habitants de l'immeuble regardent sans le savoir des images tournées à l'endroit précis où se trouve leur canapé.

Situé à quelques encablures de la rue des Alouettes, mon pavillon dépendait probablement du même central téléphonique car dès l'installation de ma ligne, des appels à destination de la SFP commencèrent à atterrir dans ma salle à manger. Un rapide coup d'œil dans l'annuaire suffit à confirmer mes soupçons ; à un chiffre près, ma ligne privée avait le même numéro que le standard des Buttes Chaumont.

Pourquoi n'ai-je pas fait le nécessaire pour changer de numéro ? Sans doute par négligence ou par paresse. Mais peut-être ne tenais-je pas vraiment à en changer. Je suppose que la perspective d'avoir de temps en temps une grande vedette du show-biz au bout du fil ne m'était pas désagréable, même si c'était à la suite d'une erreur.

En fin de compte, ces erreurs se révélèrent moins fréquentes que je ne m'y attendais ; deux ou trois par mois tout au plus. À chaque appel je m'efforçais d'identifier la voix de mon interlocuteur, toujours en vain. En deux ou trois occasions seulement, il me sembla reconnaître telle ou telle personnalité du spectacle, mais le dialogue d'une communication consécutive à une erreur de numéro est par définition assez bref et les quelques mots échangés ne me laissèrent jamais le temps d'identifier mon correspondant avec certitude.

Une fois, une seule fois, cette satisfaction puérile faillit m'être accordée mais Annie me la souffla sous le nez en décrochant le combiné avant moi.

– Ouiii ?

Après cette entrée en matière longue et modulée qui lui est habituelle, je vis ses sourcils se froncer aux premiers mots de son correspondant. Puis son visage s'illumina comme sous l'effet d'une révélation et elle se mit à me faire des signes désordonnés en même temps qu'un tas de grimaces dont le sens m'échappait totalement. Devant mon incompréhension manifeste, elle couvrit le combiné de sa main et articula dans un souffle :

— Allume le haut parleur ! Vite !

Je pressai le bouton et une voix identifiable entre mille emplit la pièce :

— Allo ! S'il vous plaît ! allo !...

C'était une voix grave avec un timbre métallique et quelque chose qui se brisait à la fin des phrases. La diction était d'une précision chirurgicale, chaque mot découpé au laser, chaque syllabe nettement détachée de la précédente. Quiconque avait entendu cette voix devant un écran ne pouvait l'oublier. Impossible de ne pas l'associer à un visage d'aigle, des yeux sombres qui se vrillaient dans ceux du spectateur, une expression légèrement ironique et un profil à la Louis onze où le nez se taillait la part du lion.

Pour l'heure, le personnage en question commençait à s'impatienter :

— Allo ! vous m'entendez ?

— Euh... pardon monsieur. Je vous écoute.

— Ah quand même ! je disais : vous êtes bien le studio des Buttes Chaumont ?

— Absolument, répondit Annie sans l'ombre d'une hésitation. Vous désirez ?

Je la regardai sans comprendre, éberlué par son aplomb. Pourquoi mentait-elle ? Où cette chipie voulait-elle en venir ? Je tentai de formuler une objection à voix basse, mais elle m'imposa le silence d'un geste péremptoire.

— Voulez-vous me passer le poste 34-22, s'il vous plaît ?

— Le poste 37-22, oui…

— Non ! 34-22 ! tren-te-qua-tre, articula la voix en séparant bien chaque syllabe.

— Ah pardon. Donc vous demandez le 34-22.

— C'est ça mon petit, c'est ça.

Le malheureux devait se figurer qu'il était tombé sur la standardiste la plus tarée de Paris.

Connaissant bien Annie, je commençais à comprendre pourquoi elle agissait ainsi mais j'avais honte pour elle ; je me sentais horriblement gêné.

Comment pouvait-elle se mettre dans des situations pareilles ?

Cependant, consciente de ce que sa plaisanterie avait d'incongru, Annie prit le parti de ne pas insister. Et là, il faut vraiment rendre hommage à son savoir-vivre car au lieu de raccrocher lâchement comme l'aurait fait un mauvais plaisant ordinaire, elle choisit de s'expliquer quitte à se faire traiter de tout.

— Allo…

— Ah ! bonjour Béatrice ! C'est Henri. Je…

— Pardon monsieur, l'interrompit-elle, je ne suis pas Béatrice.

— Elle n'est pas là ? à qui ai-je l'honneur ?

— C'est la dame qui vous a répondu tout à l'heure. Je ne peux pas vous passer le poste que vous m'avez demandé… ni aucun autre poste d'ailleurs.

Il y eut un soupir, puis la voix murmura :

— Pourquoi ?

Le ton empreint de résignation en disait plus long que le mot lui-même. Ce n'était pas « Pourquoi ne pouvez-vous pas me passer ce poste ? », mais plutôt « Pourquoi des choses pareilles n'arrivent-elles qu'à moi ? ».

— Parce que... euh... (elle hésita un instant puis se jeta bravement à l'eau) parce que vous avez composé un faux numéro. Je suis désolée. Vous n'êtes pas au studio des Buttes Chaumont mais chez un particulier.

— Écoutez chère madame ! J'aimerais bien comprendre...

Le ton avait encore changé. On n'y décelait plus ni humeur ni résignation mais seulement une profonde curiosité. Il était clair que l'interlocuteur d'Annie était intrigué par cette scène burlesque digne d'une pièce de boulevard et qu'il tenait à en connaître le fin mot.

— J'aimerais bien comprendre pourquoi vous m'avez affirmé que j'étais au studio.

— Eh bien je vais vous le dire monsieur *Virlojeux*[1] !

— ???

— Je vous ai reconnu immédiatement parce qu'il n'y a pas deux voix comme la vôtre. Alors comme j'adore vous entendre parler et que je vous tenais au bout du fil, eh bien euh... j'ai voulu en profiter un peu, voilà tout ! C'est aussi bête que ça. Pardonnez-moi de vous avoir fait perdre votre temps.

Il y eut un instant de silence, puis un éclat de rire homérique éclata à l'autre bout du fil.

Henri Virlojeux assura Annie qu'il lui pardonnait d'autant plus volontiers que sa réaction ne pouvait que

---

[1] Henri Virlojeux : grand comédien disparu en 1995.

flatter sa vanité de comédien. Puis il prit congé et la laissa raccrocher la première comme doit le faire tout monsieur bien élevé lorsqu'il téléphone à une dame.

S'il est rare d'être appelé par une célébrité suite à une erreur de numéro, il est encore plus rare de se retrouver en communication avec le Président de la République en cherchant simplement à joindre son garagiste.

C'est pourtant l'aventure qui arriva à une inconnue au début des années soixante-dix. Cette histoire amusante fut largement relatée dans plusieurs magazines de l'époque et je la reconstitue ici de mémoire avec sans doute au niveau des détails quelques inexactitudes qu'on voudra bien me pardonner.

Pour être Président de la République Française, on n'en est pas moins homme. Comme la majorité de ses compatriotes, le Président a en général une épouse, des enfants, une famille, et il tient naturellement à ce que ses proches puissent le joindre en cas d'urgence où qu'il soit et à tout moment. De nos jours, le problème ne se pose plus grâce au téléphone mobile mais il y a quelques dizaines d'années c'était une autre paire de manches. Fort heureusement, le premier citoyen de l'état jouit de quelques privilèges dont il aurait tort de ne pas profiter.

Le président Georges Pompidou disposait donc d'une ligne téléphonique privée qui le suivait partout lors de ses déplacements. Où qu'il se trouve sur le territoire, le service des Postes et Télécommunications installait devant lui un combiné dont le numéro secret n'était connu que de ses proches.

Mais pour être secret, ce numéro n'en existait pas moins et n'importe qui pouvait le composer par hasard ou par erreur ; c'est précisément ce qui arriva un mercredi matin en plein conseil des ministres.

La sonnerie du fameux téléphone retentit au beau milieu de la séance. Georges Pompidou s'excusa d'un regard et le silence se fit pendant qu'il décrochait.

— Allo ?

— …

— Bonjour madame.

— …

— Ah non madame ! (le président pencha la tête sur le côté et sourit aimablement comme si son interlocutrice pouvait le voir) je suis désolé mais vous n'êtes pas au garage de la rue de Ponthieu.

— …

— Pardon ?

— …

— Oui. Effectivement, vous avez composé le bon numéro. Mais c'est le mien, pas celui du garage !

— …

— Ah non madame ! (le ton du président était toujours patient mais ses doigts commençaient à pianoter sur son sous-main) je suis navré mais je ne peux pas vous renseigner. Je ne connais pas le numéro du garage de la rue de Ponthieu.

— …

— Je… pardon ? *Que je vous dise qui je suis ?*…

Il regarda les ministres, les yeux pétillants de malice, et enchaîna dans un large sourire :

— Madame, pardonnez-moi mais *je ne peux pas vous dire qui je suis. Parce que je vous jure que si je vous le disais vous ne me croiriez jamais !*

Et toujours souriant, il raccrocha après une formule de politesse devant les ministres et les secrétaires d'état qui s'amusaient beaucoup.

Le conseil se poursuivit dans une ambiance très détendue.

Comment j'ai gagné un poète pour toute une journée

Même en se surveillant bien, même avec des années d'expérience, même avec beaucoup de bonne volonté, il est impossible de dire uniquement des conneries.

Personne n'est à l'abri. On ne se méfie pas, et puis soudain des mots lumineux nous échappent ; les mots s'unissent, l'idée se cristallise et engendre une pensée scintillante, un diamant.

Entendons-nous bien ! Je ne parle pas de la brillante tirade que fait mine d'improviser l'invité d'une émission télévisée alors qu'il la prépare depuis trois semaines. Ça c'est à la portée de tout le monde.

Non. Je parle de la formule spontanée, de l'éclair de génie qui foudroie l'auditoire. On est là, englué dans une conversation quelconque, à débiter autant de platitudes que les autres, et soudain c'est le déclic ! Il suffit d'un rien pour le provoquer ; un mot, une image, une association d'idées... alors on ouvre la bouche et les autres s'apprêtent à entendre une banalité de plus.

Mais on prononce quelques mots... juste quelques mots simples qui font une synthèse parfaite du sujet, le magnifient, lui donnent un sens jusque là insoupçonné et une conclusion flamboyante.

Après ça il n'y a plus qu'à tirer l'échelle. Les autres ne peuvent rien ajouter, ils sont anéantis. Pour paraître beaux joueurs, il est possible qu'ils nous complimentent pour notre pertinence, mais il ne faut pas s'y tromper : ils ont été ridiculisés et, consciemment ou non, ils nous haïssent. Même s'ils sont nos amis. Surtout s'ils sont nos amis !

Fort heureusement, ça n'arrive pas tous les jours. En soixante-treize ans, ça ne m'est pas tombé dessus plus de trois ou quatre fois. Je les ai toutes oubliées.

Toutes sauf une !

Il y a longtemps, une nuit, une petite phrase m'est venue comme ça, sans prévenir ; une bien jolie petite phrase. Je l'ai dite à un poète. Il l'a aimée, et j'ai gagné le poète pour toute la journée suivante.

Chouette non ?

Au milieu des années soixante-dix, j'étais pianiste au *Chais*, un célèbre restaurant de Bordeaux. J'ignore s'il existe toujours mais si c'est le cas j'imagine qu'il a dû beaucoup changer depuis les années où Vivi y régnait.

Vivi était une institution, une nature, un tempérament, un personnage qu'il suffisait de rencontrer une seule fois pour ne jamais l'oublier ! Il était Le Chais à lui tout seul ; propriétaire, directeur, cuisinier, animateur, maître d'hôtel, sommelier… Les clients ne venaient pas dîner au Chais, ils venaient *chez Vivi*.

À l'époque, le Chais était l'un des rares restaurants de Bordeaux où l'on pouvait arriver jusqu'à une heure du matin sans avoir réservé. Aussi était-il tout naturellement le point de chute des artistes de passage qui venaient dîner là après leur spectacle. Pendant les deux ou trois ans où j'y ai sévi, j'ai vu défiler au Chais une bonne partie du monde de la chanson et une ribambelle d'autres célébrités de tous les milieux.

C'est ainsi qu'un soir, Raymond, un patron de cabaret, débarqua avec la vedette de son spectacle, le poète Bernard Dimey.

Vivi était heureux comme un enfant devant un nouveau jouet. Quelques mois plus tôt, en passant dans le quartier où se trouvait le cabaret de Raymond, il y était entré pour boire le verre de l'amitié. D'un verre au second il n'y a qu'un pas, le troisième n'est jamais loin et les autres suivent. Si bien qu'il était toujours là au début du spectacle lorsque Raymond annonça Bernard Dimey. Vivi s'attarda un peu, juste histoire de voir ce que valait réellement ce bonhomme dont la plupart de ses amis paraissaient entichés.

Une heure plus tard, il était ému jusqu'aux tripes et avait définitivement rejoint les rangs des inconditionnels du poète.

Avant de repartir, il mit en œuvre tout son charme et, avec l'aide d'un petit verre de Pape Clément 1966, il n'eut aucun mal à arracher à Bernard la promesse formelle de venir dîner au Chais lorsqu'il repasserait par Bordeaux..

Et ce jour était arrivé.

Les derniers clients étaient partis et nous nous apprêtions à nous mettre à table ; "nous", c'est à dire Vivi, les serveurs, les musiciens et tout le personnel. Nous dînions ainsi chaque soir vers une heure du matin. C'était le meilleur moment de la soirée ; celui où les copains passaient nous voir et partageaient notre repas.

Raymond entra, avec cette allure triomphale à la Jules Berry qui lui était habituelle. Bernard Dimey l'accompagnait, un peu intimidé. Je ne le connaissais physiquement que par des affiches qui devaient dater de quelques années. Depuis, ses cheveux et sa barbe avaient copieusement poussé et lui donnaient un faux air de Père Noël, avec le tour de taille en rapport.

Je dois avouer que je savais peu de choses de lui hormis tout le bien que m'en disaient ceux qui le connaissaient. J'avais en mémoire *Mémère*, que chantait son ami Michel Simon, *Mon truc en plumes*, popularisé par Zizi Jeanmaire, et puis bien sûr, comme tout le monde, le délicieux *Syracuse* si joliment mis en musique par Henry Salvador.

En somme (et comme beaucoup le croient encore aujourd'hui), j'étais persuadé que Bernard Dimey était juste un auteur de chansons à succès. Quelle erreur ! J'allais découvrir une œuvre d'une densité insoupçonnée, un univers poétique bouleversant. Plus de quarante ans après cette révélation, je n'en ai exploré qu'une toute petite partie et je n'aurai sans doute jamais le temps d'aller au bout du chemin magique que Bernard a tracé.

Durant le repas, il n'eut guère l'occasion de s'exprimer. Il se contenta de répondre aimablement aux questions qu'on lui posait, sans tenter de monopoliser l'attention. J'ai l'impression qu'il restait sur une certaine réserve lorsqu'il ne connaissait pas bien ses interlocuteurs. Un peu comme Brassens.

À la fin du repas arriva le moment inévitable où Vivi demanda à Bernard Dimey s'il acceptait de nous dire quelques poèmes. Bernard ne se fit pas prier. Je suppose qu'il s'était résigné depuis belle lurette à ne pouvoir participer à une quelconque réunion sans qu'on lui demande de s'exécuter.

Comment j'ai gagné un poète

Vivi fit cesser les derniers bavardages et Bernard commença. Je l'entends encore comme s'il était près de moi ; une voix tantôt basse, tantôt incroyablement gamine, avec un timbre un peu voilé et des moments où elle se brisait, comme chargée de trop d'émotion. J'ai souvent entendu des poèmes de Bernard dits par d'autres ; les mots sont les mêmes mais il leur manque cette voix si particulière. Je crains bien que, comme pour Sacha Guitry, personne ne puisse jamais servir l'œuvre de Bernard Dimey aussi bien que lui-même.

Et les vers succédaient aux vers… Bernard mêlait avec art le français le plus pur aux expressions populaires, à l'argot, sans dédaigner quelques grivoiseries. Peu lui importait l'aval de l'Académie Française. Seule comptait la musique des mots !

Je pleurais. Je n'y peux rien, c'est comme ça. Le beau me fait toujours pleurer ; l'air de *Rosine* par Theresa Berganza, un break de Louis Armstrong, un paysage de montagne… et j'y vais de ma petite larme. Alors à plus forte raison lorsqu'un poète dit ses vers rien que pour moi ! Enfin presque.

Vivi et Raymond avaient eux aussi les yeux brillants et l'on voyait bien que le Dom Pérignon n'en était pas responsable. D'autres profitaient de l'intervalle entre deux poèmes pour se moucher en douce.

Quel choc ! je découvrais la poésie de Bernard Dimey d'un seul coup. Je la prenais en plein cœur et c'était si fort que c'en était à peine supportable.

Je comprends mieux depuis ce soir là ce que voulait dire Patachou[1] en déclarant au cours d'une interview :

---

[1] Chanteuse et comédienne disparue en 2015. C'est dans son cabaret montmartrois que Georges Brassens débuta en 1951.

« Le public a découvert Brassens chanson après chanson, disque après disque ; il a eu le temps d'encaisser le choc. Mais moi, Brassens, je l'ai pris d'un seul coup en pleine poire, en trois heures, une nuit de cinquante et un... d'un seul coup ! ».

Bernard enchaîna *Ivrogne*, *Le Lux Bar*, *Les Folles*, *Le Chauffeur de Taxi*, *Les Enfants de Louxor*... nous étions assommés. Parmi nous, il y en avait qui quelques heures plus tôt auraient juré leurs grands dieux qu'ils n'avaient rien à fiche de la poésie ... Et ils étaient là, comme les autres, penchés en avant, silencieux, avec des yeux qui disaient « encore ! ».

Alors le poète nous en donnait encore. Nous n'en avions jamais assez. Nous étions comme des ivrognes qui réclament toujours un autre verre. Et Bernard Dimey nous le servait sans rechigner.

La nuit était bien avancée quand Vivi réalisa que Bernard n'aurait jamais le cœur de nous refuser un poème de plus.

– Bon les enfants, soyons raisonnables ! Bernard a voyagé, il a fait son spectacle chez Raymond, il y repasse demain et nous on est là comme une belle bande d'égoïstes à l'empêcher d'aller se coucher. Maintenant il faut arrêter !

Bernard Dimey adressa un sourire reconnaissant à Vivi. Tout le monde applaudit... mais personne ne fit mine de quitter sa chaise.

Réalisant que les choses ne seraient pas si simples, Bernard proposa un compromis :

– Vivi à raison. Je suis un peu fatigué. Alors je vais vous en dire juste un autre, un tout dernier. Mais pas n'importe lequel !

Il fouilla dans une poche intérieure de sa veste et en sortit un petit carnet vert.

— Voilà. Ce sont des textes que mon éditeur ne doit publier qu'après ma mort.

— Comme pour Chateaubriand avec ses Mémoires d'outre-tombe ? questionnai-je stupidement.

— Si tu veux, répondit Bernard en riant. Puis, s'adressant à tout le monde : je ne les dis jamais en public. Seulement en privé, pour les amis.

Nous étions aux anges. Non seulement le poète nous comptait au rang de ses amis mais en prime il nous faisait l'honneur d'un inédit.

Bernard feuilleta quelques instants le carnet puis arrêta son choix. Nous ne respirions plus.

Et les mots montèrent vers les vieilles poutres. Les vers s'unissaient les uns aux autres et leurs syllabes s'enchaînaient en une musique éblouissante dans le rythme immuable des alexandrins.

C'était d'une beauté à couper le souffle. J'ai oublié le titre du poème. Bernard y parlait comme s'il était déjà mort. Il faisait un retour sur son enfance, sa jeunesse, ses faiblesses, ses amours, ses bêtises... Il y dressait avec une tendresse infinie le bilan de ce qu'il pensait avoir fait de mal, en demandait pardon et tentait malgré tout de s'en justifier avec une maladresse un peu feinte et des arguments d'une candeur affectée, d'une mauvaise foi si gauche qu'elle en devenait pathétique. On ne pouvait que lui pardonner.

Mon Dieu que c'était beau ! J'en frissonne encore.

Et le dernier vers s'envola dans la lumière poudreuse des chandelles.

Il n'y eut pas de bravos. Personne ne pouvait prononcer un mot. Certains fermaient les yeux, d'autres regardaient ailleurs pour cacher leur trouble. Vivi, les bras croisés, fixait le vide d'un air égaré. Seul Raymond ne craignait pas d'afficher son émotion et se torchait les paupières du revers de la main en reniflant bruyamment.

C'est à cet instant que je fus frappé par la grâce.

J'étais assis à côté du poète, juste à sa droite. Je posai ma main sur son bras et il se tourna à demi vers moi. J'essayais de voir ses yeux pour mieux lui dire les belles choses qui me venaient, mais les flammes des chandelles qui se reflétaient sur ses lunettes me cachaient son regard.

— Bernard, je voudrais te dire... *je te connais depuis deux heures à peine... et je te regrette déjà.*

Un sourire l'illumina. Il se pencha vers moi et me souffla de sa bonne voix chaude :

— C'est très beau ce que tu viens de dire tu sais ? je te remercie.

Il paraissait ému et heureux.

Et là — j'en ai un peu honte — me vint l'idée de profiter lâchement de sa bonne disposition à mon égard.

— Dis, tu déjeunes où demain midi ?

— Un petit restaurant sur les quais, du côté de la bourse. Pourquoi ?

— Écoute. J'habite au Bouscat, près de la barrière du Médoc. Ce n'est pas très loin. Ça me ferait vraiment plaisir que tu viennes déjeuner à la maison demain.

Il marqua une légère hésitation.

— Euh… d'accord. Moi aussi ça me ferait plaisir. Mais pas trop tôt s'il te plaît. Il faut que je dorme.

Voilà comment, grâce à une jolie petite phrase, j'ai gagné un poète pour la journée du lendemain ; une journée magique, inoubliable ! Je la raconterai peut-être… une autre fois.

Ce matin je repense à tout ça et je sens le cafard qui s'installe. Ai-je réellement vécu des moments d'une telle richesse ? Ai-je vraiment rencontré tous ces gens merveilleux ?

Il y a si longtemps ! J'avais trente-trois ans… l'âge du Christ !

Aujourd'hui j'en ai soixante-treize et je suis seul dans un petit trois pièces. Il n'y a en face de moi qu'un ordinateur stupide qui ne m'adresse la parole que pour me dire qu'il ne veut pas faire ce que je lui demande.

Le ciel est maussade. Ce sera un triste dimanche.

Bernard Dimey est mort… Vivi est mort…

Je suis fatigué.

L'enfant qui léchait les bateaux

C'était un garçon de dix ans maigre comme une araignée de mer. Il était trop grand pour son âge, et si efflanqué qu'il paraissait comme embarrassé de ses membres tout en longueur. Il faisait penser à ces poulains nouveau-nés dont les jambes grêles se dérobent sous eux lorsqu'ils essaient de se mettre debout.

La comparaison n'est pas fortuite car cet enfant tombait souvent, comme en témoignaient ses genoux couronnés d'égratignures et le raccord de sparadrap dont son père avait sommairement réparé la branche brisée de ses lunettes. Non pas qu'il eût la moindre difficulté à se tenir debout, mais il était clair que courir lui posait problème ; à partir d'une certaine allure, il finissait invariablement par s'emmêler les jambes et s'affalait dans la caillasse. Chez lui, on tenait toujours un flacon de mercurochrome à portée de main.

Habillé de vêtements adaptés à sa trop grande taille, sa constitution fluette faisait qu'il y flottait largement et semblait toujours accoutré des effets d'un grand frère, impression renforcée par le port du pantalon court (on ne parlait pas encore de "short") que sa mère jugeait approprié à l'âge de l'enfant comme au climat d'Algérie mais que lui détestait, conscient qu'il était de l'aspect ridicule de ses cuisses maigres se balançant comme des battants de cloches dans les ouvertures trop larges de sa culotte.

Il avait un visage étrange, avec une expression de suprême dédain qui mettait les gens mal à l'aise et lui valait des inimitiés spontanées. Il toisait le monde d'un regard méprisant, le menton haut, les lèvres serrées, les yeux réduits à deux minces fentes derrière ses lunettes.

Pourtant il ne le faisait pas exprès ; c'était son expression naturelle. Il ne méprisait personne. Au contraire, il aurait aimé se faire plus d'amis ; il en avait peu et se sentait rejeté. Il avait fini par en prendre son parti ; il n'était pas un garçon comme les autres. Les autres se battaient, lui n'aimait pas la bagarre. Les autres jouaient au foot, lui détestait le ballon. Les autres couraient, lui tombait.

Pour commencer il n'aimait pas son prénom. Il était le seul de son école à le porter et cela suffisait à le désigner aux railleries des élèves. Tous les enfants le savent ; à l'école, à moins d'avoir les moyens de se faire respecter, il vaut mieux se fondre dans la masse. Se distinguer n'apporte que des ennuis.

Et s'il ne s'agissait que de son prénom ! Il portait aussi des lunettes, fait rarissime à cette époque pour les enfants de son âge. Cette singularité jointe à sa maigreur n'avait pas tardé à lui valoir un sobriquet humiliant : "serpent à lunettes" ! Il ne répondait rien mais en était blessé.

Pour couronner le tout, il louchait ; et pas qu'un peu ! C'était même pour cette raison qu'on l'avait affublé de ces maudites lunettes.

Bref, sa mère avait beau le coiffer chaque matin d'une belle raie sur le côté, il n'était pas un beau petit garçon et il le savait. Comment aurait-il pu l'ignorer quand tous les miroirs le lui répétaient ?

À son dernier Noël il avait reçu un livre de la bibliothèque Rouge & Or : les contes d'Andersen. L'enfant s'était senti concerné par l'histoire du vilain petit canard. La conclusion du récit l'avait laissé ravi et perplexe ; ravi du triomphe final du caneton persécuté, et perplexe parce qu'il ne pouvait pas croire qu'on puisse devenir beau en grandissant. Ce sont des choses qui n'arrivent que dans les contes.

Sa mère sentait bien qu'il fallait aider son petit. Les mères sentent toujours ces choses-là. Alors elle essayait de le consoler sans en avoir l'air. Elle disait parfois devant lui :

— C'est fou ce qu'il ressemble à son arrière grand-père. Regardez la photo qu'il y a dans la salle à manger, c'est son portrait tout craché.

Et la grand-mère ajoutait invariablement :

— C'était un bel homme son arrière grand-père !

L'enfant allait dans la salle à manger, regardait la photo et ne se sentait pas vraiment rassuré d'être comparé à ce bisaïeul chauve et moustachu. Pourtant sa mère n'avait pas tort ; l'air de famille entre l'ancêtre et son arrière petit fils était indéniable, en particulier dans l'allure hautaine et les yeux à peine entrouverts. Mais le garçon ne voyait que ce crâne luisant et cette moustache à la Clemenceau. Fallait-il vraiment qu'il ressemble à ça plus tard ?

Ce n'était pas qu'il fût d'un naturel mélancolique, loin de là ! Il aimait rire et ne s'en privait pas. Sa famille le choyait, il ne manquait de rien et avait même trois ou quatre bons camarades. En vérité c'était l'école qui le tourmentait ; la plupart des autres garnements le tenaient pour quantité négligeable et ne lui adressaient la parole que pour se moquer de lui. Il ne répondait rien, se laissait malmener par lâcheté et se méprisait pour ça. Comme il était trop fier pour s'en plaindre, personne chez lui ne pouvait soupçonner ce qu'il endurait.

Alors l'enfant se réfugiait dans la lecture. Il lisait tout ce qui pouvait se lire. Il lisait en permanence, par réflexe, sans en avoir conscience.

Pour lui, le sens des mots était d'une importance secondaire. De l'annuaire du téléphone aux panneaux routiers en passant par le mode d'emploi d'une machine à coudre, une recette sur un paquet de pâtes, les enseignes de magasins, les indications d'un wagon de marchandises (40 hommes ou 8 chevaux en long), la notice d'un sachet de rustines, les pierres tombales, les consignes d'entretien d'un moteur... tout lui paraissait bon à lire. Il suffisait que ce fût écrit.

Un dimanche, au café où il avait accompagné son père, pendant que les adultes buvaient l'anisette, il s'était juché sur un guéridon pour déchiffrer l'affichette de la *Loi sur la répression de l'ivresse publique*. Le mot LOI, centré en lettres majuscules bien grasses, avait attiré son attention et il n'avait pu s'empêcher d'essayer de lire les petits caractères. Absorbé par son déchiffrage, il avait soudain pris conscience d'une baisse du brouhaha des conversations. L'enfant s'était retourné ; tout le monde le regardait ! Un ami de son père avait lancé au patron :

– Oh dis, Luciani ! tu pourras plus dire qu'y a personne qui la lit, ta loi sur les ivrognes.

Il était redescendu de sa chaise au milieu des rires, rouge de honte. Même les grands se moquaient de lui !

Le plus étrange c'est que cette boulimie de lecture n'était motivée ni par la soif d'apprendre ni par la curiosité. Certes, il apprenait, mais c'était sans le vouloir. Pour lui, la lecture était un besoin vital, comme manger ou faire pipi. D'ailleurs il pouvait parfaitement penser à autre chose en lisant, ou même parler en même temps. Ses yeux lisaient ; pas lui !

Et quand il ne lisait pas, il rêvait.

Plusieurs fois par jour, il partait en voyage au delà des nuages, de l'autre côté de l'arc-en-ciel. Il restait silencieux de longues minutes, les yeux presque clos, immobile, loin de tout. Doté d'une imagination sans limites, il s'inventait des aventures héroïques où il tenait toujours le beau rôle.

Si sa maîtresse d'école le grondait, il se voyait aussitôt lui sauvant la vie d'une poussée intrépide alors que la malheureuse était sur le point de se faire écraser en traversant la rue. Assise par terre, décoiffée mais sauve, la pauvre femme bredouillait des remerciements émus, et il voyait bien dans ses yeux éperdus de reconnaissance qu'elle regrettait de l'avoir si mal jugé jusque là. Il assurait avec grandeur qu'il ne lui en voulait pas et qu'il n'avait fait que son devoir. À dater de ce jour, leurs relations changeaient du tout au tout. En classe, elle osait à peine le regarder de peur de trahir devant les autres élèves le profond attachement qu'elle éprouvait pour ce garçon courageux à qui elle devait la vie.

Qu'une grande brute vienne à le bousculer à la récréation, il s'isolait dans un coin de la cour et imaginait une scène terrible. Il faisait face au malappris, tous les muscles en alerte, tel un fauve prêt à bondir, et lui demandait d'un ton faussement calme, en remuant à peine les lèvres, s'il tenait absolument à avoir des ennuis. Le plus souvent la seule menace contenue dans son regard d'un magnétisme insoutenable suffisait à faire perdre pied à l'insolent qui s'excusait platement. Mais si, aveuglé par la rage, l'insensé persistait dans son attitude hostile, alors notre héros se voyait forcé – à son grand regret – d'user d'autres moyens. Avec une rapidité qui laissait les témoins de l'altercation bouche bée, il utilisait une prise secrète de son invention qui envoyait l'autre s'écraser à trente mètres de là, contre un mur de l'autre côté de la cour. Puis, d'un pas tranquille, il allait s'asseoir sur un banc en silence, indifférent aux regards d'admiration que lui jetaient les autres élèves ; surtout ceux qui avaient l'habitude de le harceler et réalisaient soudain avec un effroi rétrospectif qu'ils l'avaient échappé belle. Il était clair que si ce garçon n'avait jamais riposté jusque là, c'était par pure bonté d'âme ; simplement parce qu'il craignait de ne pouvoir contrôler sa force !

Quant aux petites filles de son âge, il va sans dire qu'elles étaient toutes éperdument amoureuses de lui ! Si aucune d'elles ne semblait lui accorder la moindre attention c'était seulement pour ne pas trahir des sentiments qu'une pudeur touchante leur interdisait de montrer. Les plus fines allaient même jusqu'à faire semblant de se moquer de lui pour donner le change. Le garçon préférait en rire. Il n'était pas dupe de leur manège et savait parfaitement à quoi s'en tenir.

L'enfant qui léchait les bateaux

Comme il n'était pas égoïste, il faisait largement profiter son entourage de son imagination débridée. En d'autres termes, cet enfant était plus menteur qu'un marchand de voitures d'occasion.

Cependant ses mensonges étaient rarement préjudiciables à autrui car il ne mentait pas pour son propre intérêt. Par exemple, il ne lui serait jamais venu à l'idée de mentir pour faire accuser un camarade d'une faute qu'il aurait lui-même commise. Non. Lui, il mentait pour l'amour de l'art, pour le pur plaisir de faire gober des histoires invraisemblables à ses victimes. À l'instar des escrocs professionnels, il avait remarqué que plus une histoire paraissait incroyable, plus elle était susceptible d'être crue. Aussi bâtissait-il des mensonges somptueux à multiples rebondissements qu'il servait sans sourciller à un auditoire pourtant prévenu de sa fâcheuse propension à débiter des sornettes. Le comble de la délectation était atteint quand il lisait dans le regard de son interlocuteur : « D'accord, je sais qu'il est menteur ; mais ce qu'il dit là c'est sûrement vrai, parce qu'une histoire pareille il n'a pas pu l'inventer »… Dans ces moments-là, il buvait du petit lait.

Ces quelques travers mis à part, c'était un enfant doux et placide qui ne posait problème à personne pourvu qu'on lui donne un livre et une chaise.

Un été sur deux, toute la famille traversait la Méditerranée pour rendre visite aux multiples tantes, belles sœurs et cousins éparpillés un peu partout en France métropolitaine.

Deux compagnies aériennes assuraient un service régulier entre l'Algérie et les principales villes de France. Mais à cette époque, l'avion était encore un moyen de transport coûteux et, il faut bien l'avouer, un peu inquiétant. Un oncle du garçon avait coutume de déclarer :

— Je préfère le bateau à l'avion parce que je sais nager mais je ne sais pas voler.

L'enfant embarquait donc tous les deux ans avec ses parents et sa petite sœur dans l'un des paquebots qui assuraient la liaison entre Alger et Marseille. Bien qu'il fût impatient de *voir un avion de près* comme il en exprimait souvent le désir, il s'accommodait très bien du voyage par mer car les bateaux exerçaient sur lui une fascination au moins égale à la passion qu'il éprouvait pour les aéroplanes.

Ces petites traversées d'une vingtaine d'heures lui paraissaient l'aventure la plus exaltante qui soit. À peine arrivé sur le quai d'embarquement, il dévorait des yeux chaque détail du navire, s'extasiait de ses dimensions, comptait les hublots, les ponts, les mâts, les manches à air, s'étonnait du nombre de rivets de la coque et s'émerveillait de mille autres choses. Il n'avait pas les yeux assez grands pour tout voir. Il courait dans tous les sens, parlait sans cesse, posait des rafales de questions sans attendre les réponses, incitait ses parents surchargés de bagages à presser le pas et ne parvenait qu'à se faire rabrouer. À l'approche de l'embarquement, cet enfant d'ordinaire si calme s'excitait au point d'en devenir insupportable.

Une fois à bord, son impatience ne connaissait plus de bornes. Il prenait à peine le temps de repérer le numéro et l'emplacement de la cabine familiale et pffft !... il disparaissait. Son père et sa mère ne s'en inquiétaient pas ; ils le savaient prudent et se résignaient à ne plus le revoir qu'à l'heure des jeux de pont, de la séance de cinéma ou des repas. Le reste du temps, il arpentait chaque coursive, chaque escalier, chaque pont, et s'efforçait par jeu de mémoriser le moindre détail du navire. En fin de journée, il n'y avait guère que le commissaire de bord qui pût se vanter de connaître le paquebot aussi bien que ce lui.

Ses parents et sa petite sœur prenaient autant de plaisir que lui à ces traversées. Sa mère déclarait parfois :

— Le bateau, ça fait partie des vacances. Quand on revient en avion, les vacances finissent au moment où l'on monte dans l'avion. Tandis qu'en bateau, les vacances continuent jusqu'à l'arrivée à destination.

Toute la famille approuvait ce postulat à l'unanimité sans se poser la question de savoir sur quels mystérieux critères la jeune femme appuyait son affirmation. Tout le monde savait pourtant que son expérience de l'aviation se limitait en tout et pour tout à un baptême de l'air d'un quart d'heure.

Cependant, le gamin partageait l'avis de sa mère. Il était fasciné par les avions en tant que machines volantes mais s'inquiétait beaucoup des horreurs qu'il avait entendu raconter à propos des voyages aériens. La vision qu'il s'en faisait était pour le moins approximative car essentiellement basée sur les inventions et les vantardises de camarades ayant déjà pris l'avion et désireux d'épater la galerie par des récits effrayants où ils s'étaient illustrés par leur sang froid et leur mépris du danger. Ainsi, l'enfant ne se représentait les passagers qu'étroitement sanglés sur les sièges inconfortables d'une cabine obscure, vomissant tripes et boyaux à chaque "trou d'air", dans l'impossibilité de communiquer à cause des vibrations, du vacarme des moteurs et des hurlements de panique, et ne parvenant à surmonter leur angoisse qu'à la vue du sourire rassurant de l'hôtesse en train de distribuer les parachutes. Et encore ne s'agissait-il là que des conditions d'un voyage ordinaire ! Cette vision optimiste ne tenait pas compte des incidents qu'on lui avait décrits comme très courants : les réservoirs d'essence qui fuyaient plus ou moins, le pilote au bord de l'évanouissement suite à un malaise, les moteurs qui s'enflammaient pour un oui pour un non, etc.

Non. Décidément il préférait le bateau. Les splendeurs de la mer exaltaient ses rêves : le bleu profond de la Méditerranée, les dauphins bondissant hors de l'eau, l'odeur grisante de l'air marin, l'essaim des mouettes bavardes qui suivaient le navire, les mailles que dessinait l'écume glissant le long de la coque, le bouillonnement tumultueux de l'hélice, les petits matins brumeux, la plainte grave de la sirène à vapeur, le vent chargé d'embruns salés, les couchers de soleil beaux à serrer le cœur, le frémissement rassurant des machines, la phosphorescence du sillage au clair de lune... tout l'enchantait.

L'enfant avait fait une découverte extraordinaire : les bateaux ne se contentaient pas d'avoir des formes et des couleurs, ils avaient aussi un goût.

Oui, un goût ! il suffisait de les lécher pour s'en rendre compte.

Il était persuadé que depuis le commencement des temps, personne ne s'en était avisé avant lui. Sinon, il aurait vu d'autres passagers le faire, or ce n'était pas le cas. Il était le seul être de l'univers à savoir que chaque bateau avait un goût, un goût qui lui était propre, différent de celui de tous les autres navires. Cette conviction d'être le seul à savoir quelque chose que le monde entier ignorait lui procurait un sentiment de supériorité qui l'enivrait. C'était son secret. Il ne le partagerait jamais avec personne. Pas même avec sa mère qui aurait sans doute trouvé quelque chose à redire et encore moins avec sa petite sœur qui n'aurait pas manqué de le dévoiler à tout le monde. On se serait encore moqué de lui. Il ne voulait plus qu'on se moque de lui. Comment pouvait-on oser se moquer de quelqu'un qui était l'unique détenteur d'un secret aussi considérable : les bateaux avaient un goût !

Il avait fait cette découverte quelques années auparavant, à six ans, pour sa première traversée...

Le *Ville d'Oran* s'écartait lentement du quai de la Compagnie Générale Transatlantique, assisté de deux remorqueurs d'une taille que le garçon jugeait ridicule comparée à celle du paquebot. Il était persuadé qu'il n'existait nulle part quelque chose d'aussi grand que ce bateau. À n'en pas douter le Ville d'Oran était le plus grand bateau du monde.

La famille se tenait sur le pont arrière, perdue au milieu de la foule des passagers qui faisaient de grands signes d'adieu à ceux qui ne partaient pas. La mère portait sa fille de deux ans assise sur son bras et secouait elle-même de l'autre main le bras de la petite pour lui faire dire au revoir à la grand-mère qu'on voyait agiter un mouchoir depuis l'embarcadère.

Le petit, lui, ne voyait pas grand chose car les gens se pressaient étroitement les uns contre les autres pour garder leur place au bastingage, et son père qui le tenait par la main n'avait pas pu trouver d'espace pour s'y faufiler.

Cependant, l'enfant était soulagé de s'éloigner du quai et surtout des deux grues géantes qui menaçaient à tout instant de s'abattre sur le navire. Il faut dire que c'était un garçon assez peureux. Jusqu'à l'âge de trois ans, une simple feuille de vigne posée au bas d'une porte, même ouverte, suffisait à le dissuader de la franchir.

Enfin, un groupe de passagers se décida à changer de place et le père se glissa rapidement dans l'espace ainsi libéré, contre le bastingage.

Le spectacle était grandiose. Vue de la mer, la ville se révélait dans toute sa splendeur sous le soleil de midi. C'était sous cet angle qu'elle méritait pleinement son surnom d'Alger la blanche. Les bâtiments éblouissants dégringolaient des hauteurs qui dominaient la ville jusqu'aux arcades du boulevard de front de mer où couraient les voitures et les trolleys bleus. Partout, comme un feu d'artifice végétal, des palmiers majestueux explosaient au dessus des terrasses. Masquant en partie une place grouillante d'animation, une belle mosquée réussissait le prodige de surpasser en blancheur le reste de la ville ; la douceur de ses frontons arrondis s'opposait avec bonheur aux lignes anguleuses des constructions urbaines. Ici, un square frais et ombragé. À gauche, le majestueux édifice de la grande poste. Un peu plus haut, à flanc de colline, un jardin public encadré d'escaliers symétriques développait la géométrie impeccable de ses parterres fleuris.

À présent suffisamment éloigné du quai, le paquebot était capable de manœuvrer sans l'assistance des remorqueurs. Il s'en libéra en les saluant d'un mugissement de sirène qui déchira l'air brûlant. Les passagers sursautèrent et le bâtiment vibra d'une extrémité à l'autre. Il y eut quelques cris de surprise et des rires. Le petit garçon se pressa contre la jambe de son père.

Ébloui par le contre-jour, il plissait les yeux pour essayer de distinguer encore sa grand-mère. Elle était toute petite maintenant, minuscule silhouette noire agitant toujours son mouchoir, l'autre main en visière au dessus des sourcils comme font les indiens. L'instant d'après, il la perdit de vue.

Il se demandait comment ce grand bateau avait pu tenir le long de cet embarcadère que la distance faisait paraître de plus en plus petit. On voyait le quai en entier à présent, avec la grille à deux battants qui le fermait à son extrémité, du côté de la ville[1].

Le petit avait chaud en plein soleil. Il avait soif aussi et sa bouche était sèche comme du carton. Machinalement, il sortit un bout de langue pour s'humecter les lèvres. Comme son nez arrivait à peine à hauteur du bastingage, sa langue effleura légèrement le large appui de bois. Un goût fortement salé le fit reculer de

---

[1] Note pour les cinéphiles : c'est contre cette grille que meurt Jean Gabin à la fin de *Pépé le moko*.

surprise, et il examina l'endroit où sa langue avait touché le bois. Non, il n'y avait pas de sel à cet endroit particulier. C'était probablement tout l'appui qui avait ce goût-là... et peut-être même tout le bateau.

Pour en avoir le cœur net, il humecta son index, le pressa contre le bois, le porta à ses lèvres et avança prudemment la pointe de sa langue. Pas de doute ! C'était salé. Mais pas seulement salé ! Il y avait quelque chose de plus, qui lui rappelait les fruits de mer... la plage du Rocher Noir... Oui ! Il y était ! C'était ça ! Exactement le même goût que les arapèdes en forme de chapeau chinois que son père décollait du rocher d'un coup de canif et que le garçon savourait sur place, les pieds dans l'eau bleue.

Il s'assura du coin de l'œil que son père ne le surveillait pas et appuya largement sa langue contre le bois. L'effet desséchant du sel lui donna l'impression que chacune de ses papilles était une petite ventouse qui collait à la surface de l'appui ; c'était comme si le plat de sa langue était aspiré par le bois. Il découvrait une sensation nouvelle, exquise. Pour l'immédiat, ça n'arrangeait pas sa soif, au contraire ! Mais qu'importe, le Ville d'Oran avait vraiment un goût délicieux. Dorénavant, il lècherait tous les bateaux qu'il prendrait pour savoir s'ils étaient aussi bons que celui-là.

Et il tint parole.

Au retour de métropole, la même année, le garçon lécha le Ville d'Alger qui ressemblait au Ville d'Oran comme un frère mais n'avait pas aussi bon goût que son jumeau. En tout cas c'est ce qu'il lui sembla.

Deux ans plus tard il lécha le Kairouan, de la compagnie de Navigation Mixte, et fut très déçu ;

le bois des appuis était verni et trop bien astiqué. Quel imbécile avait eu l'idée ridicule de vernir ce bois ? Ce navire était lamentablement insipide. Mais au retour, il retrouva son cher Ville d'Oran avec son merveilleux goût d'arapèdes. C'était bien le meilleur bateau de la ligne !... à tous points de vue.

Lorsqu'il revint de vacances en mil neuf cent cinquante-deux, l'année de ses dix ans, il avait un paquebot de plus à son menu : le Ville de Tunis. Il l'avait trouvé à peine parfumé. C'était un beau bateau, bien plus récent que le Ville d'Oran. Mais question goût il n'y avait pas de comparaison !

C'était un enfant quelconque, ni beau ni très aimable. Il louchait, il était trop maigre, trop grand, trop rêveur, sans personnalité ni courage. Il se laissait malmener sans réagir et mentait comme il respirait...

Mais il léchait les bateaux !

Et qu'on le veuille ou non, lécher les bateaux, comme souvenir d'enfance, c'est quand même autre chose que tremper des madeleines dans le café au lait !

Le dernier jour
(à Annie)

Je voudrais qu'au matin de mon dernier voyage
Un ange lumineux vienne m'en avertir,
Qu'il me dise "Petit, arme-toi de courage.
Avant que la nuit tombe il te faudra partir
En laissant ici-bas ton apparence humaine.
Purifie-toi le cœur. Il te reste un seul jour
Pour te débarrasser du fiel et de la haine
Et ne garder en toi que soleil et amour".

Puis l'ange partirait comme il serait venu,
Dans un rayon doré de lumière divine
Et je resterais seul sous la voûte opaline
Avec les souvenirs du chemin parcouru
Depuis le temps lointain du jour de ma naissance.
Je revivrais les joies de ma petite enfance,
La douceur d'un matin, le chant d'une cigale
Et le ciel toujours bleu de mon pays natal.

Et puis le soir viendrait sans que la peur me gagne.
On ne craint pas la mort quand on n'est pas méchant.
Je fermerais à clef mes châteaux en Espagne
Et je regarderais vers le soleil couchant.
Je verrais ton amour briller comme une étoile
Et je pourrais enfin, au bout de mon chemin,
M'allonger près de toi sur le lit conjugal
Et puis mourir tranquille en te tenant la main.

Paris, janvier 2004.

Lester Hobson
La boucle du destin

Nouvelle

*À tous les avions
et à tous ceux qui les aiment*

Lundi 14 juillet 1980

Lester Hobson se retourna brutalement sur le côté droit en soufflant comme un phoque et essaya de dormir encore un peu, les paupières farouchement serrées. Peine perdue ! Il faisait trop chaud. Il était nu et le drap gisait depuis longtemps au pied du lit mais la chaleur était déjà insupportable bien que la journée ne fût guère avancée. Le corps moite, inondé de sueur, il réalisa à regret qu'il ne dormirait plus et se résolut à ouvrir les yeux avec mauvaise humeur. Malgré les volets tirés, les rayons d'un soleil implacable s'insinuaient par tous les interstices et la chambre était baignée de lumière.

Quelle heure pouvait-il être ? Lester jeta un regard menaçant vers le réveil, sur la table de nuit : neuf heures trente-cinq. Molly était sans doute déjà à s'affairer au jardin, certainement affublée de ce chapeau bizarre qu'elle affectionnait pour bricoler, une camelote ramenée d'un voyage en Turquie, qui avait vaguement la forme d'un chapeau-cloche des années vingt et la faisait ressembler avec sa salopette à une danseuse de charleston travaillant à l'usine. Lester esquissa un sourire à cette évocation et s'éveilla tout à fait.

En se dressant sur un coude, manœuvre préliminaire au processus complexe du lever, il constata avec dégoût que le drap lui collait à la peau.

Mais pourquoi faisait-il si chaud bon sang ? On était à la mi-juillet, d'accord, mais au nord de Londres ! Pas à Marrakech ! Assis au bord du lit, il se gratta la tignasse en baillant puis s'étira avec délectation. Il parvint enfin à se mettre debout, rectifia un équilibre encore instable, s'ébroua comme un labrador puis se dirigea d'un pas lent mais déterminé vers la douche la plus proche.

Lester Hobson affichait une soixantaine robuste. Il était plutôt massif, large d'épaules et bien musclé. Pas de cette pseudo-musculature artificielle et gélatineuse laborieusement générée dans la souffrance au milieu des poulies et contrepoids d'instituts onéreux et attrape-gogos (*"en quinze jours, vous verrez vos biceps doubler de volume"*) mais d'honnêtes muscles harmonieusement sculptés par une pratique assidue de la boxe et de la natation dans sa jeunesse, puis du vélo et du golf un peu plus tard. Malgré tout le soin qu'il accordait à sa forme physique, il n'avait pu empêcher l'âge de faire son œuvre et son estomac s'ornait depuis la cinquantaine d'une légère proéminence masquant ses abdominaux désormais noyés dans la masse. Cette carrure généreuse le faisait paraître râblé et même courtaud malgré une taille légèrement au dessus de la moyenne, impression accentuée par le fait qu'il n'avait pratiquement pas de cou. Son visage était à l'avenant ; large, des maxillaires puissants, un menton carré, des lèvres épaisses et un nez jadis régulier remodelé par les crochets du gauche et quelques accidents de parcours. Seuls ses proches savaient qu'il avait les yeux clairs car il les ouvrait peu et semblait toujours regarder au loin comme tous ceux qui ont passé l'essentiel de leur existence à l'extérieur et le plus souvent au soleil. Bien qu'il n'y fût pour rien, il se déclarait volontiers satisfait d'avoir évité la calvitie et exhibait avec fierté une abondante crinière argentée légèrement bouclée qu'accompagnaient des sourcils du même métal, fournis comme des buissons. Ajoutez à cela une peau cuivrée inhabituelle pour un anglais, une lourde chaîne d'or à l'endroit où aurait dû se trouver son cou, un poignet armé d'une invraisemblable montre de plongée-chronomètre au cadran noir garni d'une douzaine d'aiguilles minuscules au rôle obscur et vous obtenez le portrait du parfait baroudeur sur le retour.

Tel était Lester Hobson, que ses amis comparaient volontiers à un lion et les autres à un vieil ours.

Sa bonne humeur régénérée par la fraîcheur de la douche, il se rasa soigneusement avec les grimaces réglementaires puis replongea à regret dans l'étuve de la chambre pour y passer des vêtements. Il choisit une chemise blanche à col ouvert dont il retroussa les manches sur ses avant bras et un jean délavé *bien trop étroit pour son gros derrière* comme Molly le lui avait déjà fait aimablement remarquer, mais il n'en avait cure et préférait ce jean râpé aux ignobles shorts kakis qu'affectionnaient ses compatriotes et qui révélaient la plupart du temps des jambes grêles et blanchâtres du plus parfait ridicule. Il compléta enfin sa tenue d'un ceinturon fermé par une large boucle façon western et d'une paire de sandales qu'il traînait depuis des années, complètement démodées mais qui convenaient à merveille aux grosses chaleurs. Il s'examina alors dans la glace de l'armoire avec complaisance, prit une pose avantageuse, les jambes légèrement écartées, ajusta son ceinturon des deux mains comme John Wayne dans *Rio Bravo* et se jugea enfin suffisamment présentable pour ouvrir la fenêtre et aérer cette chambre à l'atmosphère suffocante.

La brutalité de la lumière le fit cligner des yeux et il lui fallut quelques secondes pour s'y habituer. À quelques mètres, penchée en avant sur une jardinière de pétunias, une salopette lui tournait le dos et il supposa que Molly devait être dedans. Pour s'en assurer, il émit le traditionnel sifflement admiratif à deux tons. Molly se retourna vers lui avec une feinte indignation en brandissant son minuscule râteau comme un tomahawk.

Avec ses cinq pieds de haut, Molly Carpenter faisait figure de modèle réduit comparée à Lester qui l'appelait encore parfois *trois pommes*, plaisanterie usée dont elle ne se formalisait plus. Elle était de dix ans sa cadette mais paraissait encore bien plus jeune. C'était un petit bout de brunette avec un visage de souris joyeuse et un corps d'adolescente. Elle avait été irrésistible à vingt ans, ravissante à trente, charmante à quarante et produisait encore à l'approche de la cinquantaine un effet trouble sur les hommes.

Lester, après quelques années de veuvage, avait succombé sans effort à cette poupée attendrissante et ils vivaient ensemble depuis la fin des années cinquante sans ressentir le besoin de régulariser. D'autant que Molly ne pouvait pas avoir d'enfants. Elle en avait souffert un moment mais c'était du passé. Quant à Lester, déjà père de deux garçons (et grand-père depuis peu), il s'était parfaitement accommodé de ce statu quo.

La boucle du destin

Vive et gaie, Molly était un lutin virevoltant qui n'avait qu'un défaut : elle avait toujours quelque chose à dire et généralement le disait. A l'instar des trompettistes américains, elle avait mis au point une savante technique de respiration continue qui supprimait les temps morts et faisait qu'il était très difficile de lui couper la parole. Ce travers ne gênait pas Lester qui n'avait jamais été très bavard et le devenait de moins en moins avec l'âge. Que Molly se chargeât seule de l'intégralité de la conversation l'arrangeait plutôt et il n'intervenait que très rarement et uniquement quand c'était absolument nécessaire. De toute façon il était persuadé qu'elle ne l'écoutait pas, ce en quoi il se trompait car elle l'adorait positivement et vénérait tout ce qui venait de lui.

Lester entra dans la cuisine où l'attendait le solide petit déjeuner que Molly lui avait préparé avant d'aller jardiner. Le mot *cuisine* est sans doute insuffisant pour qualifier cette salle imposante dont une cheminée hors de proportions occupait tout un pan de mur. Au milieu de la pièce trônait une lourde table de douze pieds de long flanquée de deux bancs. Lester et Molly étaient tombés amoureux de la vieille maison de pierre dès leur première visite et l'agence n'avait eu aucun mal à les pousser à l'achat. L'imposante bâtisse était une ancienne auberge et cette pièce en était la salle principale, ce qui expliquait ses proportions. Bien que la maison eût été plusieurs fois modifiée par ses occupants successifs, cette grande pièce pavée à l'ancienne et renforcée d'énormes poutres avait été pieusement préservée dans son état d'origine. Garnie de meubles massifs aux ferrures démesurées comme il s'en faisait au milieu du dix-septième siècle, elle servait naturellement de salle à manger. Une porte vitrée donnait sur le jardin et à l'opposé une autre issue communiquait avec l'entrée. Le mur faisant face à la cheminée était percé d'une troisième porte qui conduisait à la chambre et aux sanitaires. Enfin Lester avait fait ménager dès son arrivée un accès direct avec le garage. L'un des coins, meublé d'un couple de fauteuils entourant un canapé, une table basse et une chaîne hi-fi complétée d'un téléviseur, faisait office de salon. Entre les poutres, les parois étaient ornées de quelques tableaux d'une qualité discutable représentant des paysages du pays basque peints par un artiste ami installé à Biarritz. Lester et Molly appréciaient cette pièce vaste et confortable qui surprenait toujours leurs visiteurs par ses dimensions. Elle ne présentait qu'un inconvénient : son manque de lumière. Malgré le blanc dont on avait pris soin de crépir les murs, la porte vitrée du jardin ne parvenait pas à elle seule à illuminer un tel espace et un éclairage d'appoint y était indispensable même en pleine journée. En contrepartie, elle était facile à chauffer l'hiver et restait relativement fraîche l'été. Lorsqu'il y pénétra en arrivant de la chambre, Lester savoura pleinement cette fraîcheur bienfaisante.

Il fit frire les œufs, réchauffer son café, alluma le minuscule poste de radio à l'antenne tordue qui traînait en permanence sur la table et attaqua son déjeuner en écoutant les nouvelles. La politique ne l'intéressait pas plus que ça mais il prêta attentivement l'oreille au bulletin météo car son emploi du temps de l'après-midi en dépendait. En résumé, la dépression centrée sur l'Irlande atteindrait le sud-est de l'Angleterre le lendemain. Voilà qui lui convenait parfaitement. Ça signifiait qu'il ferait beau à Duxford pour les tests de l'après-midi et que la canicule allait prendre fin. Pas dommage !

Molly entra en coup de vent, le fameux chapeau-cloche enfoncé jusqu'aux yeux.

— Bonjour Lest. Oh, on n'y voit rien ici !

Lester n'essaya même pas de lui expliquer que c'était parce qu'elle arrivait de l'extérieur. D'ailleurs elle le savait déjà, s'en fichait éperdument et enchaînait dans la foulée :

— Tu as bien dormi ? non ? pauvre chéri... avec cette chaleur ! moi ça va. J'avais pris une infusion de machinchose. Tu sais bien ? cette herbe chinoise avec un nom compliqué que m'a passée Penny Stappleton. C'est extra, tu devrais essayer.

Lester songea que la police ferait bien d'arrêter cette vieille sorcière de Penelope Stappleton avant qu'elle ne parvienne à empoisonner tout le quartier avec ses remèdes à la gomme.

— Tu iras voir le jardin ? il est magnifique. Tu penses, avec ce soleil ! Je ne me lave pas les mains parce que j'y retourne après. C'est juste pour me reposer un peu en fumant une cigarette, et pour te voir bien sûr ! J'ai peur que certaines plantes ne supportent pas une aussi grosse chaleur. Où ai-je bien pu fourrer ce briquet ? Les reines-marguerites par exemple me paraissent un peu sèches mais on ne peut pas les arroser en plein soleil comme tu sais, elles brûleraient. Ah ! il est sur le canapé. J'ai dû l'oublier tout à l'heure en regardant mon feuilleton pendant que tu dormais.

Enfin j'espère qu'elles tiendront quand même jusqu'à ce soir...

Sans cesser de parler, elle s'approcha pour lui baiser le front et Lester concentra un instant toute sa vigilance sur la distance séparant sa chemise blanche des doigts maculés de terreau de Molly.

— Allume-moi ma cigarette s'il te plait trésor, sinon je vais mettre de la terre partout. Ah ! te voilà, toi ! où étais-tu passé ?

Un gros chat orangé traversa avec dignité la moitié de la pièce sans leur prêter la moindre attention, se laissa tomber sur le côté devant la cheminée, leur accorda un regard dédaigneux et entreprit de faire sa toilette.

Molly n'étant jamais parvenue à mettre au point une méthode respiratoire suffisamment efficace pour lui permettre de parler tout en aspirant une bouffée de cigarette, Lester en profita lâchement :

— Tu te souviens que je vais à Duxford cet après-midi ?

Elle le considéra un bref instant avec des yeux ronds, comme étonnée qu'il eût parlé puis écarta la cigarette de ses lèvres et inclina gracieusement la tête sur le côté avec un sourire à faire fondre l'antarctique.

— Mais oui, tu me l'as répété cent fois.

Lester avait toutes les raisons d'en douter. Elle poursuivit sur le rythme mécanique et chantonnant d'une récitation en regardant au plafond comme un enfant faisant un effort pour se souvenir :

— Tu-vas-à-Duxford-essayer-je-ne-sais-plus-quel-avion-et-tu-rentreras-tard. Tu vois que je n'avais pas oublié ! par contre (elle pointa un doigt accusateur) je ne suis pas certaine que TOI tu te souvienne que je dois aller faire des courses à Knightsbridge[1] pendant que tu joues à l'aviateur.

Lester leva les yeux au ciel et joignit les mains. Ça, par contre, Molly le lui avait *vraiment* répété cent fois.

– Oh, ne fais pas l'innocent ! je suis sûre que tu n'y pensais plus. Tu deviens gaga, mon vieux.

Lester soupira. *"Mon vieux"* à présent ! Personne au monde hors Molly n'aurait pris le risque de s'adresser à lui avec tant d'impudence ; une certaine expression dans son regard l'interdisait totalement sans parler de son gabarit dissuasif. Mais il lui passait tout et elle le savait. Du reste Lester ne s'en formalisait pas. Il était conscient du fait que Molly n'en pensait pas un mot et qu'elle ne faisait que jouer avec lui, un peu comme un dresseur joue avec un fauve qu'il a élevé au biberon et dont il sait ne rien avoir à craindre.

– Beuârk !

Avec une grimace irrésistible (elle savait loucher à s'en permuter les yeux), Molly retira de sa bouche la cigarette qu'elle venait d'y glisser machinalement, ayant oublié qu'elle la manipulait depuis un bon moment avec des doigts maculés de terre. Lester était hilare.

– Ça t'apprendra à m'appeler mon vieux.

Par réflexe, elle s'essuya les lèvres avec son autre main, ce qui eut instantanément pour effet d'améliorer très nettement son maquillage. Lester était aux anges. Elle écrasa en pestant sa cigarette dans un cendrier et ne trouva son salut que dans la fuite vers la salle de bains.

---

[1] Quartier commerçant de Londres ou est situé notamment le célèbre magasin *Harrods*.

Depuis quelques années, Lester soupçonnait Molly d'en rajouter un peu dans ce genre de pitrerie bien que le temps n'eût en rien entamé son espièglerie naturelle. Sans être lui-même taciturne, il se savait peu expansif et bien que doté d'un sens de l'humour dont personne ne doutait, il n'extériorisait que très rarement ses moments de gaieté. Aussi Molly se faisait elle visiblement une joie de pouvoir le faire rire à volonté. C'était devenu un jeu, une sorte de défi personnel qu'elle relevait avec succès et dont elle tirait vraisemblablement une profonde satisfaction. Lester regrettait seulement que le penchant immodéré de Molly pour le bavardage la conduisît parfois à raconter en sa présence à leurs amis ces moments de leur intimité (*si vous l'aviez vu ! il riait aux larmes*), ce qui le gênait considérablement et lui faisait plonger le nez dans son Martini.

Le lundi était le jour de congé de madame Lewis, détail que rappelait un petit mot de la main de Molly opportunément scotché au niveau de l'évier : *Lundi, pas de bonne !* En grommelant, Lester rinça la vaisselle du petit déjeuner, puis, comme Molly le lui avait demandé, il sortit pour jeter un œil sur le jardin mais il ne s'y attarda que quelques minutes tant la chaleur était accablante. La perspective de devoir passer l'après-midi à l'extérieur ne lui souriait qu'à moitié. Il se dirigea vers son bureau, près du hall d'entrée, pour aller y relever d'éventuels messages de son répondeur téléphonique.

En traversant la grande pièce, il entendit chanter dans la salle de bains.

La boucle du destin

Lester Hobson était pilote. En fait, il avait fait partie de l'élite de cette profession non seulement à l'échelle du Royaume Uni mais également au niveau mondial. Il en faisait probablement encore partie mais avait pris sa retraite de pilote d'essais sept années plus tôt. Il était de ces pilotes nés qui *sentent* un avion instantanément de même qu'un grand sculpteur voit l'œuvre déjà achevée au travers d'un bloc de marbre informe. En ce qui concerne les avions de tourisme à hélice, par exemple, personne n'hésitait à lui confier un appareil dans lequel il n'avait jamais pris place auparavant. D'emblée, il était capable de lui faire effectuer un vol impeccable sans en ouvrir le manuel ni en connaître le moindre paramètre. Il *savait*. Voilà tout.

Il avait tout juste vingt ans en trente-huit lorsqu'il s'était orienté vers une carrière militaire dans la *Royal Air Force*[2], à une époque où les hommes clairvoyants ne doutaient pas que l'ambition sans mesure des dictateurs plongerait bientôt l'Europe dans le sang, et au moment même où quelques doux rêveurs signaient avec Hitler et Mussolini des traités de paix qui ne valaient pas le prix de leur papier. Deux années plus tard, pendant l'été quarante, aux commandes de son *Hurricane,* il allait faire partie de cette poignée de héros de la bataille d'Angleterre dont Churchill dirait plus tard que le monde libre leur devait son salut.

Ce mot de *héros* qu'il avait maintes fois entendu prononcer lors des anniversaires de la bataille le laissait dubitatif. Comme tout anglais qui se respecte, il savait évaluer exactement ses propres mérites et considérait

---

[2] Armée de l'air britannique

que ce qualificatif ne pouvait en aucun cas lui être attribué. Il estimait que sa participation à ce choc de géants avait été rien moins qu'obscure et qu'il convenait de réserver le terme de "héros" aux Alan Deere, Douglas Bader et consorts. En ce qui le concernait, il n'était entré en contact avec les Allemands qu'en de rares occasions et avait de son propre aveu tiré comme un sabot.

En outre, il n'avait été atteint par des tirs ennemis qu'à deux reprises et sans grands dommages. Bref, il ne pouvait même pas revendiquer la gloire d'avoir été descendu. Car aussi étrange que cela paraisse, pour un jeune pilote de l'époque il était à la limite plus valorisant de se faire descendre que d'abattre un ennemi. Le pilote-écrivain Peter Townsend employait même l'expression *plus romantique !* Mais peut-être Peter Townsend prêchait-il pour sa paroisse car il avait lui-même été envoyé au tapis plusieurs fois au cours de la bataille d'Angleterre.

Cependant Lester exagérait en minimisant son rôle car il avait quand même abattu un avion allemand en juillet quarante, et cette unique victoire (il n'en obtiendrait jamais d'autres) suffisait à le distinguer de la masse des pilotes de chasse anonymes.

Mais pour d'obscures raisons il répugnait visiblement à évoquer cette victoire. Lorsqu'on le questionnait à ce propos il prononçait mécaniquement quelques banalités toutes prêtes spécialement destinées à cet usage et orientait rapidement la conversation vers un autre sujet.

Quel secret cachait cette attitude ? il ne s'en était confié à personne. Pas même à Molly !

Lui seul en connaissait la raison : il n'était pas fier de ce combat parce qu'il n'y avait jamais eu de combat.

Il avait tiré sur un *sitting duck*[3]. Pas de quoi se vanter ! N'importe quel débutant aurait pu abattre cet avion isolé. Il revivait souvent cette scène qui le mettait mal à l'aise ; l'allemand volait tranquillement en ligne droite à allure modérée sans ailier pour le couvrir, sans aucune précaution ni manœuvre de surveillance, comme s'il survolait le cœur du Reich en parfaite sécurité. Avait-il des problèmes mécaniques ? C'était improbable, il aurait essayé de regagner la France ; sa réserve d'altitude le lui permettait. Il se dirigeait au contraire droit vers la côte anglaise. Le jeune pilote l'avait repéré un peu au dessus de lui et avait manœuvré pour se placer derrière et légèrement plus bas afin de demeurer hors de son champ de vision, comme on le lui avait enseigné en unité d'entraînement opérationnel.

Le reste n'avait été qu'une formalité. Lester avait tiré une seule longue rafale des huit mitrailleuses de son Hurricane et exécuté l'allemand à bout portant. Quelques débris s'étaient détachés de l'appareil ennemi qui avait aussitôt tiré un panache de fumée noire. Quelques instants plus tard, il s'abîmait dans la Manche. Le pilote n'avait pas sauté.

Sur l'instant, Lester avait savouré sa victoire sans retenue. Il était anglais, l'allemand était l'ennemi, ils étaient en guerre et il l'avait abattu comme sa mission le lui imposait. Point barre. La victoire avait été facile ? Eh bien tant mieux ! Qui pouvait le lui reprocher ?

---

[3] Canard assis : expression anglaise pour qualifier un gibier trop facile.

Devait-il renoncer à tirer sous prétexte que l'allemand n'était pas prêt à se battre ? C'était stupide et criminel. Les quelques pilotes qui avaient agi ainsi au début de la première guerre mondiale et dont une certaine littérature larmoyante glorifiait l'esprit prétendument chevaleresque n'étaient que des irresponsables qui portaient sur la conscience toutes les victimes que l'ennemi épargné avait pu faire par la suite. Le temps des chevaliers du ciel était passé depuis longtemps. Dès le déclenchement de la guerre, les équipages de la Luftwaffe[4] avaient montré qu'ils ne feraient pas de quartier. Tant mieux ! Au moins les choses étaient-elles claires. La guerre est une chose horrible qu'il ne faut pas faire. Jamais ! Mais si l'on n'a d'autre choix que de s'y résoudre, il faut la faire complètement et sans état d'âme. Les *lois de la guerre* sont un concept pervers uniquement destiné à justifier les horreurs que ces prétendues lois autorisent. La guerre est un crime. Elle ne peut connaître de loi.

Ainsi raisonnait le jeune homme sans se rendre compte qu'il se cherchait déjà des excuses. Un peu plus tard, l'exaltation retombée, le temps de la réflexion était arrivé et avec lui un remord de plus en plus tenace. Il s'était demandé s'il n'aurait pas dû manifester sa présence par un tir dans le vide dont le pilote allemand aurait certainement aperçu les balles traçantes ; ils auraient ainsi engagé un véritable combat aérien, combat dont il serait probablement sorti vainqueur (vanité de la jeunesse). Depuis, il traînait cette idée comme un boulet. A certains moments, il jugeait ce remord grotesque, bien digne d'un jeune

---

[4] Armée de l'air allemande.

imbécile aux idées fumeuses incapable d'accomplir simplement la mission qui lui avait été confiée. Mais plus le temps passait et plus il regrettait d'avoir succombé à la tentation de la victoire facile, à cette pulsion primitive du guerrier, si contraire à l'esprit de fair play dont son éducation britannique l'avait profondément imprégné. Ses réflexions aboutissaient toujours au même résultat : quelles que fussent les circonstances qui l'avaient conduit à le faire et toutes les bonnes raisons qu'il pouvait trouver pour se justifier, il avait bel et bien tué un homme sans défense.

Mais il y avait autre chose. Lester n'était jamais parvenu à s'expliquer un certain détail de cette unique rencontre avec l'ennemi. Un détail si étrange qu'il n'avait pas osé le mentionner dans son rapport et dont il n'avait jamais parlé à personne par crainte de se heurter à l'incrédulité.

Quarante années plus tard, il se demandait encore s'il avait bien vu.

Son tour d'opérations s'acheva sans qu'il eût l'opportunité d'améliorer son tableau de chasse. Lester se vit proposer le choix entre un poste d'instructeur dans une école de pilotage avancé ou la possibilité d'être intégré à l'équipe de mise au point des avions *Hawker* au titre d'expert militaire. Considérant la première proposition comme une voie de garage dont il aurait le plus grand mal à s'extraire, il opta pour la seconde.

Jusqu'à la fin des hostilités, il eut ainsi la charge d'essayer en vol les nouveaux modèles produits par Hawker, considérés à juste titre comme faisant partie des plus lourds et des plus puissants monomoteurs du monde. A cette époque, ce métier était bien plus périlleux qu'il ne le serait plus tard, quand le recours massif aux ordinateurs, aussi bien au niveau de la conception d'un nouvel appareil que de sa mise au point et même de son pilotage, modifieraient considérablement le rôle du pilote d'essai. En ce début des années quatre-vingt, c'était toujours une occupation dangereuse qui exigeait de plus en plus de professionnalisme et un sang froid hors du commun, mais le danger ne se situait plus au même niveau qu'autrefois. Lorsqu'un pilote essayait un nouveau prototype, la question n'était plus de savoir s'il volerait ni même comment il volerait ; les ordinateurs simulaient à l'avance tous ces éléments avec une marge d'erreur de plus en plus mince au fur et à mesure des progrès de la technologie. Au moment de la guerre, c'était une autre chanson ! Le génie de Sydney Camm[5] et la compétence de ses collaborateurs ne suffisaient pas à éliminer toutes les inconnues, et les tests d'un nouvel avion réservaient souvent des surprises généralement préjudiciables pour la santé.

Lester ne risquait pas d'oublier son premier décollage sur *Tempest V* ! Bien que largement averti par les ingénieurs de l'importance de l'effet de couple[6] et en dépit d'une soigneuse préparation pour le compenser, ni ses talents de pilote ni l'action vigoureuse qu'il exerça sur les commandes ne purent empêcher le monstrueux moteur de vingt-quatre cylindres qui

---

[5] Concepteur des avions Hawker depuis 1925 († 1966).
[6] Force tendant à faire pivoter l'avion en sens inverse de la rotation de son hélice.

occultait totalement la vue vers l'avant de l'entraîner en aveugle à une vitesse folle en sortie de piste où il se retrouva un bref instant en équilibre sur une roue, à un doigt de capoter. Il ne dut son salut qu'au réflexe heureux de décoller immédiatement en catastrophe sans se préoccuper des conséquences. Après avoir frôlé un bâtiment, il se retrouva miraculeusement en vol et indemne, la bouche sèche, la peur au ventre et le souffle coupé.

Il avait vingt-sept ans lorsque l'Allemagne capitula. Se sentant peu d'inclination pour une carrière militaire, il fit une demande chez Hawker pour y rester en tant que civil. Camm en personne ayant chaudement appuyé sa démarche, elle fut agréée, ce que Lester considéra fort justement comme un hommage à ses capacités à un moment où la quasi-totalité des industriels licenciaient en masse consécutivement à l'arrêt brutal des commandes militaires. Il restitua donc son uniforme à la Couronne et entama une brillante carrière de pilote d'essais qui devait durer vingt-huit ans et faire de lui l'un des professionnels les plus respectés de cette spécialité. Jusqu'en soixante-treize, pratiquement tous les avions produits par la grande firme britannique passèrent par ses mains, du *See Fury* au *Harrier* à décollage vertical.

Lester était à la retraite depuis sept ans mais n'en avait pas moins gardé un contact étroit avec le monde de l'aviation. Ses références et sa réputation lui interdisaient l'anonymat, et bon nombre de clubs et d'associations diverses avaient fait appel à sa collaboration bénévole ou rémunérée. Plusieurs éditeurs spécialisés lui avaient même proposé d'écrire un livre, offre qu'il avait jusqu'à présent poliment déclinée par paresse. Il pilotait encore très souvent et possédait même à titre personnel un luxueux *Bonanza* qu'il laissait à la disposition d'un aéro-club pour en réduire les frais d'entretien.

A présent, sa passion des avions était toute entière dévouée aux chasseurs de la seconde guerre mondiale.

Depuis quelques années, à l'exemple des Etats Unis, l'Angleterre prenait conscience de l'intérêt de préserver son patrimoine mécanique et en particulier les merveilleux avions qui avaient joué un rôle prépondérant dans la libération du monde libre. Tout bien considéré, cet intérêt n'était pas nouveau puisque bon nombre de musées spécialisés débordaient d'avions un peu partout dans le monde. Mais au cours des années soixante-dix, des dizaines de revues consacrées à l'aviation avaient vu le jour et le nombre de clubs de modélistes s'était multiplié de manière exponentielle.

Jamais auparavant l'intérêt pour les avions et leur histoire n'avait atteint ce niveau et rien ne semblait devoir l'empêcher de grandir encore. A présent, le public ne voulait plus se contenter de photographier des machines mortes dans un musée. Il avait besoin de les regarder vivre, de se rassasier de leur beauté en plein vol, de voir leurs couleurs vibrer sous le soleil, de respirer leur odeur de métal chaud, de les entendre rugir, de ressentir ce coup de poing au creux de l'estomac au moment où un *warbird*[7] déchire l'air à basse altitude à six cent kilomètres à l'heure.

---

[7] Littéralement : *Oiseau de guerre*. Surnom des chasseurs de la deuxième guerre mondiale.

La boucle du destin

La tendance était donc à la remise en état de vol d'appareils anciens.

Mais il était bien tard. Depuis leur retrait du service actif, la plupart des avions avaient été livrés aux ferrailleurs sans que personne ou presque ne songe à en préserver quelques exemplaires pour les faire revivre un jour. Indifférence ? Sans doute, mais il y avait d'autres raisons moins avouables, et en particulier cette lamentable attitude à la mode qui exigeait qu'une nation culpabilise pour ses victoires passées et pousse l'auto-flagellation jusqu'à s'efforcer d'en effacer le souvenir.

En dépit de cette carence d'appareils d'origine, des associations de collectionneurs, souvent moins fortunés qu'on ne pense, commençaient timidement à apparaître. Avec une bonne volonté pugnace, des hommes et des femmes de tous bords, mécaniciens, pilotes, carrossiers, électriciens, tourneurs, peintres, chaudronniers, ouvriers spécialisés ou non, en activité ou à la retraite, le plus souvent bénévoles, sacrifiaient leurs congés et s'appliquaient à reconstituer pièce par pièce des machines entières à partir de fragments épars récupérés ça et là au coin d'un champ, dans une grange ou au fond d'un lac.

Lester faisait partie de l'une de ces associations, basée à l'aérodrome de Duxford, à une trentaine de miles au nord d'Harlow. C'était précisément là qu'il devait se rendre ce lundi après midi pour essayer un appareil auquel une équipe de mécaniciens avait sacrifié son week-end.

Sortant de la grande salle, Lester traversa une pièce qu'il avait baptisé vestiaire et d'où partait l'escalier menant aux chambres de l'étage. Le vaste hall d'entrée qui lui faisait suite était généreusement orné de plantes vertes ruisselantes de soleil.

Du hall, il entra dans son bureau en constatant avec soulagement que les deux hautes fenêtres en étaient restées hermétiquement closes et que la température y était supportable. Il avait eu du mal à débarrasser Molly de cette manie commune aux habitants des zones tempérées qui consiste à tout fermer lorsqu'il fait froid et tout ouvrir lorsqu'il fait chaud. Quelques voyages sous les tropiques étaient enfin parvenus à la convaincre que la chaleur pénétrait par les ouvertures exactement comme le faisait le froid. C'était une évidence mais les idées reçues ont la peau dure.

Lester n'avait pas à s'attarder dans son bureau et se contenta pour le peu qu'il avait à y faire de la clarté venant du hall. Hors le bureau lui-même, la pièce comprenait seulement quelques sièges, une grande armoire vernie qui servait de classeur et une vitrine pleine de coupes et de médailles. Du sol au plafond, les murs disparaissaient littéralement sous une impressionnante collection de photographies en noir et blanc sous cadres montrant pour la plupart des avions de toutes les époques et vus sous tous les angles. On y reconnaissait également des pilotes, mécaniciens et ingénieurs célèbres et même quelques vedettes du show-biz que Lester avait eu l'occasion de rencontrer.

Sur le bureau, un cadre isolé montrait une famille heureuse sur une plage : Lester, sa première épouse et

La boucle du destin

leurs deux garçons encore enfants. Une annotation au crayon indiquait : *Hastings, août 1955*. Moins d'une année plus tard, Patricia était emportée par la leucémie. Désemparé, Lester s'était replié dans un mutisme qui inquiétait ses proches et n'avait trouvé de raisons de vivre que dans son travail et l'avenir de ses deux fils.

En cinquante-neuf, il avait rencontré chez des amis communs Molly Carpenter, une étudiante en droit éblouissante de joie de vivre. Aussitôt fascinée par la personnalité de ce quadragénaire mélancolique, la jeune fille l'avait *honteusement dragué* (selon Lester) jusqu'à ce qu'il accepte qu'elle renonce à une carrière juridique et qu'elle l'aide à reconstruire son bonheur.

Lester enfonça la touche de lecture du répondeur téléphonique.

— Allo Molly et Lester (il fit la grimace en reconnaissant cette voix qui l'horripilait), c'est Julia. Je viendrai à Harlow jeudi soir si vous êtes là. Passez-moi un coup de fil s'il y a un empêchement. Bye !

Il résista à la tentation de rappeler aussitôt la sœur ainée de Molly pour lui dire que justement jeudi soir ils étaient invités à une garden-party au Botswana. Molly aimait sa sœur, naturellement, mais Lester ne pouvait supporter cette grande asperge sèche comme un pneu et bête comme ses pieds, véritable caricature de la vieille fille bornée et dont l'essentiel de la conversation consistait à déblatérer sur les étrangers en tournant son thé d'un air pincé (les italiens sont menteurs, les français sont mal élevés…). C'était une catastrophe ! il fallait absolument qu'il trouve une raison quelconque de s'absenter jeudi soir. Molly comprendrait.

— Allo Lest, bonjour Molly, ici Dick Roscoe et on est dimanche soir. J'espère que vous allez bien tous les deux. Euh… Lest, si tu pouvais arriver à Duxford plus tôt demain ça m'arrangerait. Il y a un changement. Rien de grave rassure-toi ! Excuse-moi, je n'ai pas le temps de t'expliquer maintenant. Fais ton possible pour être là vers euh… treize heures, treize heures trente maximum. À demain.

Lester était songeur. Dick Roscoe était l'un des trois mécaniciens bénévoles qui avaient travaillé sur le moteur droit du *Mosquito* ce week-end. Ils devaient d'ailleurs faire le vol d'essai ensemble. De quel changement parlait-il ?

Lester composa le numéro de l'atelier mais tomba sur le répondeur et renonça à laisser un message. Il haussa les épaules. Après tout, si le rendez-vous était maintenu, c'est qu'il ne s'agissait que d'un détail mineur.

Pas d'autre message. Il consulta sa montre : onze heures quinze. il fallait compter une heure de route jusqu'à Duxford avec les encombrements, ça le faisait partir à midi. C'était faisable. De toute façon il avait déjeuné tard et n'avait pas faim.

Molly sortait de la chambre au moment où il entra dans la grande salle. Elle avait passé une robe légère et paraissait plus jeune que jamais.

— Ah Lest, dis, ça ne t'embête pas de prendre l'Anglia pour aller à Duxford ? Sois gentil, laisse-moi la BM s'il te plait. Tu sais bien que j'ai des problèmes pour passer les vitesses avec l'autre.

— Mmouais. Ce que je sais surtout, c'est que la BM est climatisée.

— Non, je t'assure, ce n'est pas pour ça. Enfin pas seulement. D'ailleurs tu sais, elle est difficile à garer la grosse BM à Londres. J'aurais préféré prendre l'Anglia (ben voyons !) mais je m'embrouille toujours avec la troisième (tu parles ! elle conduisait comme Graham Hill). Écoute, sois sympa, laisse-moi prendre l'autre, je risque de la casser, l'Anglia. Et puis tu dis toujours que tu aimes bien la conduire.

On y était ! Elle essayait de lui prouver par A plus B qu'elle lui faisait une fleur en lui laissant une magnifique casserole vieille de treize ans et qu'elle se sacrifiait en gardant pour elle une misérable berline climatisée flambant neuve. Il leva la main pour stopper le flot.

— D'accord ! (elle continuait à parler) oui ! OUI ! OUI ! (elle se tut enfin) Ne te fatigue pas, je prends la Ford, ok.

— Merci Lester, tu es un amour.

Lester pensa qu'il était surtout une pomme et ne put s'empêcher de sourire en voyant la lueur de triomphe que Molly tentait vainement de dissimuler derrière une expression qu'elle voulait reconnaissante.

Il avait acheté cette fameuse Ford Anglia d'occasion à un ami et occupait une partie de ses loisirs à la restaurer et l'entretenir. C'était une honnête voiture à l'époque de sa sortie, mais en dehors du fait qu'elle était maintenant techniquement dépassée, elle avait subi quelques accrochages et accidents mineurs et son âge rendait son entretien de plus en plus délicat, forçant souvent Lester à rechercher des pièces dans les casse-autos *("chez les antiquaires",* disait Molly). Mais il était exact qu'il aimait bien cette voiture rustique et bon enfant à la silhouette reconnaissable entre mille. Grâce au temps qu'il lui consacrait elle était en bon état sur le plan mécanique ; par contre les réfections de peinture n'étaient pas commencées et son esthétique en souffrait, particulièrement à cause de cette portière sang de bœuf qui tranchait malencontreusement sur le beige du reste de la carrosserie. Il comprenait sans peine que Molly préférât parader à Knightsbridge au volant de la BMW.

Elle s'était laissée tomber sur un fauteuil du coin salon et feuilletait d'un air distrait un magazine de télévision.

— Tu ne me demandes pas ce que je vais faire à Londres ?

— Mais tu as parlé de courses il me semble, non ?

— Et ça te suffit ? (elle leva le nez de sa revue et le regarda d'un air qu'elle s'efforçait de rendre sévère). Alors je peux te raconter n'importe quoi, tu t'en fiches pas mal ! et si j'allais voir un homme ?

Lester haussa les épaules.

— Ça m'étonnerait. Qui pourrait te supporter ?

Il réussit in extremis à éviter le magazine transformé en projectile mais le chat n'eut pas la même chance et sauta sur ses pattes avec un couinement furieux avant de disparaître comme une fusée par la porte du jardin.

Lester sortit lentement l'Anglia, franchit le portail, stoppa quelques mètres plus loin au bord du trottoir et descendit de la voiture pour refermer derrière Molly.

Le soleil était au zénith et la chaleur atteignait son maximum. Le quartier du prieuré paraissait déserté de tout être vivant. Même les oiseaux avaient disparu. Le métal du portail était brûlant et le macadam commençait à ramollir par endroits. Déjà en nage, Lester s'épongeait en permanence le front d'un mouchoir depuis longtemps saturé. Il avait trouvé sur le siège de l'Anglia une serviette de toilette et bénissait Molly d'y avoir pensé.

La grosse berline noire vira à son tour silencieusement sous le soleil. Lester se pencha en avant et adressa à Molly, invisible derrière les vitres teintées, un salut de la main :

— À ce soir, trois pommes !

— Pauvre type !

Quelques minutes plus tard, il sortait d'Harlow et empruntait l'autoroute M 11 vers le nord en direction de Cambridge, toutes vitres baissées. Bien que modérée, la vitesse de la Ford suffisait à procurer l'illusion d'un soupçon de fraîcheur et Lester se persuada que l'après midi serait peut-être moins pénible qu'il ne l'avait craint. Rasséréné, il résolut d'être de bon poil envers et contre tout et farfouilla de la main gauche dans le bazar de la boite à gants pour tenter d'y dénicher une cassette. Il jeta un regard rapide vers la première qu'il y pêcha et reconnut le visage bovin d'une chanteuse à la mode dont les couplets lénifiants encombraient les ondes depuis quelques mois. Avec une pensée peu flatteuse pour les goûts musicaux de Molly, il enfouit d'une poussée énergique la cassette au plus profond de la boîte à gants et reprit son exploration à l'aveuglette. La seconde tentative fut couronnée de succès et il ne lui fallut qu'une fraction de seconde pour identifier du coin de l'œil les quatre visages déformés en longueur surmontés des franges de cheveux les plus célèbres du monde : *The Beatles, "Rubber Soul"* ! Un instant plus tard, les glissandos lascifs de la fameuse intro de *Drive My Car* emplirent la petite voiture et Lester se risqua à fredonner en même temps que Lennon et McCartney : *"Asked a girl what she wanted to be..."*. Bonté divine, pensa-t-il, ce truc avait quinze ans et n'avait pas pris une ride. Ça c'était de la musique !

Le ciel était désespérément bleu, sans le moindre soupçon de nuage. C'était tant mieux pour l'essai du Mosquito mais Lester, comme probablement tous les automobilistes qu'il croisait, se serait volontiers accommodé d'une météo un peu moins saharienne. La lumière se reflétait cruellement sur la chaussée surchauffée et il s'en voulait d'avoir oublié ses lunettes de soleil. Par bonheur, il avait pensé à se munir d'une bouteille d'eau minérale et s'en abreuvait de temps à autre au goulot. Mais le temps passant, le niveau de la bouteille était au plus bas et le peu de liquide qui y restait devenait écœurant tant il s'était réchauffé.

A hauteur de Cambridge, la douce poésie de *Norvegian Wood* déroulait lentement son rythme à trois temps quand Lester quitta l'autoroute pour s'engager sur le petit tronçon de l'A 505 qui menait à l'aérodrome de Duxford où il arriva peu après. Un bref regard à sa montre le rassura ; il était dans le créneau horaire demandé par Dick Roscoe. Lester détestait être en retard et les retardataires chroniques l'irritaient au point que la ponctualité constituait une condition sine qua non pour prétendre figurer au nombre de ses amis ou collaborateurs.

Duxford n'était pas un aérodrome de campagne quelconque. Il faisait partie avec Biggin Hill, Kenley, Dungeness et quelques autres des terrains d'aviation les plus célèbres du Royaume Uni pour leur rôle majeur au cours de la bataille d'Angleterre. Mais son histoire remontait à bien plus longtemps puisqu'il avait été construit pendant la première guerre mondiale, et d'ailleurs quatre hangars de cette époque y subsistaient encore. Il avait été témoin de la naissance de la Royal Air Force, le *Spitfire* y avait pris son premier envol et il avait vu se former le premier squadron[8] équipé de ce magnifique oiseau. Durant les trente-sept années de sa carrière militaire, les meilleures unités anglaises et américaines s'y étaient succédées et le légendaire Douglas Bader lui-même y avait été basé.

Puis vint la disgrâce. Au tout début des années soixante, les responsables de l'état major jugèrent que Duxford ne présentait plus d'intérêt militaire et l'armée abandonna les lieux. Le sort du site fut incertain pendant de longues années et il s'en fallut de peu qu'il ne devienne complexe sportif ou prison. Il ne dut son salut qu'à un miracle qui arriva de l'*Imperial War Museum*. Le prestigieux musée londonien estima que le vieil aérodrome serait parfait pour y entreposer, entretenir et exposer les nombreux avions qui ne pouvaient trouver place dans ses murs et il fit en sorte de pouvoir en disposer.

Cet événement marqua le début de la seconde carrière de Duxford. En ce début des années quatre-

---

[8] Unité de base de l'armée de l'air britannique.

vingt les collectionneurs commençaient à s'y installer, il ne se passait pas de mois sans qu'un atelier de restauration ou d'entretien y ouvrît ses portes, la construction de nouveaux bâtiments était en projet et il semblait bien que le site fût appelé à devenir rapidement un centre important de l'histoire de l'aviation de la deuxième guerre mondiale.

Lester connaissait bien Duxford. Il y avait fait de nombreux vols d'essais, notamment pendant la guerre à l'époque de la mise en service opérationnel du formidable Hawker *Typhoon*. Il se souvenait de l'expression à la fois admirative et inquiète des pilotes lorsqu'ils découvraient pour la première fois le monstre gigantesque qu'ils étaient censés dompter. Leur inquiétude était hélas fondée car quelques accidents graves vinrent endeuiller la création des premières unités équipées du Typhoon.

Lester se dirigea vers le hangar de l'association en évitant soigneusement de couper par les espaces dégagés ; au contraire il s'appliqua à longer les bâtiments au plus près de manière à profiter du peu d'ombre qu'ils offraient. L'aérodrome était silencieux et paraissait désert. Dispersés sur les tarmacs ou sur l'herbe, les plus gros appareils de l'Imperial War Museum cuisaient doucement dans leur jus. Lester les connaissait pour la plupart mais n'avait jamais eu l'occasion de les piloter. Ah si ! le *Short Sunderland* quand même ; il l'avait emprunté comme passager pour une petite liaison de service vers la France après le débarquement de Normandie et son pilote lui avait confié pendant quelques minutes le manche de ce gros hydravion quadrimoteur ventru. Il se souvenait encore de sa surprise en découvrant l'étonnante douceur du pilotage de l'appareil et sa docilité à obéir à la moindre sollicitation de son cocher. Le grand oiseau blanc était maintenant cloué au sol, définitivement privé de l'élément pour lequel ses créateurs l'avaient conçu et Lester en ressentait une certaine nostalgie. Qui sait ? Peut-être qu'un jour... mais non ! C'était impossible. La remise en état de vol d'un tel monument demandait des moyens humains, matériels et financiers dont aucune association de collectionneurs ne disposerait jamais. Aux Etats Unis, la *Conferedate Air Force* restaurait avec succès des machines encore plus grosses que le Sunderland mais on ne pouvait pas comparer. Au Texas les milliardaires poussaient comme des cactus !

Perdu dans ses pensées, Lester arriva à hauteur d'un hangar de tôle aux portes grandes ouvertes et encombré d'avions disposés d'une manière qui paraissait de prime abord anarchique mais se révélait à l'examen savamment calculée pour permettre d'entreposer le maximum d'appareils ; solution efficace mais peu pratique qui présentait l'inconvénient d'avoir à déplacer avec précaution une demi douzaine de machines pour pouvoir atteindre celle qu'on voulait sortir du hangar.

Le Mosquito trônait à l'entrée et Lester constata immédiatement que la possibilité de le faire voler le jour même était à écarter puisqu'il y manquait l'hélice de droite. Debout derrière un petit bureau cerné de rouleaux de carton et de documents empilés à même le sol, Richard Roscoe était penché sur un plan maintenu déroulé grâce à quelques outils posés sur ses coins.

Il leva la tête à l'approche de Lester, sourit en regardant par dessus ses lunettes en demi lune et contourna le bureau pour l'accueillir.

— Hello Lest !

— Hello Dick !

Considérant en bon anglais cette débauche d'effusions comme largement suffisante, Roscoe passa immédiatement aux choses importantes :

— Tu veux boire quelque chose de frais ?

Devant une table métallique, un mécanicien d'un certain âge au crâne dégarni leva simplement une main en guise de bienvenue puis, armé d'une minuscule clef à pipe, il se replongea avec gourmandise dans le réglage minutieux d'une mystérieuse petite boîte huileuse hérissée de tiges filetées. Personne ne l'avait jamais entendu prononcer plus de quatre mots par jour et Lester ignorait tout de lui en dehors du fait qu'il se prénommait Geoffrey.

Un quatrième homme juché sur un escabeau dressé devant l'aile droite du Mosquito et dont la tête disparaissait presque toute entière par une trappe de visite du moteur ne s'était pas encore rendu compte de l'arrivée de Lester. Celui-ci l'identifia néanmoins instantanément à son gabarit longiligne et surtout à sa tenue vestimentaire ; il était presque nu, vêtu d'un simple caleçon de bain aux lacets dénoués déjà posé très bas sur ses hanches maigres et qui menaçait à chaque mouvement de succomber aux lois immuables de la gravitation universelle.

Quel qu'en fût le prétexte, y compris celui de la canicule, il était évident qu'aucun sujet de Sa Gracieuse Majesté ne se serait jamais laissé aller à une tenue aussi peu convenable. C'est en tout cas ce que tentait de traduire la mimique de Dick qui montra les paumes de ses mains en un geste d'impuissance comme pour se dégager de toute responsabilité concernant ce déplorable état de choses. L'expression du *very british*[9] Richard Roscoe était si empreinte de réprobation que Lester ne put s'empêcher de sourire. Il entendit les mots *"Voilà ce qui arrive quand on travaille avec des Français !"* aussi clairement que s'ils avaient été prononcés.

Lester s'approcha de l'escabeau et saisit à pleine main la cheville du nudiste qui extirpa aussitôt sa tête du moteur. Le visage maculé de graisse d'un jeune homme d'une trentaine d'année apparut.

— Mmfff ? (il ôta le tournevis qu'il tenait en travers de la bouche) OUAIS ! bonjour monsieur Hobson. Comment allez-vous ?

Il se pencha en avant et tendit joyeusement une main noire à Lester qui recula vivement en levant les bras comme si Billy Le Kid le menaçait de son six-coups.

— Ça va Freddy, merci. Mais euh… si vous permettez on se serrera la main après la douche. Ok ?

Cette manie des Français de serrer les mains à tout bout de champ ! Frédéric Altairac était un jeune ingénieur en électromécanique complètement fondu d'avions anciens. Il faisait partie d'une amicale de fanas qui organisait chaque année à Pentecôte une fameuse fête aérienne au sud de Paris et c'était à l'occasion d'un de ces meetings auquel Lester participait que les deux

---

[9] Très britannique.

hommes avaient fait connaissance. A leur première rencontre Frédéric avait eu beaucoup de mal à trouver ses mots, éperdu d'admiration et de respect pour cet homme qui avait piloté les plus beaux avions du monde et avait participé à la bataille d'Angleterre. Ils s'étaient revus plusieurs fois par la suite et son attitude s'était peu a peu décontractée. Il n'avait néanmoins jamais pu se résoudre à tutoyer Lester bien que celui-ci l'en eût prié et il persistait à lui donner du *"monsieur Hobson"* gros comme le bras. Frédéric était venu un soir dîner à Harlow et Lester n'avait eu aucun mal à le persuader de s'intégrer à la petite association de Duxford. Depuis, le jeune Français partageait sa passion entre les deux pays et passait souvent ses congés en Angleterre comme c'était le cas cet été là.

Pour sa part, Lester appréciait l'enthousiasme communicatif de Frédéric. Du moment qu'il s'agissait d'avions anciens, il était partant sans aucune réserve ! Lester lui aurait proposé de l'aider à construire deux douzaines de Spitfires dans son garage, il aurait répondu "Ouais ! Super !" sur ce ton d'une absolue conviction qui ravissait l'Anglais. Chez Frédéric, la volonté de réaliser les choses n'était jamais encombrée du moindre doute et il était toujours prêt à entreprendre n'importe quoi. Cette attitude le faisait probablement passer pour un dingue aux yeux de la plupart de ses contemporains. Hobson, au contraire était intimement convaincu que c'était de cet enthousiasme aveugle que naissaient les grandes choses.

Lester avait toujours été agacé par le fameux antagonisme prétendument traditionnel entre les

Anglais et les Français. C'était à son sens une attitude ringarde qui ne reposait sur rien de concret, mais elle était soigneusement entretenue de part et d'autre du Channel par quelques provocateurs au quotient intellectuel proche du zéro absolu et le moindre incident susceptible de l'alimenter était largement répercuté par une presse à scandale en mal de copie. Il jugeait grotesques les déclarations sur le thème "les Français sont ceci, les Français sont cela". C'était du plus profond ridicule et le fait qu'une poignée d'imbéciles agissaient de même de l'autre côté de la Manche à l'égard des Anglais ne justifiait en rien ces stupidités nuisibles aux rapports entre deux nations qui avaient maintes fois démontré que rien ne pouvait leur résister lorsqu'elles étaient unies. Bien sûr, il connaissait des Français *cons comme des balais* (une expression chère à Frédéric) qui dégainaient Jeanne d'Arc ou Mers-el-Kebir dès qu'il était question d'Anglais ! Mais il aurait pu dresser une longue liste de ses compatriotes qui ne valaient guère mieux et vomissaient des injures à chaque essai que le Quinze de France marquait à Twickenham. Bon sang, ces idioties avaient vraiment assez duré !

Il referma le petit réfrigérateur, décapsula son Tonic et dégusta les yeux fermés le liquide délicieusement frais qui picotait agréablement entre la langue et le palais. Puis il laissa tomber la canette dans une corbeille et s'approcha de Roscoe.

— Bon, Dick ! c'est quoi ce fameux changement de programme ?

— Le Mosquito n'est pas prêt.

— Merci, j'avais remarqué. Il y a eu un problème ?

— Oui et non. Pour le moteur, tout s'est bien passé et je suppose qu'il doit bien tourner mais on n'a pas pu l'essayer à cause de l'hélice. Au moment de la remonter j'ai trouvé une anomalie et il me manquait une pièce pour réparer. Comme c'est arrivé samedi matin, je n'ai pas pu joindre Stan à l'atelier et…

— Bon d'accord j'ai compris. Pour le Mosquito c'est râpé. Mais alors explique-moi pourquoi je suis là !

— Pour essayer le 109[10].

— QUOI ? mais je croyais que…

— Attends ! je t'explique (Lester croisa les bras). Normalement, l'intervention sur le 109 n'était prévue que pour début août. Mais puisque c'était raté pour le Mossie à cause de cette fichue hélice, on n'allait pas passer le week-end à faire des mots croisés, alors on s'est reportés sur le 109.

— Et vous avez tout terminé en deux jours ?

— Même pas ! il était prêt samedi soir. Souviens-toi qu'il n'y avait que les câbles de transmission des commandes à régler puisque tout le reste a été révisé au printemps. Mais je tenais à faire tourner le moteur et à essayer le train d'atterrissage dimanche, parce que ça fait quand même deux semaines…

Lester acquiesça d'un hochement de tête. L'avion était en effet resté quinze jours cloué au sol depuis ce vol d'essai où il avait trouvé les commandes un peu molles. Dick poursuivit :

— Le Daimler[11] tourne comme une montre. Pour le train, on a mis la bête sur cales dans l'après midi :

---

[10] Messerschmitt 109, chasseur allemand de la 2e guerre mondiale.
[11] Constructeur allemand d'automobiles et de moteurs.

aucun problème ! bref, hier au soir tous les voyants étaient au vert alors j'ai pris la responsabilité de ne pas annuler la séance d'essais et je t'ai téléphoné.

Lester Hobson ne semblait qu'à moitié emballé. Par nature, il aimait les choses planifiées bien à l'avance et appréciait peu les changements de dernière minute.

— Je vois. Bon… eh bien on va essayer le 109. Mais vous l'avez planqué où cette bestiole ?

— Il est dans le petit hangar. On l'a remorqué là bas parce que c'est juste à côté de la piste en herbe.

— Bien vu ! pas la peine de griller le moteur au taxi[12], surtout avec cette température ! Bon. On y va quand tu veux.

— C'est parti !

Un peu plus tard, d'un pas alourdi par la chaleur, les quatre hommes se dirigeaient vers le petit hangar qui servait de local annexe à l'association.

Cédant à l'insistance de Dick Roscoe, Frédéric avait passé à la va-vite un pantalon et un t-shirt et il râlait en solo et en français :

— Fallait me prévenir ! j'aurais amené un nœud papillon et des chaussures vernies.

Roscoe comprenait assez de français pour saisir l'essentiel du poème mais il avait pris la sage décision de faire semblant de ne pas entendre. Quant à Lester, tout en marchant il consultait une fiche cartonnée sur laquelle Dick avait rédigé la liste des points à tester durant le vol.

Frédéric et Geoffrey contournèrent le hangar pour attendre à l'extérieur devant les lourds panneaux à

---

[12] Faire taxi : rouler au sol en avion.

glissières. Dick et Lester y pénétrèrent par une porte de côté. Comme le local n'avait pas été ouvert depuis la veille, la température qui y régnait, bien qu'élevée, semblait presque raisonnable. L'intérieur était plongé dans une obscurité totale. Dick pressa un interrupteur et quatre tubes fluorescents en fin de carrière bégayèrent quelques secondes avant de se stabiliser, éclairant chichement d'une lueur verdâtre un espace moins encombré que le grand hangar. On y voyait surtout des pièces détachées, un tronçon de fuselage, deux ou trois roues, une grande hélice, une aile de biplan posée contre un mur…

Un seul avion se trouvait là ; un monomoteur de chasse à la silhouette d'un autre âge, un ptérodactyle menaçant arquebouté sur ses pattes grêles, les ailes déployées, le mufle tendu, prêt à s'élancer, avide d'espace, impatient de tuer.

Le *Messerschmitt 109* partageait avec le *Spitfire* anglais, le *Zéro* japonais, le *Mustang* américain et quelques autres la gloire de compter parmi les avions de combat à hélice les plus connus du monde. Et si l'on prenait pour critères les ouvrages publiés à son sujet, le nombre de modèles réduits qu'il inspirait et la légende qui auréolait son histoire, il est même probable qu'il figurait en tête de peloton des avions les plus célèbres du deuxième conflit mondial.

Cette renommée tenait en grande partie au fait qu'il avait constitué d'un bout à l'autre de sa courte carrière le fer de lance de la chasse allemande. Des appareils plus récents, plus rapides, plus performants ou mieux armés l'avaient épaulé mais jamais complètement remplacé. Pour ajouter à sa légende, les meilleurs pilotes de la Luftwaffe avaient remporté à son bord un nombre invraisemblable de victoires aériennes.

Mais il était également célèbre pour son look unique. Bien qu'il fût l'un des plus petits de tous les avions de chasse de la guerre, il ne le cédait à aucun autre pour l'impression de puissance qu'il dégageait. Même à terre – et peut-être encore plus à terre qu'en vol – il semblait inquiétant, agressif, presque méchant.

Une autre de ses particularités ajoutait encore à l'intérêt que les amateurs lui portaient : il était rare. Très rare même ! Moins d'un demi siècle après sa naissance, les survivants de cet appareil construit à plusieurs milliers d'exemplaires se comptaient sur les doigts et très peu de musées dans le monde pouvaient s'enorgueillir d'en présenter. Quant à en remettre un en état de vol, il ne fallait même pas y penser.

C'était du moins l'avis général jusqu'à ce que la restauration d'un moteur Daimler-Benz d'origine se révélât possible six ans plus tôt. Le *Battle of Britain Museum* de Hendon acheta deux moteurs préservés en Suisse, fit compléter l'un avec des pièces de l'autre par une équipe allemande de spécialistes et confia l'unique Messerschmitt 109 qu'il possédait à l'association de Duxford, à charge pour elle de le remettre en conditions de vol, de l'entretenir et de le présenter au public[13].

Après cinq années de travail acharné, de passion et d'enthousiasme, le premier vol avait enfin eu lieu au mois de mars et les ennuis avaient commencé ; soit le

---

[13] *Note de l'auteur* : il s'agit d'une fiction. Le Battle of Britain Museum de Hendon possède réellement un 109E mais jusqu'à présent (2001) sa remise en état de vol n'a jamais été envisagée.

moteur surchauffait, soit l'appareil vibrait, bref il y avait toujours un incident qui obligeait l'équipe de mise au point à interrompre les essais.

Ces problèmes avaient cependant été résolus un à un et au début du mois de juin il semblait bien que l'avion mythique serait prêt à tenir la vedette des spectacles aériens de l'été.

Malheureusement il y avait eu ce vol où Lester avait trouvé les transmissions de commandes suspectes et la déception s'était abattue sur le petit monde des amoureux de l'aviation. Tous les projets de participation aux meetings européens avaient été annulés. Le public devrait encore patienter pour voir un 109 en vol.

Dick et Lester déverrouillèrent les grands panneaux métalliques et s'arqueboutèrent sur leurs renforts pour les faire glisser, aidés par les deux hommes restés à l'extérieur. Une vive lumière inonda le hangar et sa température grimpa instantanément de quelques degrés. Fort heureusement, l'orientation du local préservait une zone d'ombre devant la grande porte. Les quatre hommes tirèrent l'avion qui se retrouva aux trois-quarts dehors et la préparation du vol commença aussitôt. Le pilote et les mécaniciens savaient exactement ce qu'ils avaient à faire et les mots étaient superflus. Des panneaux furent dévissés, des contacts vérifiés, des pressions ajustées, des niveaux de fluides rétablis, le tout dans un silence quasi monacal à peine troublé par le bruit d'un outil qu'on posait ou d'un escabeau qu'on déplaçait.

Lester se hissa sur l'aile gauche, fit basculer de l'autre côté la fameuse verrière toute en angles et se glissa tant bien que mal dans l'étroit cockpit qui n'avait manifestement pas été conçu pour un pilote de son gabarit. Selon son habitude, il consacra d'abord dix bonnes minutes à enregistrer mentalement l'emplacement et le rôle de chaque cadran, chaque levier, chaque bouton, chaque interrupteur. Les mains posées sur ses genoux, il ne touchait absolument à rien, ne bougeait pas, fermant parfois complètement les yeux, se concentrant entièrement sur la mémorisation de chacun des éléments de l'habitacle. De l'extérieur, un observateur non averti aurait pu croire qu'il dormait.

14h51

Tout était prêt. Geoffrey avait déjà mis en place les cales métalliques devant les roues et Dick, juché sur l'aile, aidait Lester à boucler son harnais.

— Tu es certain de ne pas vouloir mettre ton casque ou au moins un serre-tête ?

— Ecoute Dick, ne m'embête pas avec ton casque ou avec une combinaison ou je ne sais quoi. Je n'en ai pas besoin pour voler en cercle à basse altitude autour du terrain, tout de même ! Si j'avais à grimper ou à passer des figures, ok ! mais là c'est de la promenade. Avec cette chaleur, je n'ai pas envie d'étouffer.

— Comme tu veux, murmura Dick d'un ton faussement résigné en regardant ailleurs.

Lester s'en voulut de la brutalité de sa réponse. Il saisit le poignet de Dick pour le forcer à le regarder et lui adressa un sourire contrit.

— Excuse-moi, je suis un peu énervé. C'est à cause du temps. Mais ne t'inquiète pas. Ce n'est pas la première fois que je vole sans équipement. Tout ira bien, je t'assure.

Une main agrippa le bord du cockpit et le visage de Frédéric apparut.

— Monsieur Hobson, vous voulez boire quelque chose avant d'y aller ?

— Ça c'est sympa, Freddy. Regardez s'il reste un Tonic au frais.

Frédéric partit au pas de course vers le hangar. Roscoe le regarda s'éloigner, se pencha vers Lester et murmura d'un ton de conspirateur :

— Dix contre un qu'il revient à poil.

— Tenu !

Les deux hommes éclatèrent de rire. Dick regarda sa montre.

— Bon. On démarre ?

— On démarre.

Dick descendit de l'aile gauche et réapparut sur l'autre aile, armé d'une manivelle qu'il introduisit dans un orifice situé sur le côté du capot moteur. Il aboya la formule de sécurité réglementaire :

— Personne devant ?

Geoffrey qui se tenait à plus de dix mètres de l'hélice leva les bras en guise de réponse et Dick s'appuya de tout son poids sur la manivelle. Sous le capot, le mécanisme du démarreur à inertie commença à tourner, lentement d'abord puis de plus en plus vite. Lorsqu'il atteignit la vitesse de rotation souhaitée, Lester pressa fermement du pouce le bouton de démarrage et la grande hélice se mit en mouvement.

Dick retira la manivelle de son logement. Un premier éternuement du Daimler déchira le silence de l'aérodrome, presque aussitôt suivi d'une seconde explosion plus forte que la première accompagnée d'un nuage de fumée brune à l'odeur âcre. Dick évacua rapidement l'aile en se couvrant le nez du creux de la main. L'instant d'après, les douze cylindres rugissaient, l'hélice était devenue un cercle transparent et l'appareil s'ébrouait dans ses cales. Lester, déjà plongé dans les mille vérifications nécessaires au bon fonctionnement d'un moteur de cette puissance, ne vit pas le signe triomphal du pouce que lui adressa Geoffrey.

14h58

Le Daimler ronronnait au ralenti et les indicateurs de température et de pression approchaient des valeurs normales. Il fallait décoller sans tarder avant que le moteur ne surchauffe. Une canette de Tonic apparut devant les yeux de Lester. À sa gauche, Frédéric le regardait, les cheveux dans le vent de l'hélice, avec l'expression de satisfaction béate qu'on voit aux apôtres sur les vitraux des églises. Lester vida la petite bouteille d'un trait et la rendit au jeune homme avec un clin d'œil. Frédéric fit un signe de la main et disparut comme aspiré par une trappe.

Lester rectifia la position de ses écouteurs, remonta le micro devant ses lèvres et contacta la tour pour obtenir l'autorisation de rouler vers la piste en herbe. De chaque côté de l'avion et à distance respectable de l'hélice, Geoffrey et Dick ne quittaient pas le pilote des yeux. Ayant obtenu le feu vert du contrôle, Lester fit un signe des deux pouces vers l'extérieur. Aussitôt, les deux hommes tirèrent simultanément sur la corde qu'ils tenaient, libérant les roues de leur cale. Lester ferma la verrière, vérifia du regard que le champ était libre devant l'appareil et poussa légèrement la manette des gaz. Le son du moteur grimpa d'un cran et le 109 s'ébranla lentement.

La vision vers l'avant était totalement occultée par le capot. Fort heureusement, le seuil de la piste en herbe n'était pas loin et l'avion avait été préalablement orienté pour pouvoir s'y diriger en ligne droite.

Tenant d'une main l'extrémité de l'aile gauche, Frédéric trottait à côté de l'appareil qui cahotait maladroitement à chaque irrégularité du terrain. Un peu plus loin, il fit signe à Lester de ralentir et de virer légèrement pour s'aligner sur l'axe de piste. S'aidant du souffle de l'hélice sur le gouvernail, jouant des gaz et des freins différentiels, le pilote effectua docilement les dernières corrections de trajectoire que lui indiquait le jeune homme.

Quand il jugea le 109 parfaitement aligné pour son décollage, Frédéric se raidit en un impeccable garde-à-vous et croisa les bras au dessus de sa tête, sérieux comme un pape et visiblement très fier de l'importance de son rôle.

Après une dernière vérification des instruments et un dernier réglage des commandes, Lester contacta le contrôle pour l'autorisation de décoller, vérifia le verrouillage de la canopée, resserra son harnais, se balança d'une fesse sur l'autre pour bien se caler dans le siège-baquet, adressa un signe aux trois hommes qui l'observaient depuis le bord de la piste puis poussa lentement mais fermement la manette des gaz.

Dans le rugissement profond des onze cent chevaux de son moteur, le Messerschmitt s'élança en dansant sur les touffes d'herbe.

15h02

Allégé des armes et du blindage qui surchargeaient sa version opérationnelle quarante ans plus tôt, l'avion accélérait très rapidement au décollage. Aussi Lester n'eut-il pas à attendre longtemps pour mettre le 109 en ligne de vol d'une légère poussée du manche. La queue de l'appareil se souleva du sol et le capot moteur s'escamota progressivement vers le bas, découvrant enfin au pilote une vue vers l'avant convenable. L'avion ayant dévié pendant son accélération, Lester le replaça sur l'axe de la piste d'une pression mesurée du pied. Un peu plus loin, les cahots et les bruits de roulement cessèrent soudain.

Depuis le bord de la piste d'où ils observaient le décollage, Dick, Geoffrey et Frédéric, une main en visière au dessus des yeux, regardèrent l'appareil quitter le sol, gagner de l'altitude, s'incliner en un léger virage et se fondre peu à peu dans le ciel limpide d'Angleterre. Ils restèrent là un instant, perdus dans leurs pensées, se réhabituant au silence. Frédéric fut le premier à redescendre sur terre.

— Euh… s'il en a pour une demi-heure, on ferait peut-être aussi bien de l'attendre à l'ombre avec une bière fraîche, non ?

Dick Roscoe s'adressa ostensiblement à Geoffrey comme si Frédéric n'existait pas :

— Tu sais que finalement il n'est pas bête ce garçon, pour un Français !

15h14

A mille pieds du sol, Lester parcourait régulièrement un grand carré de quelques kilomètres de côté dans le ciel du Cambridgeshire. Il avait collé la fiche cartonnée de Dick avec du ruban adhésif à sa droite et exécutait un a un tous les tests de la liste. Jusque là tout se présentait bien. Il avait manœuvré le train d'atterrissage à plusieurs reprises, sorti et rentré les volets, fermé et ouvert les radiateurs, volé à vitesse minimum à la limite du décrochage, effectué quelques essais pleins gaz et tout s'était bien passé. De plus, la mollesse de transmission des commandes constatée lors du vol précédent avait complètement disparu. Les mécanos étaient de vrais magiciens.

Lester jeta un œil à la jauge de carburant et estima qu'il avait le droit de s'accorder quelques instants de repos avant de poursuivre les essais. Il se sentait bien. La chaleur était atténuée par l'altitude et il jouissait pleinement de son bien-être. Sous ses ailes, la campagne anglaise déroulait l'échiquier vert et or de ses champs rectangulaires. Ça et là, des villages de jouets étaient reliés entre eux par de petites routes bordées de haies et presque sans virages. Il distinguait à quelque distance les installations de Duxford et au delà la tache claire de Cambridge avec son nœud autoroutier.

Du côté opposé, au loin, invisible à cause du violent contre-jour, on devinait l'agglomération londonienne. Il pensa à Molly. Quelque part, là-dessous, cette chipie était en train de le ruiner chez Harrods ou l'un de ses complices. Il se força à sourire, un peu inquiet quand même. Molly se montrait parfois totalement inconsciente et pouvait fort bien ramener à Harlow une commode Chippendale ou un Gauguin. Allez savoir avec un numéro pareil ! Il se promit de mieux contrôler dorénavant les dépenses de Molly mais en abandonna aussitôt l'idée. Ce genre de bonne résolution ne résistait pas à l'examen. Contrôler Molly… et puis quoi encore ? Personne n'était capable d'un tel prodige et de toutes façons il n'avait nulle envie d'essayer. Il aimait cette éternelle gamine précisément parce qu'elle était incontrôlable. Avec un haussement d'épaules et une dernière pensée émue pour son compte bancaire en péril, il consulta la fiche cartonnée et reprit le cours des essais.

15h23

Lester ramena lentement la commande des gaz vers l'arrière. Le hurlement du moteur redescendit vers les notes graves et l'aiguille de l'indicateur de vitesse quitta le chiffre des quatre cent cinquante kilomètres à l'heure. D'un mouvement presque imperceptible du manche, le pilote corrigea par réflexe la tendance de l'appareil à piquer du nez avec la décélération. Puis il jeta un dernier coup d'œil sur la fiche de Dick et poussa un soupir libérateur. Les tests étaient terminés. Il pouvait rentrer.

Les instruments de navigation indiquaient que ce dernier essai à haute vitesse l'avait entraîné assez loin de l'aérodrome. Il vérifia d'un regard si l'espace était libre sur sa gauche et effectua un large demi-tour. Lorsque le capot du 109 pointa de nouveau vers Duxford, Lester équilibra l'allure de l'avion à une valeur raisonnable. Il avait le temps et il était inutile de fatiguer d'avantage le précieux moteur déjà largement sollicité au cours de la demi-heure qui venait de s'écouler.

Lui aussi était fatigué. L'âge n'avait en rien affecté sa maîtrise du pilotage mais il supportait moins bien qu'avant les longues périodes de concentration exigées par les essais en vol. La chaleur recommençait à l'accabler. Il tenta d'entrouvrir un panneau de plexi coulissant mais la violence et le bruit du déplacement d'air le firent renoncer.

Dieu que ce cockpit était étroit ! À présent que les essais étaient achevés, il réalisait qu'il était complètement ankylosé. Dans un espace aussi limité, aucun autre mouvement que ceux qu'exigeait le contrôle de l'appareil n'était permis. Il se sentait comme un otage ligoté sur une chaise. Un instant, la tentation de pousser un peu la vitesse pour être libéré au plus vite de ce carcan l'effleura mais sa conscience professionnelle reprit le dessus ; il fallait à tout prix ménager la précieuse machine. Après tout il n'avait plus que quelques minutes à souffrir.

Il pensa à ses fils. Il ne les voyait plus guère qu'une ou deux fois par an. Mais ils vivaient loin de Londres et n'étaient plus des enfants depuis longtemps. Quel âge avaient-ils déjà ? William était de quarante huit, il avait donc trente deux ans. George avait deux ans de moins puisqu'il était né le quatorze juillet cinquante.

Lester sursauta. Bonté divine… le quatorze juillet ! George avait juste trente ans aujourd'hui. Il fallait absolument qu'il lui téléphone dans la soirée pour lui souhaiter un heureux anniversaire. Comment avait-il pu oublier ? A la naissance de George, Patricia lui avait fait remarquer que son deuxième fils venait au monde juste dix ans après la mission de guerre au cours de laquelle il avait remporté son unique victoire...

15h28

Il réalisa soudain.

Il y avait juste quarante ans aujourd'hui qu'il avait descendu cet appareil allemand isolé. *Jour pour jour et presque heure pour heure !* Le rapport d'opérations du squadron indiquait 15h35. Et il était (il regarda sa montre) 15h28.

C'était incroyable. Un extraordinaire concours de circonstances ! L'improbable allait se produire : *Dans sept minutes, il serait en train de piloter un avion du même type que celui qu'il avait abattu exactement quarante ans plus tôt, à la seconde près.*

Il se sentait de plus en plus mal. Des détails de cette fameuse journée lui revenaient en mémoire (il n'avait appris certains d'entre eux qu'après coup) ; le convoi de cargos que les allemands tentaient d'attaquer devant Douvres, les trois squadrons que l'état-major de la chasse avait envoyé pour les intercepter (dont le sien : le 615 de Kenley), le speaker de la BBC qui commentait le combat comme s'il s'agissait d'un match de cricket, les gens au soleil sur les plages (c'était un dimanche) se montrant du doigt les traînées de condensation ou les panaches de fumée des avions touchés. Et cette chaleur terrible ! Il en avait souffert ce jour là aussi dans son Hurricane.

A présent, Lester était totalement en nage. Sa respiration s'accélérait et une sourde appréhension l'envahissait peu à peu. Il prit conscience d'un début de mal de tête. Heureusement, il commençait à distinguer l'aérodrome dans le lointain mais sa vue se brouillait. Il se contorsionna pour sortir son mouchoir d'une poche de son jean et s'en épongea fébrilement le visage et la nuque. Ses cheveux étaient trempés et la sueur qui coulait de son front lui brûlait les yeux. Pourquoi n'avait-il pas écouté Dick qui lui conseillait de mettre au moins une casquette ? Il avait le crâne brûlant. Quel vieil imbécile il était !

Il essaya de respirer profondément pour retrouver un peu de tonus par un apport d'oxygène. Selon une méthode qu'il avait souvent appliquée, il redressa le torse et leva la tête vers le haut pour bien libérer sa gorge.

Au travers du plexi, ses yeux rencontrèrent le soleil. Un poignard lui traversa la tête à hauteur des tempes en même temps qu'une horrible nausée lui tordait l'estomac. Il grimaça de douleur, les dents serrées et les paupières crispées. Un faible gémissement lui échappa, comme une plainte d'enfant.

Lester Hobson perdit connaissance.

15h30

Son malaise ne dura que quelques secondes.

À peine conscient, son instinct de pilote lui fit instantanément reprendre en mains l'avion en perdition. Il se força à respirer lentement, la bouche grande ouverte, et la douleur qui lui vrillait le crâne s'estompa quelque peu. Mais il n'y voyait presque plus. Encore sous l'effet de l'éblouissement, il ne distinguait que des couleurs ou de vagues taches de lumière et d'ombre. Il fallait absolument qu'il retrouve un minimum de vision pour atterrir. Il frotta le dos de sa main gauche sur sa cuisse et s'en essuya les yeux.

Le plus urgent à vérifier était sa position par rapport à Duxford. Plissant ses paupières douloureuses, il se concentra sur l'emplacement des instruments de navigation et parvint enfin à les lire.

Mais les indicateurs n'indiquaient plus rien ; leurs aiguilles étaient au neutre, comme si les émetteurs de radionavigation au sol avaient disparu.

Interloqué, Lester pressa le bouton de la radio, donna son indicatif et demanda au contrôle radar de lui indiquer sa position. En vain ! La radio resta muette.

L'angoisse lui crispa le ventre. Il n'avait plus qu'à repérer l'aérodrome à vue. Il aurait préféré préserver le peu de vision qu'il avait retrouvée pour les manœuvres d'atterrissage mais il n'avait plus le choix. Il devait se résoudre à affronter de nouveau l'éblouissement de la lumière extérieure.

En clignant des yeux, il regarda vers le bas.

15h34

La mer !

La respiration coupée, le cœur battant à éclater, il regarda de l'autre côté de l'avion. La mer ! Partout la mer !

Il ne pouvait pas le croire. Il ne *voulait* pas le croire.

Devant le bord d'attaque des ailes, des falaises blanches, avec de grandes antennes radar à leur sommet.

Douvres !

Il survolait la Manche et approchait de Douvres ! Il devenait fou. Il était surement déjà fou !

Hébété, il distingua sur l'eau quelques navires ; un convoi de cargos. Beaucoup plus haut dans le ciel, de fines traînées de condensation entrecroisaient leurs volutes. Les yeux hors de la tête, il aperçut le bref éclair d'une explosion et suivit un instant du regard la chute d'une minuscule croix tourbillonnante entourée de flammes, signant sa trajectoire mortelle d'un lourd panache de fumée noire.

Jusqu'à cette heure fatale, Lester Hobson s'était montré capable de faire face aux pires dangers, de maîtriser les situations les plus critiques. Mais l'âme la mieux trempée ne résiste pas à l'inconcevable. Le plus admirable des courages s'effrite devant l'inconnu. Face à un mystère aussi absolu, les forces morales s'évanouissent. En quelques secondes, tout ce qui restait d'humain en lui fut anéanti.

Sa raison l'abandonna. Dans un dernier instant de semi-lucidité, submergé d'horreur, il se vit au creux d'une main géante dont les doigts se refermaient pour le broyer. Saisi par la folie, Lester Hobson n'était plus qu'un animal déchiré par toutes les peurs du monde.

Tout ce qui lui restait d'énergie se concentra en un effroyable hurlement.

15h35

Alors l'extraordinaire destin de Lester Hobson s'accomplit.

L'enfer se déchaîna soudain. Dans un fracas d'apocalypse, des dizaines d'impacts secouèrent l'avion avec violence. La plupart des projectiles le traversèrent de part en part, arrachant au passage des lambeaux de métal, pulvérisant la verrière et le tableau de bord, transperçant les organes les plus sensibles, cisaillant les câbles de transmission, crevant les réservoirs...

L'holocauste se prolongea plusieurs secondes, autant dire une éternité. Une partie du capot avait disparu et de courtes flammes s'échappaient déjà du moteur, léchant ce qui restait du fuselage et laissant dans son sillage un fin panache de fumée opaque. Bien qu'elles fussent presque toutes endommagées, aucune surface de contrôle n'avait cependant été arrachée et l'avion condamné conserva sa trajectoire l'espace d'un instant.

Un robuste monomoteur frappé des cocardes britanniques apparut à la gauche de l'appareil moribond. Son pilote, dont le visage était masqué par des lunettes de vol, fouilla du regard l'intérieur du cockpit du 109, puis, craignant une explosion, il bascula soudain son avion sur le côté et s'éloigna prudemment.

Lester Hobson ne vit pas son bourreau. Dès le déclenchement de la rafale, une première balle avait traversé son siège et lui avait fracassé la colonne vertébrale à hauteur des reins. Deux autres projectiles avaient transpercé sa poitrine, lui infligeant à chaque fois des blessures dont une seule aurait suffi à le tuer. Ses jambes étaient hachées par des éclats de métal. Le cockpit, envahi par les flammes et la fumée, était couvert de sang.

Le harnais maintenait le corps torturé de Lester Hobson en position sur son siège et sa main droite serrait encore convulsivement la poignée du manche. Pendant un bref instant, l'avion martyr poursuivit son vol, piloté par un mort.

Puis il bascula vers les eaux laiteuses du Channel.

Dimanche 14 juillet 1940

Quinze heures trente-cinq… presque trente-six ! Lester Hobson nota mentalement l'heure pour son rapport de mission puis il aspira une longue bouffée d'air et réalisa que pris par l'action, il était resté inconsciemment en apnée depuis le début de son attaque.

Il venait de remporter sa première victoire ! Il avait abattu un Messerschmitt 109 ! Le jeune pilote ne pouvait pas y croire. Il essaya de se forcer à retrouver son calme mais n'y parvint pas. Le cœur battant, les pensées confuses, il inclina légèrement son Hurricane pour suivre du regard la chute de sa victime mais tout était déjà fini. Seul un mince trait de fumée marquait une trajectoire de plus en plus verticale qui s'achevait dans les vagues de la Manche.

Un appel radio de son chef de patrouille le ramena à la réalité ; les chasseurs allemands décrochaient, sans doute à cours de carburant. Cette mission était achevée. Il scruta l'espace mais le ciel était déjà vide, comme si rien ne s'était passé. Il accusa réception du message et mit le cap sur Kenley.

Sur le chemin du retour, il pensa et repensa à ce qu'il avait vu au moment ou son avion emporté par la vitesse l'avait amené à hauteur de l'appareil ennemi.

À la lueur des flammes, il avait aperçu un bref instant le pilote vraisemblablement déjà mort et avait cru distinguer *un vieil homme aux cheveux blancs sans casque ni lunettes de vol et simplement vêtu d'une chemise claire à col ouvert.*

Mais c'était impossible ! Les pilotes de la Luftwaffe étaient tous de jeunes gens et de surcroît aucun d'entre eux ne se serait aventuré en mission de guerre sans un équipement complet. Sa vue avait certainement été abusée par un reflet ou par l'émotion.

Il prit sa décision. Ce détail ne serait pas mentionné dans son rapport de mission et il n'en parlerait jamais à personne.

Il s'était trompé, voilà tout.

Le jeune homme respira longuement et esquissa un sourire. Il était en bonne santé, bon pilote et venait de remporter sa première victoire. D'autres suivraient certainement et il deviendrait un as. Et puis cette guerre ne durerait pas éternellement ! Après la guerre (à laquelle il ne doutait pas un instant de survivre), il ferait carrière dans l'aviation et il épouserait Patricia.

Le destin de Lester Hobson était tout tracé.

Paris, le 3 décembre 2001.

Index des chapitres

Une mémoire de caméscope	*9*
Le mensonge	*19*
Paméla est amoureuse de moi	*25*
Perdus dans la nuit	*29*
La dame de Paris et le capitaine	*37*
Maurice se met à l'aise	*43*
Le dernier curé	*51*
Une histoire suisse	*55*
Encore perdus dans la nuit	*65*
L'histoire de Popeye	*73*
Comment suspendre son manteau	*79*
Le record du monde de trombone à coulisse	*81*
Le soir où l'on a failli tuer Dave	*103*
L'été de folie d'un insoumis	*121*
Lâché !	*135*
Maître Capello et le renard du désert	*157*
Histoire de toilettes	*169*
La plage des mortes saisons	*175*
Épilogue navrant	*189*
Bouzaréa	*191*
Un lapin drôlement futé	*219*
La terrasse	*229*
Les surprises du téléphone	*241*
Comment j'ai gagné un poète	*249*
L'enfant qui léchait les bateaux	*259*
Le dernier jour	*275*

***

Lester Hobson - La boucle du destin	*281*

Rémy Laven
remy.laven@free.fr
http://remylaven.free.fr/